MÉMOIRES
SECRETS

POUR SERVIR À L'HISTOIRE

DE LA

RÉPUBLIQUE DES LETTRES

EN FRANCE,

DEPUIS MDCCLXII ~~████~~ NOS JOURS;

O

JOURNAL

D'UN OBSERVATEUR,

CONTENANT les *Analyses des Pieces de Théâtre qui
ont paru durant cet intervalle ; les Relations des
Assemblées Littéraires ; les notices des Livres nouveaux, clandestins, prohibés ; les Pieces fugitives,
rares ou manuscrites, en prose ou en vers ; les Vaudevilles sur la Cour ; les Anecdotes & Bons Mots ;
les Eloges des Savans, des Artistes, des Hommes de
Lettres morts, &c. &c. &c.*

TOME PREMIER.

. . . . , *huc propius me,*
. . . . *vos ordine adite,*
Hor. L. II. Sat. 3. vs. 81 & 82.

A LONDRES,

CHEZ JOHN ADAMSON.

M. DCC. LXXX.

AVERTISSEMENT

DES

ÉDITEURS.

L'INVASION de la Philosophie dans la République des Lettres en France, est une Epoque mémorable par la Révolution qu'elle a opéré dans les Esprits. Tout le monde en connoît aujourd'hui les suites & les effets. L'Auteur des Lettres Persannes & celui des Lettres Philosophiques, en avoient jetté le germe ; mais trois sortes d'Ecrivains ont sur-tout contribué à le développer. D'abord les Encyclopédistes, en perfectionnant la Métaphysique, en y portant la clarté, moyen le plus propre à dissiper les ténebres dont la Théologie l'avoit enveloppée, ont détruit le Fanatisme & la Superstition. A ceux-ci ont succédé les Économistes : s'occupant essentiellement de la Morale & de la Politique Pratique, ils ont cherché à rendre les Peuples plus heureux, en resserrant les liens de la société par une com-

A 2

munication de services & d'échanges mieux
entendus, en appliquant l'homme à l'étude de
la Nature, mere des vraies jouissances. Enfin
des tems de trouble & d'oppression ont enfanté
les Patriotes, qui, remontant à la source des
Loix & de la Constitution des Gouvernemens,
ont démontré les obligations réciproques des
Sujets & des Souverains, ont approfondi
l'histoire & ses monumens, & ont fixé les
grands principes de l'Administration. Cette
foule de Philosophes qui se sont placés comme
à la tête des diverses parties de la Littérature,
a principalement paru après la Destruction
des Jésuites : véritable point où la Révolution
a éclaté.

Il étoit sans doute bien essentiel d'en marquer les progrès, d'en saisir les circonstances,
d'en recueillir les détails les plus particuliers.
C'étoit l'objet de l'Observateur dont nous
publions le Journal. Il accumuloit ainsi les
matériaux propres à l'histoire complette d'un
pareil événement. On sait combien M. de
Bachaumont étoit renommé pour ses connoissances multipliées & pour son goût exquis.
Il présidoit aux Conférences Académiques,

tenues chez une femme d'esprit [*], faisait depuis plus de 40 ans son unique occupation de tout ce qui se passoit dans Paris capable d'exciter l'attention. On y rédigeoit un Journal, dont il avoit extrait les détails convenables à son entreprise. Mais indépendamment de cette utilité particuliere, il faut avouer que rien n'est plus commode, ni plus agréable, que de retrouver sous un même point de vue ce qu'il faudroit chercher dans une multitude fatiguante & souvent ennuyeuse d'Ouvrages Périodiques : d'ailleurs, outre le travail commun avec tous, le Rédacteur en avoit un autre, plus rare & plus précieux ; c'est un choix d'Anecdotes qu'on ne rencontre nulle part & qui font le mérite intéressant de sa Collection ; sans parler d'une multitude de Pieces secrettes, que ses liaisons très-étendues le mettoient à même de se procurer.

Quant aux Notices des Ecrits nouveaux, des Pieces de Théâtre, des Assemblées Littéraires, elles sont encore distinguées par une précision unique, & surtout par une impartialité

(*) Madame *Doublet*, très-connue en France & chez les Etrangers.

qu'on attendroit envain d'un Critique affiché pour tel. Celui-ci ne visoit ni au Lucre, ni à la Renommée, ne parloit que d'après son sentiment intime ; il n'étoit d'aucun parti, d'aucune cabale, & rien ne pouvoit l'empêcher de consigner son jugement dans toute son intégrité.

L'acquisition de ce Journal, qui commence en 1762 & qu'on a continué jusqu'au premier Janvier 1770, nous a fait naître l'idée d'en suivre le Plan. Nous prévenons le Public que desormais, à l'ouverture de chaque année, nous lui fournirons le résultat, jour par jour, de ce qui sera arrivé de remarquable dans ce même genre. Nous espèrons qu'il nous saura gré d'une Collection neuve, non moins instructive qu'amusante, & comme le Résumé des différens Journaux qu'il est presqu'impossible de lire en totalité.

MÉMOIRES

SECRETS

Pour servir a l'Histoire de la République des Lettres en France, depuis MDCCLXII jusqu'a nos jours.

ANNÉE M. DCC. LXXII.

Le 1. *Janvier Les Chevaux & les Anes, ou Etrennes aux Sots*. Tel est le titre d'une espece d'Epitre de 200 vers environ, qu'on attribue à M. de Voltaire, & par laquelle il ouvre l'année littéraire. C'est une Satyre dure & pesante contre quelques auteurs, dont celui-là croit avoir sujet de se plaindre, & contre M. Crevier [*] particuliérement. Elle n'est point

---

(*) M. Crevier est Professeur de l'Université & Auteur d'une histoire de ce Corps, dans laquelle il a inféré des personnalités odieuses contre M. de Voltaire, & l'attaque sur son irréligion.

A 4

affez piquante pour faire plaifir au commun des
Lecteurs, qui ne fe paffionnent pas à un certain degré pour les diverfes querelles du Philofophe de Ferney.

Sermon du Rabin Akib, autre brochure en
profe, attribuée à M. de Voltaire, & dans laquelle il fe plaint de l'atrocité du dernier Auto
da Fé de Lisbonne. Il invoque l'Eternel, pour
deffiller les yeux des Barbares qui font un Acte
de Religion auffi contraire à l'humanité & fi peu
digne de Dieu. Les Jéfuites s'y trouvent en-
globés au fujet de Malagrida. Le tout eft affaifonné de traits mordans, & d'autant plus forts
que la plupart ne feroient pas faciles à réfuter.
Ils font rendus avec une liberté philofophique,
qui n'eft pas faite pour enlever tous les fuffrages.

1 *Janvier* 1762. La Gazette de France paroît
aujourd'hui fous la nouvelle forme qu'elle doit
avoir. Elle fera dorénavant faite fous les yeux du
Miniftre des Affaires Etrangeres, minutée par des
Commis de ce Département, & rédigée par M.
Remond de Ste. Albine. Les Miniftres du Roi
dans les cours étrangeres ont reçu ordre d'inf-
truire de tout ce qui s'y pafferoit d'intéreffant
ou de curieux. Les Intendans des Provinces font
obligés d'en faire autant : on efpere, avec ces
arrangemens, la rendre piquante pour le lecteur, & afin de lui ôter l'air de vétufté qu'on
lui reproche, on la publiera deux fois par femaine [le lundi & le vendredi]. On a pour but
de faire tomber les Gazettes étrangeres. Malheureufement le gros du public s'en laiffe plus
impofer par le ton républicain que par la véracité du rédacteur. Ainfi malgré ces précau-

tions, malgré les talens de M. *de Ste. Albine*, le faiseur de Gazettes par excellence, il est à craindre que celle-là ne reste toujours en possession d'ennuyer par des raisons que l'on sent facilement.

1 *Janvier.* [a] Mlle. *Arnoux* [b] ne se borne pas à embellir la scene lyrique. Ses affections particulieres nous offrent des exemples dignes du bon vieux tems. Elle avoit profité avec empressement d'un voyage de M. de Lauraguais à Geneve [c] pour se soustraire à sa tyrannie. [d]

(a) On n'insere ici cette anecdote qu'en égard aux personnages, qui jouent tous trois un rôle dans le monde littéraire.

(b) Mlle. Arnoux, la premiere actrice de l'Opéra, la plus pathétique qui ait peut-être jamais paru.

(c) M. le Comte de Lauraguais a fait, il y a quelques mois, un voyage à Genève, pour consulter M. de Voltaire sur une tragédie d'*Electre* de sa façon. Il est de l'Académie des Sciences.

(d) Mlle. Arnoux, excédée de la jalousie de M. de Lauraguais, avoit profité de son absence pour rompre avec lui. Elle avoit renvoyé à Mad. la Comtesse de Lauraguais tous les bijoux dont lui avoit fait présent son mari, même le carosse, & deux enfans dedans, qu'elle avoit eus de lui. Elle s'étoit tenue cachée pour se soustraire aux fureurs d'un amant irrité : elle s'étoit même mise sous la protection de M. le Comte de St. Florentin, dont elle avoit imploré la bienveillance. On ne peut peindre l'état de démence où cette rupture avoit jetté M. le Comte de Lauraguais. Tout Paris étoit inondé de ses élégies. Enfin, à la fougue d'une passion effrénée ayant succédé le calme de la raison, il s'étoit livré aux sentimens généreux, qui devoient nécessairement reprendre le dessus dans un cœur comme le sien. Il y avoit eu une entrevue entre

En fuyant cet objet, soit-difant le premier de
fon cœur, elle avoit paffé dans les bras d'une
malheureufe victime de l'infidélité d'une héroïne
du théâtre François [a]. M. Bertin [b] crut trouver dans cette Belle ce qu'il cherchoit vainement depuis fi longtems. [c] Il n'a rien épar-

---

fa maîtreffe & lui, il avoit pouffé la grandeur d'ame
au point de lui déclarer qu'en renonçant à elle, il
n'oublioit point ce qu'il fe devoit à lui-même, &
lui envoyoit en conféquence un contrat de deux mille
écus de rentes viageres. Sur le refus de Mlle. Arnoux, Mad. la Comteffe de Lauraguais étoit inter-
venue, & avoit follicité l'Actrice fublime de ne
point refufer un bienfait auquel elle vouloit participer elle-même: elle lui avoit fait ajouter qu'elle
n'eût aucune inquiétude de fes enfans, qu'elle en
auroit le même foin que des fiens propres. Mlle.
Arnoux n'avoit point cru devoir fe refufer à cette
derniere invitation, & M. Bertin ayant de fon côté
fait vis-à-vis de M. de Lauraguais les démarches qui
convenoient dans ces circonftances, tous les procédés
avoient été remplis, & il étoit entré en pleine pro-
priété de fa nouvelle conquête.

(a) Mlle. Hus.

(b) De l'Académie des Belles-Lettres, auteur de
l'Ile des fous, & Tréforier des Parties Cafuelles.

(c) M. Bertin avoit cru longtems poffeder le cœur
de Mlle. Hus; fi les bienfaits avoient quelque droit
fur celui d'une femme de cette efpece, il avoit lieu
de n'en point douter; il avoit fait en fa faveur une
dépenfe prodigieufe. Cependant n'ayant pu fe réfufer
aux foupçons dont on le tourmentoit, il en avoit
vérifié la vérité, & avoit trouvé fon infidele couchée
dans fa maifon de Paffy, avec le fils de l'Entrepre-
neur des eaux de ce lieu. Celui-ci s'étant fait jour
l'épée à la main, cette avanture étoit devenue trop
publique, pour que M. Bertin pût vivre encore avec

gné pour mériter la bienveillance de fa nouvelle maîtreffe : tout a été prodigué ; mais l'excès de fa générofité n'a pu triompher d'une paffion mal éteinte ; l'amant tyrannique régnoit au fond du cœur, fes écarts ont difparu, on a oublié fes crimes : l'amour a réuni deux amans, qui, plus épris que jamais l'un & l'autre, préfentent au Public un événement qui fait l'entretien de tout Paris. L'infortuné Bertin, auffi honteux de fa tendreffe que piqué du changement de fa perfide, eft, dit-on, dans le plus cruel défefpoir.

Le 2 Janvier 1762. On a donné aujourd'hui, pour la troifieme fois, *Zulima*, tragédie nouvelle de M. de Voltaire. Le jour de la premiere repréfentation, l'auteur nous a fait dire, dans une efpece de compliment, que cette piece avoit été jouée, il y a près de 22 ans; qu'il l'avoit retirée à la 8e. repréfentation ; que d'autres occupations l'avoient empêché longtems d'y faire les corrections dont elle étoit fufceptible, mais qu'ayant paru étrangement défigurée à l'impreffion depuis environ fix mois, fes entrailles paternelles s'étoient émues, & il avoit cru devoir la donner au Public telle qu'elle étoit. Sans parler aujourd'hui du fonds de la piece, ce que nous ferons mieux, lorfque les repréfentations feront finies, nous nous contenterons de rendre compte des motifs véritables qui ont fait jouer ce Drame.

---

une femme qu'il regrettera peut-être toujours. On évaluoit alors le mobilier de Mlle. Hus à plus de 500,000 Livres.

A 6

Il fut affez mal reçu du Public autrefois, &
tout le monde en général étoit d'avis que M.
de Voltaire facrifiât cet enfant indigne de fa
plume ; mais, par une bizarrerie qu'on remarque
quelquefois dans les plus grands hommes, il
s'eft toujours obftiné à regarder cette tragédie
comme excellente. Sa tendreffe s'eft accrue à
proportion de la froideur du public, & depuis
plufieurs années il n'a jamais donné aucune
piece aux Comédiens, qu'il n'ait mis pour claufe
que *Zulime* pafferoit avant. Ceux-ci ont éludé
tant qu'ils ont pû, de fatisfaire à leur engage-
ment. Enfin M. de Voltaire, toujours jaloux
d'occuper la fcene, & de tenir fans relâche
les yeux fixés fur lui, ne fe trouvant rien de
prêt pour cet hiver [a], a forcé les acteurs de
tenir leur parole. Ils ont appris la piece, &
s'étant apperçus que fur les planches elle ne
faifoit pas tout l'effet qu'on avoit lieu d'en attendre, ils ont fait de nouvelles repréfentations
par l'organe de Mlle. Clairon ; l'auteur ne s'y
eft pas rendu, & cette actrice, [le chef-d'œuvre de l'art] qui s'eft flattée de pouvoir par la
magie de fon jeu faire difparoître les défauts de
fon rôle, a trouvé fon amour-propre d'accord
avec celui de M. de Voltaire ; elle a fait fentir
la déférence qu'on devoit aux ordres d'un tel
bienfaiteur, & les Comédiens ont paffé par
deffus leurs fcrupules. On ne peut difconvenir
que c'eft à elle que l'auteur doit la fufpenfion
de la chute de fon Drame.

_____

(a) M. de Voltaire avoit bien une comédie, mais
qui a effuyé tant de contradictions à la cenfure, qu'il
y avoit à craindre qu'elle ne pût être jouée.

Le 3 Janvier 1762. Il paroît depuis quelque tems un livre, intitulé : *De la Nature*. C'est un gros in-8. imprimé en pays étranger ; on l'attribue à divers auteurs. C'est le Système de Spinofa développé par le système physique du monde. Si ce livre prend à un certain point dans le public, on en parlera plus amplement. En général il est très-favant & très abstrait, à un chapitre près, très puéril, qui traite du babil des femmes. Il exige une grande contention. Il pourroit, quant au sujet, servir de pendant au livre *de l'Esprit* ; mais quant à la forme, ce seroit mettre un tableau du *Guerchin* à côté d'un de *l'Albane*.

Le 4 Janvier. M. l'Abbé de la Porte, auteur de *l'Observateur Littéraire*, succombe enfin, faute de débit. En vain comptoit-il parmi ses soufcripteurs les plus illustres perfonnages : en vain M. de Voltaire l'avoit-il encouragé par ses éloges & par sa correspondance, le Libraire a déclaré ne pouvoir plus suffire aux fraix de l'impression, & le Journalifte difcontinue, à commencer de cette année. On ne peut s'empêcher de convenir qu'il n'ait le talent de faire un extrait, fur-tout quand il est question d'un ouvrage profond & raifonné ; mais il regne dans son style une certaine pefanteur, peu propre à lui concilier le grand nombre des lecteurs. Cette retraite est d'autant plus fâcheufe, que ce Journalifte tenoit en échec celui de *l'Année Littéraire* [a]. Tous deux amufoient le public impartial, par leurs débats burlefques. Il est à

_____

(a) M. Fréron.

craindre que le dernier ne se prévale de son triomphe, & n'affecte le despotisme de la République des Lettres.

Le 5 Janvier 1762. On se communique sous le manteau de petits vers polissons de M. l'Abbé de Voisenon à Made. la Marquise de Pompadour. Ils ont été présentés au nom de M. le Maréchal Prince de Soubise, qui avoit fait présent à cette Dame d'un anneau de diamans. Ces agréables ordures ont plu infiniment à la Cour, & tirent encore un plus grand mérite du mystere avec lequel cela se communique : si cette gentillesse se répand à un certain point, on la hazardera ici.

Il y a des vers du même abbé sur Mlle. Marquise, maitresse de M. le Duc d'Orléans. Tout cela est charmant, & est marqué au coin de la plus fine galanterie.

Le 6 Janvier. Il y a dans la petite piece des *Etrennes aux Sots* une Note concernant l'Abbé de la Coste, dans laquelle on insinue qu'il a coopéré au travail de l'Année Littéraire. M. Fréron, auteur de ce Journal, piqué de cette association, prétend, en rendant compte de la piece ci-dessus, insérer une remarque très infamante, & pour le protégé & pour le protecteur. Il veut mettre en Note : M. D. V. veut sans doute parler de *l'Abbé de la Porte,* [a] *digne à tous égards des mêmes châtimens que l'autre : mais la Justice n'a pas sévi contre ce dernier.* On ne doute pas que cette observation

_____

(a) L'abbé de la Porte avoit été autrefois associé de M. Fréron, & depuis s'étoit rangé sous la protection de M. de Voltaire.

ne foit arrêtée à la Police, en conféquence on la configne ici.

Le 7 *Janvier.* On commence à parler beaucoup de l'*Ecueil du Sage*, comédie philofophique & en vers de dix fyllabes, de M. de Voltaire. On efpere qu'elle triomphera des fcrupules de la Cenfure & de la Police, & que nous la verrons enfin repréfenter. Sans prématurer le jugement qu'on en doit porter, nous nous contenterons de mettre ici une anecdote qui concerne cette Comédie, & qui eft des plus agréables. C'eft une plaifanterie que s'eft permis M. de Voltaire, & qui a dû l'amufer infiniment.

Avant qu'il fut queftion de cette piece, un jeune homme obfcur vint la préfenter comme fienne, fous le titre *du Droit du Seigneur*, au comédien femainier. [*a*] Il fut reçu avec la morgue ordinaire, & ce ne fut qu'en faveur de fes inftances les plus refpectueufes & les plus humbles qu'on lui promit d'y jetter les yeux. Il fallut bien des courfes, bien des prieres, avant d'obtenir une nouvelle audience. Enfin on lui déclara qu'on avoit parcouru fa comédie & qu'elle étoit déteftable. Le jeune candidat demanda fi l'on avoit lû exactement ce Drame ? Il obferva que cet Arrêt étoit bien rigoureux ; qu'il avoit montré fa comédie à quelques gens de goût, qui ne l'avoient pas jugée fi défavorablement ; qu'il avoit même l'honneur du fuffrage de M. de Voltaire. On lui rit au nez : on

---

(*a*) On appelle femainier, celui qui eft nommé chaque femaine pour fuivre les affaires de la troupe. C'étoit le Sr. Bellecour dans ce tems-là.

lui dit qu'il ne falloit pas se laisser séduire par ces applaudissemens de société ; que la plupart des gens du monde n'entendoient rien à ces sortes d'ouvrages ; & quant à l'illustre auteur qu'il réclamoit, que sans doute c'étoit un persiflage. Le pauvre diable insista pour obtenir une lecture, la troupe assemblée : on lui répliqua qu'il se moquoit, que la Compagnie ne s'assembloit pas pour de pareilles miseres. Il fallut avoir recours aux suppliques & aux bassesses, & les entrailles du comédien s'étant émues, on lui accorda par compassion un jour de lecture. Le comique Aréopage étoit si prévenu, que vraisemblablement il ne fit pas grande attention à ce qu'il entendoit, & la piece fut conspuée par toute l'assemblée. Le jeune homme se retira fort content de la comédie qu'il venoit de jouer. Quelque tems après M. de Voltaire adressa cette même piece aux comédiens, sous le titre qu'elle porte aujourd'hui. On la reçut avec respect : elle fut lue avec admiration, & l'on pria M. de Voltaire de continuer à être le bienfaiteur de la Compagnie. Ce n'est que quelque tems après que cette anecdote s'est divulguée ; on en a beaucoup ri, & l'on s'est rappelé plus que jamais la carricature [a] plaisante, où l'on peint ce tribunal sous l'emblême d'un certain nombre de buches en coëffures ou en perruques.

Le 8 Janvier 1762. On continue *Armide* à l'Opéra. Nous allons rendre compte à cette occasion de l'état actuel de ce spectacle.

La haute-contre y est dans le plus grand dé-

_____

(a) Dans l'Académie des Colporteurs.

labrement. *Pillot* eſt le ſeul chanteur qu'oſe avouer l'Opéra. Quel chanteur, encore, quel ſucceſſeur de Géliotte! ſans ame, ſans figure, ſans caractère, n'ayant pour lui qu'un peu d'or- gane. *Gélin* & *Larrivée* nous dédommagent dans la baſſe-taille : l'un a le timbre plus ſo- nore, plus mâle ; l'autre plus onctueux, plus pathétique : tous deux ſont Acteurs, mais le dernier a ſans contredit plus de feu, plus de naturel, plus d'aiſance dans ſon jeu. C'eſt un homme d'un talent rare, & qui peut ſe pro- mettre le plus grand ſuccès.

En femmes, nous comptons Mlle. *Chevalier*, Mlle. *Arnoux* & Mlle. *le Mierre*. La premiere jouit d'une réputation faite depuis longtems, & l'excellence avec laquelle elle rend le rôle d'Armide eſt une preuve qu'elle peut encore acquérir. La ſeconde eſt, au gré des connoiſ- ſeurs, l'actrice la plus naturelle, la plus onc- tueuſe, la plus tendre qui ait encore paru. Elle eſt ſortie telle des mains de la nature, & ſon début a été un triomphe. Qui ne ſeroit en- chanté de la méthode, du goût, du preſtige avec lequel Mlle. le Mierre nous peint tous les objets ſenſibles de la nature! Sa voix eſt une magie continuelle. C'eſt tour-à-tour un roſſi- gnol qui chante, un ruiſſeau qui murmure, un zéphir qui folâtre. Toutes trois ſont l'admira- tion, l'amour & les délices des partiſans du Théâtre Lyrique.

La Choréographie eſt ſans contredit la partie la mieux garnie & la plus parfaite de l'Opéra : *Veſtris* & Mlle. *Lany* paſſent pour les premiers Danſeurs de l'Europe. Toutes les Nations étran- geres, qui conteſtent le reſte, ſont d'accord fur ceci. On a fait l'éloge le plus complet du premier, en difant qu'il nous empêche de regretter *Dupré*. Il eft des gens même, amis de la nouveauté, fans doute, qui trouvent le premier plus fini & plus varié dans fon jeu.

Quant à la feconde, perfonne des contemporains ne fe rappelle avoir vu une Danfeufe auffi précife, auffi favante dans fes mouvemens. Le frere de cette derniere eft admirable pour la Pantomime. *Laval* & *Lyonnois* feroient des Danfeurs fublimes, fi Veftris n'exiftoit pas. Tous ces illuftres font doublés par huit ou dix jeunes gens, dont quelques-uns promettent infiniment.

L'Opéra a fait cette année l'acquifition de Mlle. *Allard*. Mlle. *Lyonnois* doit voir avec plaifir renaître fon enjouement & la gaieté dans cette agréable Danfeufe. Elle infpire la joie dès qu'elle paroît, & ce fentiment ne fait point tort à celui d'admiration qu'on lui doit. Mlle. *Veftris* eft toujours en poffeffion de la danfe voluptueufe & même lafcive : c'eft ce que lui reprocheront fans ceffe les défenfeurs des mœurs, & c'eft un défaut qu'ils lui pardonneront intérieurement, tant que le phyfique aura quelque empire fur eux. De très jolis minois décorent délicieufement les Ballets, & les premieres Danfeufes ont l'efpérance de fe voir remplacer par plufieurs du fecond ordre.

Le Cordon de St. Michel, dont M. *Rebel*, l'un des Directeurs, vient d'être décoré l'année derniere, doit donner une grande émulation à fes collegues, & à ceux qui lui fuccéderont : nos plaifirs ne peuvent que gagner à cette illuftration.

Le 9 Janvier 1762. Les Conſtitutions des Jéſuites ſe répandent imprimées nouvellement,
avec une traduction. Elle a été faite ſous les
yeux de M. de Fleſſelles, [*a*] & c'eſt M. *de la*
Bonneterie, Agrégé en Droit, qui a eu le courage de digérer cet ennuyeux travail. On ne
dit rien du fonds, déjà ſavamment diſcuté par
les premiers Tribunaux. D'ailleurs, cet ouvrage
ne peut intéreſſer que les enthouſiaſtes de la
Société, ou ſes adverſaires infatigables. Le
tout eſt précédé d'un avertiſſement ſuccint, qui
reçoit tout ſon luſtre de quelques corrections
qu'a daigné y faire une main auguſte [*b*].

Le 12 Janvier. On voit dans le public une
Lettre de M. Greſſet à M. le Duc de Choiſeul,
au ſujet du Mémoire hiſtorique des dernieres
négociations entre la Cour de France & celle
de Londres. Elle eſt en proſe & en vers. L'auteur paroît plus avoir eu pour but de faire ſa
cour au Miniſtre que de ſoutenir ſa célébrité
dans cet ouvrage. Il eſt, à tous égards, indigne de ſon auteur.

Le 13 Janvier 1762. Il eſt toujours queſtion
de la réunion de l'Opéra-comique à la Comédie
Italienne. Cette affaire, qui ſembleroit n'en
devoir être une que dans les ruelles, fait une
très-grande ſenſation à la cour : elle y cauſe
des ſchiſmes. M. l'Archevêque, au grand étonnement de tout Paris, eſt intervenu ſur la ſcene;

(*a*) M. de Fleſſelles, Procureur général de la
Commiſſion nommée par le Roi pour examiner les
Conſtitutions des Jéſuites.

(*b*) Feu Mr. le Dauphin.

il follicite vivement la confervation du théâtre de la foire. Les fonds abondans que lui fournit ce fpectacle, dont il retire le quart pour les pauvres, l'ont porté à cette étrange démarche. On craint bien qu'elle n'ait pas le fuccès dû au zéle de ce refpectable Prélat. Malgré fes repréfentations, on croit que la réunion aura lieu. Il s'eft tenu à ce fujet un grand Confeil des Dépéches, & il faut que cette affaire fe termine inceffamment. Bien des gens prétendent que la réunion ne peut que contribuer au détriment des deux fpectacles, & que c'eft un fûr moyen de les faire tomber : le bon goût n'aura pas à s'en plaindre.

Le 14 Janvier 1762. On vend fous le manteau un livre intitulé : *Manuel de l'Inquifition*. Il ne peut que contribuer à augmenter l'horreur qu'on a de cet exécrable tribunal. Il en dévoile tout le fyftême & toute la forme.

Le 16 Janvier. On a donné aujourd'hui la neuvieme & derniere repréfentation de *Zulime*. Avant de finir d'en parler, traçons-en une légere efquiffe.

Dans cette piece, malheureufement trop reffemblante à *Bajazet*, l'auteur paroit avoir eu pour but de prendre les fureurs & les égaremens d'un amour aveugle & effréné. Mais dans l'un, le nœud, l'intrigue, le dénouement naiffent, fe forment, fe développent des flux & reflux du cœur humain. La piece de l'autre ne fe foutient que par de petits incidents, des refforts poftiches. Les paffions du premier ne parlent que leur langage; elles ont leur logique, elles agiffent comme elles doivent, elles font conféquentes dans leur inconféquence même.

Tout eft abfurde, merveilleux, incroyable dans le fecond. Enfin chaque fpectateur lit, fent, approuve dans fon cœur ce que difent les héros de Racine. On fe trouve, au contraire, totalement étranger aux fituations que nous préfente M. de Voltaire ; on n'a jamais vu ni entendu rien de pareil, on ne fe reconnoît point dans les perfonnages qu'il met fur la fcene. Du refte, une Princeffe qui s'enfuit avec un Captif, qu'elle aime fans favoir s'il répond à fa paffion, qui ne l'interroge là - deffus que lorfqu'il eft trop tard pour reculer & qu'elle a parcouru le royaume avec lui ; une époufe qui joint à un amour héroïque pour fon mari, la baffeffe de tromper une amante innocente ; un héros, qui après avoir confenti à duper une jeune perfonne pour recouvrer fa liberté, héfite à le faire lorfqu'il s'agit de fe conferver la vie, qui n'a le courage ni d'étouffer, ni d'avouer fes remords; un pere imbécille, qui court à la tête d'une armée contre fa fille & deux efclaves fugitifs : voilà les caracteres de cette tragédie. Un château invefti par une armée, où l'ennemi entre & d'où il fort fans que ceux qui y commandent le fachent ou l'empéchent ; des affiégés qui ont la liberté de s'enfuir fur leurs vaiffeaux & qui ne le font pas ; un Prince qui paroît pouvoir tout, & qui n'ufe pas de fa puiffance, qui menace lorfqu'il eft feul, & qui n'agit pas à la tête de fes troupes. Une fille qui n'a pas la hardieffe de fe défendre contre fon pere, & qui a celle de n'ofer lui facrifier un amant qui l'abandonne. Des menaces qui ne s'effectuent pas, de beaux projets qui ne fe réalifent jamais. Voilà par où la tragédie fe prolonge pendant cinq actes. Deux

coups de poignard enfin , dont l'un eft fufpendu , dont l'autre eft mortel , terminent ce mon-
ftrueux drame.

Le dirons-nous encore ? On n'y reconnoît
pas même cette touche harmonieufe , ce coloris brillant, qu'on admire dans les plus mauvais ouvrages de M. de Voltaire : on n'y trouve
en rien ce grand homme. Qu'il s'en confole ,
en fe rappelant que Corneille a fait *Agefilas*
& *Attila* !

Le 17 Janvier 1762. Les Mufes & les Arts
pleurent la difgrace de deux de leurs plus illuftres
protecteurs : Mrs. le Riche de la Poupeliniere &
La Live d'Epinay [a] viennent d'être rayés de
la lifte des Plutus de France. La gloire les de-
dommagera de cette difgrace ; leurs noms plus
durables feront à jamais écrits dans les faftes du
Parnaffe. Le premier , outre la munificence
royale avec laquelle il encourageoit les Artiftes
& les Gens de Lettres , poffédoit lui-même des
talens précieux ; il a fait un Roman , des Comédies. Ses bons mots qu'on pourroit recueillir ,
feroient feuls un titre au bel efprit. Le fecond
tient fa maifon ouverte à toute l'Encyclopédie ;
c'eft un Lycée, un Portique, une Académie. Sa
digne époufe a vu longtems enchaîné à fes
pieds le fauvage Citoyen de Genêve [b] , &
tandis que fon mari verfe fes richeffes dans le
fein du mérite indigent , elle l'anime de fes

_____

(*a*) Ils étoient tous deux Fermiers généraux. Ils ont
été remerciés par une Lettre de M. le Contrôleur
général, au nom du Roi.

(*b*) M. Rouffeau a été amoureux fol de Madame
de la Live.

regards, elle enflamme le génie & lui fait enfanter des chef-d'œuvres.

Le 18 *Janvier* 1762. M. Piron a fait une fatyre en vers, intitulée : *Le Sallon*. C'eft une critique du tems, qui ne contient rien de neuf ni de piquant : c'eft un très-mauvais ouvrage.

On a donné aujourd'hui la premiere Repréfentation de *l'Ecueil du Sage*. M. de Voltaire, pour confoler fes envieux, après avoir échoué dans le tragique, a voulu fans doute échouer auffi dans le comique. Cette Piece eft auffi mauvaife dans fon genre que *Zulime* l'étoit dans le fien. C'eft une bigarrure des plus choquantes. Les deux premiers actes font une farce, une parade digne des boulevards ; le troifieme fe monte fur le haut ton ; le quatrieme le foutient, & le cinquieme eft des plus déteftables. Il y a pourtant quelques fcenes qui décelent le grand maître, & c'eft en cela que ce Drame eft fupérieur à la derniere Tragédie de l'auteur.

Le 19 *Janvier*. On parle beaucoup de la reprife de l'Encyclopédie. Les volumes de planches commencent à paroître ; ils réveillent la curiofité publique, & l'on fe demande quand on verra finir cet ouvrage, *dont la fufpenfion fait gémir l'Europe* ? Tout le manufcrit eft fait ; on n'attend qu'un regard favorable du gouvernement pour en profiter, & fe mettre du moins à l'abri des perfécutions de l'ignorance & du fanatifme, enforte que l'autorité ne pourra plus fe prévaloir contre ce dépôt immortel de l'efprit humain.

Le 20 *Janvier*. Il paroît que tout le monde n'eft pas d'accord pour admirer le retour de

Mlle. Arnoux à M. le Comte de Lauraguais. Ce raccommodement fait moins d'honneur à la constance des deux personnages que de tort à leur bonne foi. M. Bertin avoit payé les dettes de la belle fugitive, il a marié sa sœur, il a fait des dépenses considérables, qu'on évalue à plus de 20,000 écus. Pour conserver l'héroïsme il eût fallu que l'amant en faveur eût remboursé à l'amant disgracié les frais immenses que lui avoit occasionnés sa nouvelle conquête, ou qu'au moins il se fût passé à cet égard des procédés dont on ne parle point. C'est avec douleur que nous sommes obligés de renvoyer Mlle. Arnoux dans la foule des femmes dont nous l'avions tirée. Nous convenons qu'elle avoit surpris mal à propos l'admiration des cœurs tendres & sensibles, que séduit toujours ce qui porte l'empreinte des grandes passions.

26 *Janvier* 1762. On vante depuis quelque tems une tragédie d'*Eponine* de M. de Chabanon. Ce jeune homme, peu connu jusqu'à présent, avoit longtems fait l'admiration des concerts par son violon, dont il joue supérieurement. Depuis quelques années il s'est jetté dans le Grec, il s'est acquis une place à l'Académie des Belles-Lettres, il veut entrer dans la carriere du théâtre. Sa tragédie, qu'on exalte infiniment, suivant l'usage, & dont nous avons entendu la lecture, n'a rien d'extraordinaire. Son héroïne ressemble beaucoup à l'*Idamé* de l'*Orphelin de la Chine* : quant à la versification, elle nous a paru plus ampoulée que mâle & nerveuse. Nous en citerons deux vers, que l'auteur chérit avec la plus grande complaisance. L'un est

„ Votre crime eft écrit des traits de l'évidence.

L'autre, en parlant d'un fcélérat intrépide :

„ Et l'airain de fon front lui fervira d'Egide.

Ce Drame a eu bien de la peine à être reçu des Comédiens. L'auteur, avec raifon, voulut d'abord fe concilier le fuffrage de Mlle. Clairon. Cette Actrice éloigna bien loin cette demande ; elle s'excufa fur fa fanté, fur le travail dont elle étoit accablée ; elle demanda du répit, elle gémit fur fon fort, *d'être toujours entre le fer & le poifon* : ce ne fut qu'avec de très-grandes protections que M. de Chabanon obtint de fe faire entendre. Il fut bien récompenfé de fes peines & de fa conftance, il eut le plaifir de voir fondre en larmes l'héroïne du théâtre. Depuis lors elle eft engouée de fon rôle, & attend avec impatience le moment de fe venger fur les fpectateurs, des larmes que lui a arrachées un jeune homme qui chauffe le cothurne pour la première fois.

Le 22 Janvier 1762. M. de la Bonneterie, Agrégé en Droit, & auteur d'une traduction du Théâtre Italien, fait courir dans les maifons une Lettre imprimée, dans laquelle il fe défend avec beaucoup d'ardeur d'avoir traduit les Conftitutions des Jéfuites. Cet ouvrage, prefque nul en Littérature, n'eft ni affez bon pour avoir la crainte délicate d'enlever la réputation du véritable traducteur, ni affez mauvais pour que l'amour-propre fe trouve grâvement offenfé d'une imputation femblable. Il faut qu'il y ait quelque animofité particuliere que nous ne pouvons devi-

Tome I. B

ner. C'est un différend à vuider entre le pere véritable & le pere putatif , ou qui semble appréhender de l'être.

Le 24 Janvier 1762. M. Colardeau avoit fait, il y a quelques semaines , une piece de vers, intitulée *le Patriotisme* , à l'occasion des Vaisseaux que les différens Corps du Royaume s'empressent d'offrir au Roi. Jusqu'à présent le Ministre , toujours sage & modéré , avoit enchainé le zele de ce Poëte , en s'opposant à l'impression de son ouvrage. Les mêmes vues de prudence avoient fait sévir la Police , au commencement de cette année , en brisant, en pulvérisant quantité d'ouvrages de sucrerie & d'autres matieres , où l'artiste industrieux avoit cherché à reproduire sous différentes formes les monumens de la faveur patriotique. Il paroît qu'on permettra désormais de prendre l'essor à l'enthousiasme du citoyen , le Ministre a fait écrire à M. Colardeau que la Cour approuvoit son ouvrage , & il est enfin imprimé. Nous y trouvons beaucoup de poésie , de zele & peu de pensées.

Le 25 Janvier. On parle beaucoup du retour de M. de Voltaire en ce pays-ci : on va jusqu'à dire qu'il aura une pension considérable à la cour : ces bruits ne sont encore que trèsvagues. D'après cette supposition , on a toujours fait à compte l'épigramme suivante.

Voltaire, en esprit fort, plein d'orgueil & de ruse,
Après avoir choisi le sein des Protestans,
  Pour éviter les Sacremens ,
Vient mourir à Paris , sachant qu'on les refuse.

Le 26 Janvier. Il court des couplets fur les Prélats qui ont affifté à leur affemblée, convoquée par le Roi, pour connoître des Conftitutions des Jéfuites. Ces chanfons font très-fatyriques : la plupart y font traités avec le dernier mépris ; elles portent fur des anecdotes malheureufement trop vraies & trop connues, & pour comble de douleur elles font imprimées.

Le 27 Janvier 1762. Epitaphe de l'Abbé de la Cofte, attribuée à M. de Voltaire.

La Cofte eft mort ! Il vaque dans Toulon (a)
Par cette mort un emploi d'importance :
    Ce Bénéfice exige réfidence,
Et tout Paris y nomme Jean Fréron. (b)

*27 Janvier. Lettre du Pere Neuville, écrite à Madame de ** , à Saint-Germain en Laye.*

Madame,

,, La nuit du préjugé eft trop profonde & la
,, tempête trop violente : nous n'échapperons
,, pas à ce ñaufrage. Je ne fais pas ce que
,, l'Etat gagnera à la deftruction de la Société ;
,, je fouhaite que la Religion n'y perde rien.
,, Il eft vrai que le fuffrage des Evêques a
,, été hautement en notre faveur [c], mais il ne

(a) Cet Abbé avoit été envoyé aux galeres, comme tout le monde fait.

(b) Auteur de *l'Année Littéraire.*

(c) Les Evêques, au nombre de 40, s'étoient affemblés chez M. le Cardinal de Luynes, pour examiner l'Inftitut des Jéfuites : 34 ont été d'avis de laiffer l'Inftitut tel qu'il eft, en affujettiffant néanmoins les Jéfuites aux Ordinaires : les 6 autres ont eftimé de les remettre dans l'état que leur avoit donné le Colloque de Poiffy.

,, fermera pas le tombeau ouvert & creufé
,, pour nous ; il ne fervira que d'une épitaphe
,, honorable ,,.

(On ne donne point cette Lettre pour au-
thentique.)

Le 28 Janvier 1762. L'Abbé de la Porte ne
convient pas que fes feuilles meurent d'inani-
tion : il prétend que fon affociation au Sr. de
la Place, quant au choix du Mercure, le met
dans le cas de difcontinuer fon travail : il infinue, même qu'il a l'expectative de remplacer
ce Journalifte (*a*).

M. de la Dixmerie [*b*], coopérateur de
l'Abbé de la Porte, paffe auffi au Mercure pour
la partie des Contes, dont il a le privilége
exclufif, ou du moins en chef. Le Miniftre
[M. de St. Florentin] veut abfolument rendre
à cet ouvrage la vogue qu'il a toujours eue fans
la mériter. Il a décidé, pour engager les gens
de Lettres à feconder fes vues, qu'il n'y auroit
dorénavant de penfions [*c*] données fur cet
ouvrage, qu'à ceux qui l'auroient enrichi de
leurs productions.

Il eft auffi queftion de faire fervir l'ouvrage
de l'Abbé de la Porte comme de Satellite au
Mercure, c'eft-à-dire de le donner en forme de

[*a*] M. de la Place eft malade depuis longtems, &
pourroit ne pas vivre beaucoup.

[*b*] M. de la Dixmerie a fait quelques Romans &
quelques pieces de vers.

[*c*] Le Mercure rend environ 60,000 Livres : il y
a 16,000 Livres de frais, & 28,000 de Penfions ;
enfuite les non-valeurs, fommes arriérées, recouvre-
mens à faire, &c.

Supplément, & aux mêmes Souscripteurs. Il ne paroîtroit que sous permission tacite, il serviroit de correctif à l'autre, il tempéreroit sa fadeur, & du tout il se formeroit un aigredoux qu'on croit capable de réveiller le goût du Lecteur.

29 *Janvier* 1762. La piece d'*Eponine* fait un bruit du diable, & l'on prétend qu'elle va être jouée par ordre du Roi. M. Richelieu, gentilhomme de la chambre, ayant su que plusieurs grands arrètoient cette tragédie pour en favoriser d'autres, s'est piqué au jeu, & est allé trouver le Roi, en lui demandant des ordres précis pour prévenir ce schisme entre les gentilshommes de la chambre. Le Monarque s'est prêté avec bonté aux vues de M. le Duc de Richelieu.

30 *Janvier*. Il est bon de rendre compte aussi de l'état actuel de la Comédie Françoise. Nous partirons à l'avenir de ce point, comme d'un thermometre sûr, pour apprécier l'amélioration ou le dépérissement de ce Spectacle.

Mlle. *Clairon* en est toujours l'héroïne. Elle n'est point annoncée, qu'il n'y ait chambrée complette. Dès qu'elle paroît, elle est applaudie à tout rompre. Ses enthousiastes n'ont jamais vu, & ne verront jamais rien de pareil : c'est l'ouvrage le plus fini de l'art. . . . . . . Mais c'est de l'art, disent quelques critiques. Ils se rappellent qu'elle a longtems été mauvaise, qu'elle a lutté six ans contre le public, que son organe bruyant assourdissoit les oreilles, sans émouvoir le cœur. A force de tâter, elle s'est enfin fait un jeu à elle ; les glapissemens de sa voix sont devenus les accens de la paſſion, ſon enflûre s'eſt élevée au ſublime. Cette Actrice a de tout tems eu la poſition théâtrale, beaucoup de nobleſſe dans ſa démarche, dans ſes geſtes de main, dans ſes coups de tête. Quoique d'une ſtature médiocre, elle a toujours paru ſur la ſcene au deſſus de la taille ordinaire. Par quelle fatalité des infirmités habituelles nous privent-elles ſi ſouvent de la voir ? Pourquoi ſommes-nous inceſſamment menacés de la perdre ? [*a*]

Mlle. *Dumeſnil* eſt ſans contredit plus actrice née que Mlle. Clairon ; ſon jeu eſt plus naturel, plus décidé, plus franc ; mais ſon amour propre auroit dû lui conſeiller de ſe retirer, il y a quelques années. Elle n'a pas ſenti qu'elle ne pouvoit que perdre à meſure que ſa rivale gagneroit : ce n'eſt pas qu'elle ne lui faſſe encore éprouver quelquefois ſon ancienne ſupériorité, qu'elle ne l'écraſe des élans de ſon génie. Malheureuſement, ce ne ſont que les derniers éclats d'une lumiere qui s'éteint ! D'ailleurs le vice crapuleux [*b*], par lequel elle ſe laiſſe dominer, la met trop ſouvent dans le cas de ſubſtituer ſur la ſcene les écarts de ſa raiſon aux déſordres des grandes paſſions qu'elle doit peindre.

[*a*] Mlle. **Clairon** eſt attaquée de la maladie des femmes : elle joue peu ſouvent, en conſéquence de ſes infirmités. Ses camarades lui faiſoient reproche un jour de ſa rareté : „ Il eſt vrai que je ne joue „ pas fréquemment, répondit-elle ; mais une de mes „ repréſentations vous fait vivre pendant un mois. "

[*b*] Mlle. **Dumeſnil** boit comme un cocher : ſon laquais, lorſqu'elle joue, eſt toujours dans la couliſſe, **la bouteille à la main**, pour l'abreuver.

A qui les conseils d'un amour‑propre bien entendu, eussent‑ils été plus nécessaires qu'à Mlle *Gauffin* ? Elle ne sent pas qu'il est un tems où il faut se souftraire aux applaudissemens, sans quoi les applaudissemens nous échappent à la fin. Son genre ne peut s'allier avec les rides de l'âge : une vieille poupée ne figurera jamais bien dans *l'Oracle* ni dans les *Graces* ; *Zaïre* doit porter l'empreinte sur son front de toute la candeur de son ame. Quand Mlle. Gauffin joue dans cette piece, on est tenté de demander si c'est à elle que M. de Voltaire adressa, il y a trente ans, cette épitre si tendre, si touchante, où le cœur parle plus que l'esprit ? Ce qu'elle est, fait oublier ce qu'elle a été. Plus heureuse cependant que Mlle. Dumesnil en un point, elle n'a point encore de rivale qui la remplace. Ses défenseurs prétendent que son peu d'opulence [a] la met dans le cas de sacrifier sa gloire à son bien être : il faut qu'elle soit bien mal à l'aise, ou qu'elle se soucie bien peu de sa réputation.

Il n'y a que vous qui ne vieillissez point, inimitable *Dangeville* ! Toujours fraîche, toujours nouvelle, à chaque fois on croit vous voir pour la premiere. La nature s'est plû à vous prodiguer ses dons, comme si l'art eût dû tout vous refuser, & l'art s'est efforcé de vous enri-

---

[a] Mlle. Gauffin a eu les amans les plus illustres, mais elle a toujours facrifié l'intérêt au plaifir. Quand on lui reprochoit son extrême facilité, elle difoit : *Que voulez-vous ? Cela leur fait tant de plaifir, & il m'en coûte fi peu !*

chir de ses perfections, comme si la nature ne vous eût rien accordé. Quel feu dans votre dialogue ! Quelle expression dans votre scene muette ! Quelle force comique dans le moindre de vos gestes ! Quel aveugle préjugé vous refuse dans la société [a] un esprit qui pétille dans vos yeux, qui brille sur toute votre physionomie ! Si l'on vouloit personnifier cette intelligence humaine, on ne pourroit lui donner une figure mieux assortie que la vôtre. Continuez à faire les délices & l'admiration de la scene françoise. Que sur votre modele puissent se former des Actrices dignes de vous remplacer ! espoir d'autant moins fondé, que plus elles auront de sagacité pour saisir la finesse de votre jeu, plus elles se sentiront hors d'état de vous atteindre.

Quant aux dix autres Actrices (dont quatre pensionnaires, à l'essai) qui composent la troupe femelle de cette comédie, nous ne les tirerons point de la foule, qu'elles ne se soient distinguées par leurs talens. Quelques-unes donnent des espérances, d'autres ont une figure à laquelle nous rendons hommage dès à présent.

De quinze Acteurs que compte la Comédie, (dont deux à l'essai) s'il n'en est peut-être aucun aussi transcendant que les quatre femmes que nous venons de nommer, il en est peu qui n'aient du moins un mérite particulier. Le jeune *Molé* attrape le ton sémillant d'un Marquis éphémere. L'emphase de Paulin, dans ses rôles de

[a] On prétend que Mlle. Dangeville est buse en conversation.

Tyran, ne messied pas. D'ailleurs, il excelle à faire le Paysan. Un récit plein de feu ou de pathétique est très bien rendu par *Dubois*. *Bonneval* joue le sot à merveille ; *Dangeville* le niais : *Armand* a toute l'effronterie, toute la scélératesse des Valets de l'ancienne comédie : ses allures, son ton, son visage ne conviennent point à la finesse, à la décence de ceux de la nouvelle. Les Acteurs que le Public distingue, sont *Grandval*, *Bellecour*, *Le Kain*, *Préville* & *Brizard*.

Grandval & *Bellecour* courent la même carriere dans les deux genres. Le premier a plus d'importance, plus de morgue, plus de faste ; l'autre a plus de naturel, plus d'aisance, plus de fatuité : les rôles d'ironie, de dédain, de mépris, conviennent mieux au premier ; ceux d'entrailles, d'onction, de pathétique, mieux au second : celui-là nous paroît fait davantage pour le comique, où il est permis de charger, d'enchérir sur le pinceau de l'auteur : celui-ci est mieux dans le tragique, où il faut souvent rapprocher de la nature un rôle gigantesque que le poëte en a trop écarté. Grandval est plus consommé ; nous espérons que Bellecour sera quelque jour plus fini. Tous deux sont hommes à bonnes fortunes, [a] & puisent dans le

---

[a] On raconte qu'une femme de très-grande considération s'étant engouée de Grandval, l'envoya chercher, l'admit dans un tête-à-tête ménagé exprès, & filant peu-à-peu sa défaite, lui dit, en regardant des portraits de famille qui ornoient l'appartement : „ Ah ! Grandval, que diroient ces héros, s'ils me

commerce des femmes cet air de triomphe &
d'impudence qui va fi bien aux héros de théâtre.

Il falloit que *Le Kain* fût acteur né , puifque
M. de Voltaire l'a jugé tel [*a*] , malgré fon organe ingrat & fa figure ignoble. Le public eft
fort partagé fur ce comédien : les uns le regardent comme fublime , d'autres comme déteſtable. C'eft qu'il y a de grandes beautés dans fon
jeu , & de grands défauts. Les premieres em-
pêchent fes partifans de voir les autres , & ceux-
ci font difparoître celles-là aux yeux de fes con-
tempteurs. L'art , quelquefois , le fait aller au-
delà de la nature ; il refte quelquefois en deçà
de la nature pour ne pas donner affez à l'art.
Affemblage étonnant de grandeur & de baffeffe , de fublime & d'enflûre ! on doit , ou
l'admirer à l'excès , ou le dégrader fouverai-
nement.

Préville eft admirable pour la pantomime :
il eft acteur jufqu'au bout des doigts ; fes moindres geftes font épigramme ; il charge avec tout
l'efprit poffible , c'eft le Callot du théâtre. Auffi
inimitable que Mlle. Dangeville , il n'eft pas
auffi étendu dans fon genre : fa figure ne comporte point certains rôles , où il faut jouer la
dignité , à laquelle l'actrice atteint quand elle

„ voyoient entre vos bras ?...... Ils diroient , ré-
„ pondit l'impudent vainqueur , ils diroient que vous
„ êtes une putain. ”

[*a*] C'eft M. de Voltaire qui a produit Le Kain
à la comédie , après l'avoir fait jouer longtems chez
lui fes différentes pieces ; & , en général , il faut convenir que ce font celles que Le Kain joue le mieux.

veut. Rien de fi agréable que de les voir en préfence l'un de l'autre ; ils font faits pour dérider les fronts les plus grâves , pour évertuer les plus ftupides , pour rendre l'efprit palpable aux plus fots.

Brizard eft le dernier dont nous ayons à parler. Il a la majefté des Rois , le fublime des Pontifes , la tendreffe ou la févérité des Peres. C'eft un très grand acteur , qui joint la force au pathétique , la chaleur au fentiment : il eft généralement admiré. Nous ne voyons perfonne qui lui refufe fon fuffrage , & fon jeu n'a encore effuyé aucune critique.

D'après ce détail , il eft aifé de juger que le théâtre de la Comédie Françoife a les Acteurs les plus parfaits de l'Europe. Quoi qu'en difent les cenfeurs , qui n'admirent jamais le préfent , nous croyons fort que la génération comique actuelle vaut la génération paffée , que les Barons & les Montménils font remplacés , & que les Rofcius antiques ne dédaigneroient pas d'applaudir aux Rofcius modernes.

31 *Janvier* 1762. Enfin , après plufieurs Confeils des Dépêches , il eft décidé que l'Opéra-Comique eft fupprimé ; que le fond des pieces appartiendra à la comédie Italienne , & que ce genre de fpectacle fera fubordonné , comme les deux comédies , à l'infpection des gentilshommes de la chambre. Il eft queftion de plufieurs arrangemens ultérieurs , dont nous parlerons , quand ils feront tirés au clair.

31 *Janvier.* M. de Voltaire a écrit à M. l'Abbé d'Olivet , que c'eft mal-à-propos qu'on faifoit courir le bruit de fon retour à Paris , qu'il étoit content comme un Roi fur fon lac.

Il se défend aussi d'être l'auteur de *l'Ecueil du Sage*. Il l'attribue à un Académicien [M. Picardin] de Dijon. Il trouve pourtant de l'intérêt dans cette piece, & ce grand homme continue à persifler le public, suivant sa coutume.

1 *Février*. Vers de M. de Voltaire à M. Blin de St. Maur, qui lui avoit envoyé un exemplaire de son Héroïde de *Gabrielle d'Estrées à Henri IV*.

Mon amour-propre est vivement flatté
De votre écrit; mon goût l'est davantage :
On n'a jamais, par un plus doux langage,
Avec plus d'art, blessé la vérité.

Pour Gabrielle, en son apoplexie,
D'autres disent qu'elle parle longtems :
Mais ses discours sont si vrais, si touchans,
Elle aime tant, qu'on la croiroit guérie.

Tout Lecteur sage, avec plaisir verra,
Qu'en expirant, la belle Gabrielle
Ne pense point que Dieu la damnera,
Pour trop aimer un Amant digne d'elle.

Avoir du goût pour le Roi Très-Chrétien,
C'est œuvre pie, on n'y peut rien reprendre :
Le Paradis est fait pour un cœur tendre,
Et les damnés sont ceux qui n'aiment rien.

1 *Février*. Les comédiens Italiens ont donné aujourd'hui pour la premiere fois, *les Bossus rivaux*, parodie nouvelle, imitée d'une piece de M. Goldoni, qui porte le même nom, à laquelle on a ajouté quelques avis. Cette dro-

gue n'a point eu de fuccès, êlle eft de M. Riccoboni.

3 *Février* 1762. Jamais les Italiens ne s'étoient
vus afliéger par une foule pareille à celle d'aujourd'hui. C'étoit une fureur dont il n'y a pas
d'exemple : des flots de curieux fe fuccédoient
fans interruption, & débordoient dans toutes
les rues voifines : l'ouverture de l'opéra-comique fur leur théâtre, attiroit ce concours prodigieux. Tout étoit loué depuis plufieurs jours
jufqu'au paradis. On a commencé par *la Nou-*
velle troupe, comédie de Favart, à la fin de
laquelle on a ménagé une fcene qui a amené
la réunion des deux Spectacles, & un acteur
y a harangué le public à ce fujet, & lui a
demandé fes bontés. *Blaife le favetier* a fuivi,
& l'on a fini par *On ne s'avife jamais de tout*.
Le premier, [paroles de Sédaine, mufique de
Monfigny] n'a pas femblé fi déplacé. Le jeu
des acteurs occupe mieux le vuide du lieu,
mais cette gentilleffe n'a pas fait le même plaifir qu'à l'ordinaire. On fent facilement qu'il
faut d'autres organes & d'autres acteurs pour
un local auffi différent. L'orcheftre même s'eft
trouvé avoir dégénéré. Enfin, l'on augure mal
de cette jonction.

4 *Février*. On a repris aujourd'hui *Zaïs* à
l'Opéra : [paroles de Cahufac, mufique de Rameau] jamais on n'a vu fpectacle fi abandonné.
Les premieres loges étoient abfolument nues,
les fecondes très peu garnies, furtout en femmes ; le refte à l'avenant. La foule s'eft encore
portée vers les Italiens, & à la honte de notre
Nation, on continue à remarquer combien les
treteaux l'emportent fur la majefté de la fcene.

Gardel a remplacé Vestris. Ce jeune Danseur acquiert de jour en jour : il court la même carriere que le dernier, & quoique bien loin encore, on remarque qu'il s'élance de plus en plus & cherche à l'attraper.

4 *Février* 1762. L'Abbé Yvon, qui passoit pour avoir contribué en grande partie à la these de l'Abbé de Prades [*a*] & qui avoit été comme enveloppé dans sa disgrace, après dix ans d'exil reparoit enfin à Paris. Tous les Matérialistes applaudissent au retour de cet illustre apôtre.

5 *Février.* Le *Journal Encyclopédique*, peut-être aussi partial que les autres ouvrages de cette nature, mais au moins plus plein & plus intéressant, outre son chef ordinaire, [M. Rousseau de Toulouse] vient d'acquérir pour conducteur à Paris, M. l'Abbé Méhégan. Cet Irlandois, auteur de quelques Opuscules romanesques, est surtout connu pour avoir rompu une lance contre l'auteur de l'*Année Littéraire.* [*b*] Puisse une belle ambition l'engager à rendre son Journal capable d'écraser les feuilles de son adversaire !

[*a*] L'Abbé de Prades avoit soutenu en Sorbonne, en 1751, sans réclamation, une thèse où le Matérialisme se découvroit de toutes parts. Enfin toutes les Puissances Seculiere & Ecclésiastique s'eleverent contre ces impiétés, & il fut flétri par Arrêt du Parlement.

[*b*] Dans un pamphlet intitulé : *Lettre à M. de* **** *sur l'Année Littéraire, & en particulier sur la feuille du* 11 *Mai* 1755.

7 Février 1762. La réunion de l'Opéra comique aux Italiens, ne paroît encore que proviſoire juſqu'à Pâques, pour s'aſſurer du ſuffrage du Public. En conséquence cinq ſeulement, dont deux femmes, du premier, ont été pris à l'eſſai : on ne s'accoutume point à ce mélange. Les Italiens s'immiſcent avec les Naturels. Les premiers cherchent en vain à ſe parer de la gaieté naïve des ſeconds, & ceux-ci, enflés de leur nouvelle dignité de Comédiens du Roi, mettent dans leur jeu une importance qui gâte tout.

· 8 *Février*. Le *Cenſeur hebdomadaire* de M. Daguin, commencé en 1760, ſe continue cette année, mais ſon abondance eſt tarie de moitié. Ces feuilles ne ſeront plus que de 24 pages in-8vo. Ce Journaliſte n'eſt ni profond ni plaiſant. Comme c'eſt celui qui ſe reproduit le plus ſouvent, il eſt à même de ſe ſaiſir de ce qui paroît & d'en orner ſon ouvrage. C'eſt un auteur précaire, qui ne ſe ſoutient abſolument que par le travail des autres.

9 *Février*. M. Falconnet, Médecin conſultant du Roi, des Facultés de Paris & de Montpellier, de l'Académie Royale des Inſcriptions & Belles-Lettres, l'un des plus ſavans hommes de l'Europe, eſt mort hier après midi d'une retention d'urine. Il avoit 91 ans. Il eſt plus cité comme Editeur, Traducteur & ſurtout Compilateur, que comme Auteur.

Il avoit toute ſa vie ramaſſé les anecdotes qu'il avoit appriſes ; il les mettoit ſur des cartes, & ſa compilation ſe montoit à plus de 150,000 notes de cette eſpece. Il a légué cette curieuſe partie de ſon Cabinet à M. de Sta.

Palaye , fon confrere de l'Académie des Belles Lettres.

On évalue la Bibliotheque de M. Falconnet à près de 40,000 volumes. Il avoit légué depuis longtems au Roi les livres rares & autres qui ne font point à la Bibliotheque de S. M. Le nombre s'en monte à plufieurs milliers. Il s'en étoit confervé l'ufufruit , & le Roi, en reconnoiffance , lui avoit fait une penfion de 1,200 Livres , réverfible fur la tête de fa fœur, qui vit encore.

11 *Février*. Trois pieces, que les comédiens n'ont pas voulu recevoir , paroiffent imprimées , & les auteurs font juger le Public.

La premiere eft de M. le Comte de Lauraguais : c'eft *Clitemneftre*. Il eft certain que plufieurs tragédies ont été jouées , & ont eu un fuccès paffager , quoique fort inférieures à celle-la. Le reproche dont l'auteur ne peut fe défendre , c'eft d'avoir ofé lutter contre M. de Crébillon & contre M. de Voltaire , fans avoir fait mieux. Il a fait tout ce qu'il a pu auprès des Comédiens pour les féduire : il s'étoit engagé à fournir les habillemens & à fubvenir aux fraix. Ils n'ont pas cru pouvoir manquer à ce point aux deux peres exiftans de leur théâtre.

La feconde eft un *Alexandre* , de M. le Chevalier de Fénelon. Il paroît que tout le monde paffe affez condamnation fur celle-la.

La troifieme eft *Dom Carlos* , de M. le Marquis de Ximenès. Le même fujet a été traité par Campiftron , fous un nom différent [d'Andronic] fuivant Fréron. La premiere n'aura jamais l'air que d'une copie de la feconde. Il trouve que l'auteur frappe bien un vers. On a longtems cru que M. de Voltaire retouchoit les ouvrages de M. de Ximenès.

12 *Février* 1762. On a fait une épigramme fur *Zulime*, qu'on attribue à M. le Comte de Turpin. La voici :

Du tems qui détruit tout, Voltaire eft la victime ;
Souvenez-vous de lui, mais oubliez Zulime.

13 *Février*. On a joué depuis quelques jours à Bagnolet *Le Berceau*, Conte de la Fontaine, ajufté au théâtre par M. Collé. Il y avoit trois lits fur le théâtre, ce qui a donné lieu à des plaifanteries. On a trouvé la piece froide, & quelqu'un difoit au Duc d'Orléans : *Monfeigneur, il faudroit baffiner ces lits-là.*

14 *Février*. Nous avons penfé perdre ces jours-ci M. de Crébillon [*a*], qui eft fort vieux. Il s'en eft heureufement tiré : il a reçu fes Sacrémens, & peu de tems après le viatique il a mangé des huîtres.

15 *Février*. On fait à M. de Marmontel le même honneur qu'à la Fontaine. On regarde fes Contes comme une mine féconde, dont on cherche à s'approprier les richeffes. On vient de mettre en Comédie *Annette & Lubin*. Cette piece en un Acte & en Vers, mêlée d'Ariettes, de Vaudevilles, de Divertiffemens, a été reçue fur le Théâtre Italien avec les plus grands applaudiffemens. C'eft une bagatelle très-jolie ; il

---

[*a*] On rapporte qu'un jour étant allé chez le Roi, S. M. le reçut avec bonté, & dans le courant de la converfation : *vous êtes vieux*, lui dit le Roi, *vous avez plus de quatre-vingt ans.* —— *Non, Sire*, lui répondit-il, *c'eft mon Extrait Baptiftaire qui les a.*

n'y a que quelques mauvaifes plaifanteries à retoucher , & le dénouement à refferrer.

Lubin aime Annette : Annette aime Lubin; ils pratiquent l'amour fans le connoître. Le Bailli , qui a de la paffion pour la jeune villageoife , eft conféquemment jaloux : il cherche à troubler cette belle union ; il veut les inquiéter , leur donner des remords : il interpofe l'autorité du Seigneur , pour remédier au fcandale que caufe dans le village le défordre de leurs mœurs. Celui-ci s'en laiffe impofer d'abord , il veut punir les deux amans; peu à peu il revient de fon erreur , il reconnoît leur innocence , il confond l'impofture du calomniateur , & couronne la flamme innocente d'Annette & de Lubin.

Cette piece , foupoudrée par - tout d'un fel attique & délicat de courtifan , ne peut partir en entier de M. Favart , qui en eft le prête-nom : il n'a que du gros fel. Tous les connoiffeurs y reconnoiffent la Mufe de l'Abbé de Voifenon. En général , elle eft écrite dans le goût des Paftorales de Fontenelle , avec un naturel trop affecté , pleine de chofes trop penfées , trop fpirituelles. Après tout , honneur à M. de Marmontel , qui eft l'architecte de ce Drame ingénieux !

16 *Février* 1762. On nous a donné , l'an paffé, *la Confeffion & la Mort de M. de Voltaire*; on nous produit aujourd'hui fon *Teftament Littéraire*. Malheur aux plaifans finiftres qui nous obligent à prévoir un événement dont l'afpect afflige toute la Littérature ! Quant à cette production , elle eft d'un homme qui , à force de chercher de l'efprit , en rencontre quelquefois par hazard. On l'attribue à l'Avocat Marchand.

17 *Février* 1762. *Chanson sur les Evêques* [a].
Sur l'air: De Joconde.

Le haut Clergé s'est assemblé
Pour juger les Jésuites,
Des mœurs de la Société,
Des progrès & des suites :
Mais de ces fameux assassins
Préférant la finance,
Ces Prélats laissent aux Destins
A conserver la France.

Le Cardinal [b], homme d'esprit,
Est de l'Académie [c];
Mais il n'a pensé ni produit,
Depuis qu'il est en vie :
Ennemi du bien & du mal,
Il prit en patience
Le coup qui le fit Cardinal,
Contre toute apparence.

Au bout du compte un tel soufflet, [d]

---

[a] Il y avoit alors une assemblée de Prélats,
nommés par le Roi, pour examiner la Doctrine des
Jésuites.

[b] Le Cardinal de Luynes, chez qui se tenoit
l'assemblée.

[c] Il étoit de l'Académie Françoise.

[d] On prétend que M. de Luynes a commencé
par servir, mais ayant reçu un soufflet dont il ne
prit pas vengeance, il fut obligé de prendre le parti
de l'Eglise.

Au milieu de la joue ,
Aux defcendans de *Cadenet*, [*a*]
  Tombe-t-il dans la boue ?
S'en venger , c'eft courir hafard ,
  Et pardonner , baffeffe ;
L'Eglife lui fert de rempart ,
  Pour foutenir nobleffe.

Beaumont [*b*] , par Grifel [*c*] infpiré ,
  Laquais , [*d*] Prêtre hypocrite ,
A l'aveuglement condamné ,
  De rien ne voit la fuite :
Cependant il a fort bien fu
  Que l'affreux Régicide ,
Par les Ignaciens conçu ,
  Fit Damien (*e*) parricide.

Or , de ces faits , nos chers amis ,
  Quelle eft la conféquence ?
Dira-t-on qu'avec ces maudits ,
  Il eft d'intelligence ?

[*a*] Voyez l'hiftoire de la Mere & du Fils par
Mezeray , où eft toute l'origine de la maifon de
Luynes.

[*b*] L'Archevêque de Paris.

[*c*] Grand Pénitencier , l'ame damnée de M.
l'Archevêque & fon Confeffeur.

[*d*] On prétend que M. Grifel a été laquais :
c'eft un fol dont on cite mille traits extravagans,
entr'autres celui de Mlle. Huno, Maîtreffe de M.
de la Valiere. On l'accufe d'avoir volé 50,000 liv.
à la fucceffion de Mr. de Tourni , Intendant de
Bordeaux, dont il étoit Directeur.

[*e*] L'exécrable affaffin du Roi.

Non : cherchant l'abfolution,
    Cette troupe perfide
Vint le foir même à Charenton ,
    Pour laver l'homicide.

Cambrai , [a] ce Prêtre méprifé,
    La honte de l'Eglife ,
Par fes confreres appelé
    Comble encor leur fottife :
Aux piés de fa vieille Beauté ,
    Cherchant ce qu'il doit dire ,
Il immole la vérité
    A l'amoureux délire.

Nicolaï [b], fot, plat & long,
    Vendu comme fon frere , [c]
Au feu Cardinal Du Perron
    Veut renvoyer l'affaire ;
Et de la place qu'il remplit
    Oubliant la décence ,
Infulte, fier de fon crédit,
    Et Soiffons [d] & la France.

---

[a] L'Archevêque de Cambrai , amant de Madame la Comteffe de Lismore.

[b] L'Evêque de Verdun, qui porte toujours des cheveux plats & longs.

[c] Le Premier Préfident de la Chambre des Comptes , qu'on dit vendu à la Cour.

[d] M. de Soiffons ayant répondu à M. de Verdun, qui citoit continuellement le Cardinal du Perron en faveur des Jéfuites , que c'étoit un fripon à ne point citer, celui-ci repliqua à M. de Fitz-James que c'étoit lui qui en étoit un.

Sans respect pour sa dignité
  Orléans [a] se rétracte [b],
Chacun sait que sa parenté
  Ne fut jamais intacte ;
Il corrompt jusqu'à son cousin,
  On passe la cousine [c],
Mais la Feuille qu'il tient en main [d]
  Vaut bien la Loi Divine.

Le reste, un amas d'ignorans,
  De l'Eglise la lie,
Bas valets, lâches courtisans
  De cette Secte impie,
Craignant le fer & le poison,
  Tous ces Prêtres coupables,
Laissent leur Prince à l'abandon
  De ces gens détestables.
  [e] .   .   .   .   .

S'étonnera-t-on que Ricci, [f]
  Ce monstre sanguinaire,

---

[a] M. de Jarente.

[b] Etant Evêque de Digne, il avoit été contre les Jésuites.

[c] Mlle. de Jarente , qui demeure chez son oncle.

[d] Il a la Feuille des Bénéfices.

[e] On a retranché ici quelques couplets qui ne signifient pas grand'chose.

(ƒ) Le Général des Jésuites.

Défende [*g*] à fa cohorte ici
   D'être à fes vœux contraire ?
Quand il figneroit mille fois,
   C'eft un nouveau parjure :
Ce Barbare ne fuit de loix
   Que contre la Nature.

Vengez-vous, grand Prince, il eft tems :
   Chaffez la race impie :
Vengez-Lisbonne, Henri le Grand,
   L'Amérique & l'Afie :
Quiconque oferoit des Céfars
   Infulter la puiffance,
Doit être puni fans égards ;
   C'eft le vœu de la France !

18 *Février* 1762. L'Académie Royale de Mufique a retiré *Zaïs* hier, & a remis des Fragmens, compofés de l'Acte du Bal des *Fêtes Vé-
nitiennes*, de celui de *Pigmalion*, & de celui
de *l'Amour & de Pfiché*.

L'Opéra fe retourne en tout fens pour ramener la foule : l'engouement du Public paroît
tout décidé en faveur des Italiens ; il faut le
laiffer fe blâfer fur ce fpectacle.

Dans le premier Acte, Mlle. le Mierre fait le
rôle du Maître de Mufique, avec un enjouement, une vérité, un goût qui raviffent. Le fe-

---

(*g*) Le Général n'a voulu entendre à aucune réforme concernant fa *Société* ; il a répondu au Roi
qui lui propofoit la réforme de fon Ordre : *fint ut
funt, aut non fint* !

cond ne fert qu'à faire regretter Géliotte, Muguet ne peut en rien repréfenter Pygmalion : c'eft un acteur maigre, qui n'a pas la moindre figure ; il a l'air d'une marionnette. D'ailleurs on a fort mal à propos fait jouer Mlle. Allard, qui n'eft point du tout faite pour chanter, non plus que pour le genre de danfe qu'exige le rôle de la ftatue animée. On ne peut exprimer les acclamations du Public, à la vue de Mlle. Arnoux, qui n'avoit point paru depuis longtems. Elle eft en poffeffion de nous reproduire Pfyché, & d'infpirer l'amour à tous les cœurs de ceux qui la voient dans cette Tragédie.

19 *Février* 1762. M. l'Abbé Morellet, Docteur de Sorbonne, & l'un des Coopérateurs de l'Encyclopédie, s'avoue l'auteur du *Manuel de l'Inquifition*. Il étoit déjà connu par la *Vifion du Sr. Paliffot*, pamphlet très fatyrique, [a] qui lui avoit fait faire quelque féjour à la Baftille.

20 *Février*. Il s'eft paffé hier un événement à la Comédie Françoife, qui doit faire à jamais époque dans l'hiftoire du théâtre.

On jouoit *Tancrede* : Mlle. Clairon faifoit *Aménaïde*. Quand elle en fut à ces vers :

„ On dépouille Tancrede, on l'exile, on l'outrage...

„ C'eft le fort d'un héros d'être perféçuté....

„ Tout fon parti fe tait : qui fera fon appui ?

„ Sa gloire ! . . . . , ...

„ Un héros qu'on opprime attendrit tous les cœurs.....

l'Actrice

(a) Des femmes de la plus haute confidération y étoient tournées en ridicule.

l'Actrice fublime donna des inflexions de voix fi nobles & fi pénétrantes, que tous les fpectateurs, pleins de l'événement du jour [a], fentirent l'à-propos. Le nom de *Broglio* vola de bouche en bouche, & le fpectacle fut interrompu à plufieurs reprifes par des applaudiffemens qui fe renouveloient fans ceffe.

22 *Février* 1762. Le livre de *la Nature* ne mérite pas la même célébrité éphémere qu'il a eue : c'eft une nouvelle pierre ajoutée à l'édifice du Matérialifme, façonnée à-peu-près comme les autres. Les quatre propofitions cardinales de l'auteur font : 1. Il y a un équilibre néceffaire de biens & de maux dans la Nature. 2. La Génération uniforme des Etres. 3. L'Inftinct moral. 4. Le Phyfique des Efprits. Il convient qu'il n'a point inventé ces différens Syftêmes, mais il prétend aller plus loin que les autres, & en déduire des conféquences neuves. On fent qu'elles ne peuvent être à l'avantage ni de la morale, ni de l'humanité. Ce livre eft trop fcientifiquement écrit pour amufer les gens fuperficiels, & il ne l'eft pas affez agréablement pour attacher les Savans, auxquels il n'apprendra rien. Le mal qu'il fera, fera donc très-peu de chofe, puifque peu de gens le liront. On l'attribue à un M. *Robinet de Châteaugiron*.

24 *Février*. On parle beaucoup du Requifitoire de M. le Procureur général [La Chalotais] du Parlement de Bretagne contre les Jéfuites. Nous n'en ferons mention qu'en ce qui concerne notre objet. Ce favant Magiftrat pré-

_____

(*a*) M. le Maréchal de Broglio a reçu hier une Lettre de cachet, qui l'exile dans fes terres.

Tome I.   C

tend que l'éducation donnée par les Jéfuites n'eft point fi précieufe. Il propofe, en conféquence, de faire un nouveau plan d'études.....* Il eft certain que ce moment-ci eft une crife heureufe dans les Lettres, dont il faudroit profiter pour chaffer enfin l'ignorance & la fuperftition de leurs derniers repaires, pour fubftituer l'efprit philofophique à l'efprit pédantefque qui regne encore dans les colleges, & pour apprendre à la jeuneffe des chofes qu'elle doive & qu'elle puiffe retenir.

26 *Février* 1762. Nous avons fous les yeux une Lettre de M. de Voltaire [à M. l'Abbé de Launay] dans laquelle il nous apprend que fon Commentaire fur Corneille doit l'occuper encore deux ans ; qu'alors il en aura 69 , & qu'il eft trop vieux, trop ami du calme & du filence, pour défirer fon retour à Paris...... Il figne, *de Voltaire* , *Gentilhomme ordinaire du Roi.*

26 *Février.* La reprife d'*Armide* s'eft faite aujourd'hui fans le moindre tumulte. La fureur du public pour ce bel Opéra s'eft paffée comme un enchantement...... On trouve plus de Mufique dans le plus petit Opéra-comique.

28 *Février.* Les Comédiens ont reçu des défenfes de jouer *Tancrede* , jufqu'à nouvel ordre, en conféquence de ce qui s'eft paffé le famedi 9.

28 *Février.* Aujourd'hui, que la Comédie Italienne eft à fon plus haut degré de faveur & d'illuftration, il eft effentiel d'établir la pofition actuelle de ce fpectacle.

On y compte 15 Acteurs [dont 3 provenant de l'Opéra-comique & deux à la penfion] & 13

Actrices [dont 4 à la pension & deux provenant de l'Opéra-comique]. Dans cette multitude, à peine trouvons-nous quelques personnages qui méritent qu'on en parle.

Carlin passe pour être un très grand Arlequin : il est fait pour dérider les fronts nébuleux, on lui trouve de la fécondité, beaucoup de variété dans ses lazzis, une souplesse étonnante dans son jeu ; il provoque, malgré qu'on en ait, la grosse gaîté, mais c'est un Arlequin. *De Hesse* est Acteur, Valet du premier ordre ; il entend d'ailleurs à merveille la choréographie. Nous trouvons dans *Rochard* un Chanteur agréable ; il a de la propreté, du goût ; il joue quelques rôles passablement. *La Ruette* répare à force d'art la nature la plus ingrate, c'est un Musicien consommé. On désireroit encore entendre *Clairval* sur le théâtre de l'Opéra-comique ; son filet de voix se perd sur celui des Italiens : on en voit assez pour regretter qu'il n'en puisse pas faire entendre davantage. Le robuste *Audinot* rend au naturel la grossiéreté des mœurs du peuple. Tous ces talens divers sont éclipsés par celui de *Cailleau* ; c'est un comédien qui a toutes les qualités, à la noblesse près : sa voix embrasse tous les genres ; elle se monte à tous les tons ; elle vaut un orchestre entier : il est principalement fait pour la Parodie.

Madame *Favart* a été longtems l'héroïne des Italiens, apparemment parce qu'elle n'étoit point surpassée par d'autres. En général, elle est médiocre, elle a la voix maigre, manque de noblesse, & substitue la finesse à la naïveté, les grimaces à l'enjouement, enfin l'art à la nature. On a beaucoup applaudi au début de Mlle.

Piccinelli. C'eſt une Cantatrice du premier ordre : elle n'a pourtant pas dans le goſier cette flexibilité qu'exige l'Italien pour être chanté dans ſa premiere perfection. Du reſte, elle n'eſt propre en rien au théâtre. Mlle. *Villette*, tranſfuge de l'Opéra, a été mieux accueillie à ce ſpectacle. Son volume de voix, trop médiocre pour le premier théâtre, a mieux rempli celui des Italiens : elle a un air niais, qui s'adapte à certains rôles ; mais elle n'eſt rien moins qu'actrice, elle n'a ni chaleur ni ſentiment. On devroit s'applaudir de l'acquiſition de Mlle. *Neiſſel*, ſi ſa voix voilée ſuffiſoit au lieu où elle chante. Elle a des graces, du naturel, du goût, du ſentiment ; mais ſes ſons trop affoiblis quand ils parviennent à l'oreille, ne produiſent plus qu'une demi-ſenſation.

Tous ces talens, dont aucun n'eſt parfait, ſe rapprochent beaucoup plus du médiocre, & la fureur avec laquelle on court à ce ſpectacle, ne pourra jamais faire honneur au ſiecle. Les partiſans du bon goût eſperent tout du tems & de l'inconſtance des Pariſiens.

1 *Mars* 1762. M. *Collé* a mis encore en Opéra-comique le Conte de la Fontaine, *A femme avare galant eſcroc*. Cette plaiſanterie a été jouée chez M. le Duc d'Orléans, à Bagnolet. Dans ces ouvrages de ſociété on ſe permet bien des gravelures, toujours ſûres de réuſſir en pareil cas, mais qui rendent une piece hors d'état d'être préſentée au public.

2 *Mars*. *Mes dix-neuf ans, ouvrage de mon cœur*. Tel eſt le titre d'un recueil aſſez gros d'opuſcules en tous genres, en vers & en proſe. M. du Roſoy eſt le nouveau candidat qui ſe met

fur les rangs. Il annonce qu'il a déjà une tragédie toute prête. Nous remarquons dans cet auteur un ton décidé, qui eft ordinairement l'indice des talens médiocres : il tranche fans difficulté fur les plus grands hommes.

3 *Mars* 1762. *Julie*, *ou le Triomphe de l'Amitié*; Comédie en trois Actes & en profe. Cette Piece a été jouée aujourd'hui pour la premiere & derniere fois.

La fcene eft dans une efpece d'hôtellerie, où logent différens perfonnages, entr'autres un jeune étourdi, qui a enlevé une Demoifelle, & l'a époufée. Ils font dans la derniere mifere : l'hôteffe veut les renvoyer ; un ami du mari a la générofité de payer leurs dettes, & de pourvoir à leurs befoins. Pour ménager leur amour-propre, il ufe de détours qui font naître & fomentent la jaloufie de fon ami ; une explication auroit bientôt éclairci le tout, mais la piece finiroit trop tôt. Des incidens, des perfonnages poftiches prolongent le dénouement : à la fin tout s'éclaircit, & le mari reconnoît l'innocence & la grandeur d'ame de fon bienfaiteur.

Cette piece eft de M. Marin, auteur d'une *Hiftoire de Saladin*, de différentes autres brochures, & fucceffeur de Crébillon à la Cenfure de la Police. •

4 *Mars*. M. Marmontel a mis auffi *Annette & Lubin* en Opéra-comique ; M. de la Borde a fait la Mufique. On prétend que cet ouvrage ne peut fe préfenter fur la fcene. *Annette* y paroit groffe à pleine ceinture, & il y a un interrogatoire du Bailli des plus gras. On affure qu'il fera joué à Choify.

5 *Mars*. Il fe vend fous le manteau une bro-

C 3

chure intitulée : *Le Colporteur*. On l'attribue à
M. Chevrier. Elle n'a d'autre mérite que son
incognito, & quelques anecdotes scandaleuses
sur différens Littérateurs.

6 *Mars* 1762. *Armide* ne peut absolument
tenir devant l'Opéra-comique ; il est désert. Cet
Opéra eut 33 représentations à sa premiere reprise : elles ont rendu 107,000 livres.

7 *Mars*. *Le Sermon du Rabin Akib* de M.
de Voltaire, qui étoit peu répandu, s'étant
divulgué beaucoup au moyen d'une impression
faite en ce pays, la Police fait les recherches les
plus séveres sur ce pamphlet ; ce qui lui donne
une vogue qu'il n'avoit pas eue.

8 *Mars*. Le sort de l'Opéra - comique est
enfin fixé. Il est incorporé avec la Comédie
Italienne. L'engouement du Public, joint à
celui de la Cour, a fait décider que ce spectacle auroit lieu toute l'année. On prétend que
l'étiquette a beaucoup contribué à la réunion ;
il n'eût pas été décent de faire jouer devant la
Famille Royale des histrions qui n'auroient pas
été revêtus du titre de *Comédiens du Roi*.

9 *Mars*. La Comédie Italienne, en conséquence de sa réunion avec l'Opéra-comique,
a le privilege exclusif de jouer la semaine de la
Passion : elle se transportera alors sur le théâtre
de la foire. Ce changement de scene redoublera
la fureur du Public. Tout est déjà loué pour
tous les jours, jusqu'aux troisiemes loges.

10 *Mars*. M. de Voltaire ne laisse passer
aucune occasion de s'égayer en amusant le Public. Il paroît une plaisanterie qu'on lui attribue à l'occasion de l'expulsion des Jésuites,
dont il est tant question aujourd'hui. Cette piece

eft intitulée *la Balance égale*. Il y expofe le pour & le contre. Le tout eft affaifonné des farcafmes qu'il fait fi bien manier.

13 *Mars* 1762. Quoique l'anecdote que nous allons rapporter foit ancienne , comme elle n'eft pas connue & qu'elle intéreffe tous les partifans de M. de Voltaire , nous allons la configner ici.

Un témoin oculaire [l'Abbé Beffon] nous rapporte que M. de Voltaire , dans la quinzaine de Pâques derniere , fe crut obligé d'édifier les nombreux vaffaux dont il eft Seigneur , & fur-tout Mlle. Corneille dont il forme fi parfaite-ment le cœur & l'efprit. En conféquence , ce grand homme fait venir un Capucin , fe confeffe humblement à fes genoux , fait entre fes mains une efpece d'abjuration , communie enfuite , & fait donner fix francs au vilain.

15 *Mars*. Il fe répand une parodie d'une Ariette du *Maréchal* , Opéra-comique , fur M. le Maréchal Prince de Soubife :

> Je fuis un pauvre Maréchal,
> Et je redeviens Général
> Depuis que Broglio en fon village
> Eft renvoyé par Pompadour :
> Mais fi j'abandonne la cour ,
> J'y reviendrai , felon l'ufage ,
> Tôt , tôt , tôt , battez chaud ,
> Tôt , tôt , tôt , bon courage ,
> Y faire admirer mon ouvrage.

16 *Mars*. Nous apprenons que M. Mar-montel travaille à une *Poétique*. Nous efpérons qu'il nous donnera de meilleurs préceptes en théorie qu'en action.

16 *Mars* 1762. *Le Tréfor du Parnaffe*, ou le *plus joli des Recueils*. Mrs. de Bernard, de Bernis, Colardeau, Dorat, Des Mahis, Feutry, de Laurès, le Mierre, Marmontel, de Moncrif, Peffelier, Robbé, de St. Lambert, Sédaine, Thomas, de Voltaire, figurent tour-à-tour dans ce Recueil. On y voit des chofes qu'on trouve partout, & l'on y remarque des Odes facrées à côté des poéfies d'une galanterie des plus libres.

17 *Mars.* On a joué aujourd'hui à l'Opéra, *Dardanus*, [Mufique de Rameau, paroles de la Bruyere] pour la Capitation des Acteurs. Ce jour-là n'a point rendu comme à l'ordinaire, on n'a fait qu'environ 1,000 écus.

18 *Mars.* M. le Chevalier de Laurès, ce poëte Lauréat, couronné plufieurs fois par l'Académie Françoife, donne au public une Ode intitulée *la Navigation.* Elle tire tout fon mérite du zele patriotique. C'eft un médiocre ouvrage, comme tous ceux de ce poëte.

19 *Mars.* On eft furpris de ne voir pas paroître l'*Eponine* de M. de Chabanon, tant vantée, & qui devoit fe jouer par autorité. Nous apprenons que les clameurs des opprimés fe font fait entendre, & ont touché ceux qui vouloient favorifer ce drame à l'exclufion des autres. M. du Belloy, furtout, dont la tragédie, fans avoir le même titre, préfente les mêmes fituations que celle de M. de Chabanon, a intéreffé l'humanité des Gentilshommes de la Chambre. Il a fait voir que fa piece paroiffant après celle de fon concurrent, devoit néceffairement tomber, quelle que fût la réuffite du premier : qu'au contraire, fa fienne n'entraîne-

roit pas auffi effentiellement la chûte de fon rival, celui-ci lui étant bien fupérieur par la pompe, l'harmonie, le coloris de la verfification, préfages certains du fuccès. Les Gentilshommes de la Chambre fe font rendus à cet argument lumineux, trop flatteur pour que M. de Chabanon s'y refufât, & tout eft rentré dans l'ordre accoutumé.

21 *Mars* 1762. M. Colardeau chauffe le brodequin aujourd'hui ; il a fait une petite piece en deux actes, intitulée *Camille & Conftance*. Ce drame a été repréfenté à Auteuil, chez les Demoifelles Veriere ; il eft tiré de *la Courtifanne amoureufe*, Conte de la Fontaine. On fent tout le fel que devoit avoir cette piece en pareil lieu. L'auteur veut la refferrer en un acte, & nous en régaler aux François.

22 *Mars*. M. Dorat a fait auffi une tragédie, intitulée *Théagene & Chariclée*.

M. de Sauvigny, garde du corps du Roi de Pologne, nous promet également *la mort de Socrate*, Drame en trois actes.

23 *Mars*. Depuis qu'il eft décidé que les Comédiens Italiens jouiront du privilege de l'Opéra-comique, & joueront la femaine de la Paffion, les autres fpectacles fe donnent des mouvemens pour participer à cette grace : ils profitent de la circonftance du feu qui a pris à la foire, & cherchant à réveiller l'humanité en faveur des incendiés, ils offrent de jouer au profit de ceux-ci. Il n'y a pas d'apparence qu'ils obtiennent cette grace.

24 *Mars*. Les Italiens devoient aller jouer fur le théâtre de l'Opéra-comique pendant la derniere femaine, mais l'incendie de la foire a

dérangé cet arrangement : ils resteront où ils sont, & les Danseurs de corde auront ce théâtre-là. C'est un inconvénient préjudiciable aux premiers : toutes les loges étoient déjà louées : les pieces qu'on joue à présent, déjà usées, auroient acquis un air de nouveauté par le changement de lieu, capable d'engouer tout Paris.

25 *Mars* 1762. M. l'Abbé de la Caille, de l'Académie Royale des Sciences, l'un des plus célebres Astronomes de l'Europe, est mort le 21 de ce mois. Il n'avoit jamais été malade.

26 *Mars.* M. l'Abbé Arnaud, aujourd'hui Directeur du *Journal Etranger*, commence à monter aux honneurs Littéraires ; il a été élu cette après-midi membre de l'Académie des Belles-Lettres.

26 *Mars.* Il va paroître incessamment *Amelie*, Roman traduit de l'Anglois de Fielding. C'est le Pendant de *Tom-Jones.* On y voit l'amour conjugal déployé dans toute sa force & dans toutes les positions possibles. Madame Riccoboni est auteur de cette traduction, qui peut être très-intéressante.

26 *Mars.* Tout le public voit avec plaisir une ingénieuse gravure de M. de Carmontel, amateur & artiste lui-même : c'est le portrait de M. l'Abbé Chauvelin, ce redoutable écueil contre lequel sont venus se briser, l'orgueil, l'astuce & la politique des Jésuites. Il est représenté avec les attributs de la Magistrature, tenant en main le livre des *Constitutions* ; on lit au bas ce simple & magnifique éloge : *non sibi, sed patriæ natus.*

27 *Mars.* On a fait aujourd'hui la clôture de la Comédie Françoise. On jouoit *Semira-*

mis : on en étoit au premier acte , lorfqu'on a crié que le feu étoit à la falle. Jamais effroi n'a été plus foudain & plus terrible : à l'inftant les flots de fpectateurs en s'écoulant ont entraîné les portes & les cloifons ; l'amphithéâtre eft defcendu dans le parterre ; l'orcheftre eft monté fur le théâtre ; les femmes fe précipitoient des loges ; Mlle. Dumefnil, qui faifoit *Sémiramis*, s'eft trouvée mal. . . . . Heureufement l'incendie s'eft terminée à une chaife brûlée , fur laquelle une actrice avoit laiffé tomber une bougie dans fa loge. . . . Une demi-heure après tout le monde s'eft calmé , & l'on a continué le fpectacle.

Le jeune *Molé* a fait le compliment & l'a débité. Il étoit plein de fadeurs & de lieux communs , à l'ordinaire. Ce comique orateur y déclare qu'il ne parle point des acteurs qui ont réuffi cette année , pour ne point affliger ceux qui ont manqué les fuffrages du Public ; qu'au refte , tous méritent des encouragemens.

28 *Mars* 1762. Quelque plaifant a trouvé la parodie de l'Ariette du *Maréchal*, digne d'être continuée : on y a ajouté les couplets fuivans :

> Si je fuis pauvre Général ,
> Je fuis un brave Maréchal ,
> Je fais expofer ma patrie
> Et braver des miens le mépris.
> Lorfque je marche aux ennemis,
> Par ma manœuvre je leur crie,
> Battu chaud , j'ai bon dos ;
> Poiffon foutient Soubife ,
> La France payera nos fottifes.

C 6

J'allois combattre Ferdinand,
Et je le croyois par devant ;
Mais il s'est trouvé par derriére.
Pense-t-on qu'un Hanovrien,
Puisse agir en Italien,
C'est au-dessus de ma visiere ?
Battu chaud, j'ai bon dos ;
Poisson soutient Soubise,
La France a payé nos sottises.

A Rosbac le Prussien si fier
Pouvoit-il jamais espérer
Me vaincre en bataille rangée ?
Moi qui ne m'y rangeai jamais,
Je m'en épargnai tous les fraix.
L'éclair dissipa mon armée.
Battu chaud, j'ai bon dos ;
Poisson soutient Soubise.
La France a payé nos sottises.

Mais revenons à Lutzelberg,
Où je vois triompher Chevert
Sans vouloir partager sa gloire :
C'en étoit fait des ennemis :
Si je marchois, ils étoient pris ;
Je fis échapper la victoire.
Battu chaud, j'ai bon dos ;
Poisson soutient Soubise.
La France a payé nos sottises.

Prince fait pour être chéri,
Soyez heureux & favori,
Mais ne commandez pas l'armée.
Au bien qui vous arrivera

Vous verrez qu'on applaudira :
Abandonnez vos deſtinées.
Tôt, tôt, tôt, battez chaud.
Tôt, tôt, tôt, bon courage ;
Que Broglio finiſſe l'ouvrage !

28 Mars 1762. On ne ceſſe de s'informer de toutes parts quel eſt l'auteur du livre *de la Nature*. On écrit de Hollande à M. de Mairan, qu'il eſt de la compoſition d'un Ex-Jéſuite, nommé M. *Robinet*. Ce Philoſophe eſt paſſé dans cette République & s'y eſt marié avantageuſement.

28 Mars. Il ſe répand une nouvelle Epigramme ſur Fréron, qu'on attribue à un homme de la cour : elle eſt intitulée *la Souris*.

Souris de trop bon goût, ſouris trop téméraire,
Un trébuchet ſubtil de vous m'a fait raiſon ;
Vous déchiriez, cruelle ! un tôme de Voltaire,
Tandis que vous aviez les feuilles de Fréron.

30 Mars. Il paroît une *Réponſe aux Epitres du Diable*, attribuée à M. de Voltaire. On met en Note que, quoique cette piece ſoit tombée tard entre les mains de l'Editeur, il n'a pas voulu en priver le public. Il l'auroit pu faire ſans qu'on lui en fût mauvais gré : la Piece, comme tout ce qui paroît depuis quelque tems, eſt indigne de ſon auteur. Outre les victimes ordinaires que s'immole le Poëte des Délices, il a fait choix d'une nouvelle, le Sr. Paliſſot, & tout le monde applaudit à ce qu'il dit de cet Anti-Philoſophe.

31 Mars 1762. On a joué hier chez M. le Ma-

réchal de Richelieu *l'Annette & Lubin* du Sieur
Marmontel. Mlle. Neiffel faifoit *Annette*, &
Clairval *Lubin*. Cette piece a eu le plus grand
fuccès. Ce jour-là même on jouoit aux Italiens
la piece de Madame Favart. Ceux qui ont vu les
deux, trouvent la premiere infiniment fupérieure.
Nous avons lu le manufcrit : il nous paroît que
le Drame du Sr. Marmontel eft plus ordurier. Il
y a un interrogatoire du Bailli, qui malheureufement vient après celui du *Droit du Seigneur*.
Du refte, on donne la palme aux deux auteurs
du théâtre particulier.

1 *Avril* 1762. Voilà une des plus fameufes
époques de la République des Lettres, les Arrêts
du Parlement fe font exécutés aujourd'hui, & les
Jéfuites ferment leurs Colleges dans le Reffort.
Les Penfionnaires de Louis le Grand font tous
fortis, & ceux qui font connus fous le nom
d'*Enfans de Langue* ou d'*Arméniens* penfionnés
par le Roi, ont été mis, jufqu'à nouvel ordre,
dans des maifons voifines du College. On a fait
à l'occafion de l'événement du jour, courir la
Pafquinade fuivante.

„ La Troupe de St. Ignace donnera mercredi
„ prochain 31 Mars 1762, pour derniere Repré-
„ fentation, *Arlequin Jéfuite*, Comédie en cinq
„ Actes, du Pere Dupleffis : fuivis des *Faux*
„ *bruits de Loyola*, par le Pere Laînez, petite
„ Comédie en un acte. Pour Divertiffement, le
„ *Ballet Portugais* : En attendant le *Triomphe*
„ *de Thémis*.

2 *Avril*. L'Univerfité, fuivant la requifition
du Parlement, répand un Mémoire, où elle
démontre différentes chofes par rapport à l'inftruction de la jeuneffe. Elle établit, 1°. que

l'éducation publique eft infiniment préférable à la particuliere : 2°. que les Réguliers doivent être exclus de cette éducation, à laquelle doivent être préférablement attachés les grands Corps, qui font en quelque forte membres de l'Etat : elle infinue enfuite que ceux qui fe trouvent chargés de ces pénibles fonctions, devroient être récompenfés d'une façon plus utile & plus honorifique.

2 *Avril* 1762. On parle beaucoup d'une chanfon faite fur l'Abbé de Voifenon & Mad. Favart, à l'occafion de la piece d'*Annette & Lubin*, qui eft mife fous le nom de cette derniere. Voici cette plaifanterie.

Chanfon nouvelle à l'endroit d'une femme auteur, dont la Piece eft celle d'un Abbé.

> Il étoit une femme
> Qui pour fe faire honneur,
> Se joignit à fon confeffeur :
> Faifons, dit-elle, enfemble
> Quelqu'onvrage d'efprit,
> Et l'Abbé le lui fit.

> Il cherche en fon génie
> De quoi la contenter ;
> Il l'avoit court pour inventer :
> Prenant un joli conte
> Que Marmontel ourdit,
> Deffus il s'étendit.

> On prétend qu'un troifieme
> Au travail concourut :
> C'eft Favart qui les fecourut.

En chofe de fa femme.
C'eft bien le droit du jeu
Que l'époux entre en peu.

Fraîcheur , naturel , grace,
Tendre fimplicité ,
Tout cela fut du Conte ôté ;
On mit des gaudrioles,
De l'efprit à foifon ,
Tant qu'il fut affez long.

A juger dans les regles
La piece ne vaut rien ,
Et cependant elle prend bien
Lubin eft fûr de plaire ;
On dit qu'*Annette* auffi
En tire un bon parti.

Mais fi la vaine gloire
Des auteurs s'emparoit,
Le Public fot les nommeroit ,
Monfieur Favart , fa femme,
Et brochant fur le tout ,
Avec eux l'Abbé Fou. . . . .

3 *Avril* 1762. Lès Italiens ont fait aujourd'hui
la clôture de leur Théâtre. Le Sr. le Jeune a
débité le compliment rempli de chofes flatteufes
pour le public. Il y traite affez bien la réunion
des deux Théâtres, & prétend que cet affemblage ne fera qu'exciter leur émulation, au lieu
de faire naître leur jaloufie.

4 *Avril*. Il court dans les rues un *Dies iræ*
fur les Jéfuites : il a 59 couplets , il tire tout.

ſon mérite des honorables victimes dont il déplore le deſtin. Rien n'eſt plus plat ni plus miſérable.

5 *Avril* 1762. *Ode ſur les Vaiſſeaux*, par M. Courtrat. Voici un nouveau candidat que l'amour de la patrie fait mettre ſur les rangs. S'il s'en étoit tenu à l'envie de montrer ſon zele, il feroit louable, mais ce jeune Apedente s'érige en Docteur, & dans une préface nous détaille les propriétés & les privileges de l'Ode. C'eſt afficher des prétentions comme Auteur, & en cette qualité nous le condamnons au ſilence, ſurtout en matiere lyrique.

6 *Avril*. M. Barthe, jeune Provençal de l'Académie de Marſeille, nous donne un livre de ſes *Opuſcules*. Ce ſont des Epitres légeres & gracieuſes. Il s'y trouve beaucoup d'images, de poëſie, de facilité ; mais le tout eſt monté ſur un ton de monotonie faſtidieuſe. Ce genre, très borné, eſt preſqu'épuiſé par les Greſſet, les Bernis, les Desmahis, les Lambert.

7 *Avril*. M. l'Abbé Raynal vient de donner au Public un livre qu'il appelle, *Ecole militaire, ouvrage compoſé par ordre du Gouvernement*. C'eſt une compilation d'aventures, de belles actions, ou de bons mots, qui ont trait à la guerre. Ce livre, qui auroit pu avoir au moins le mérite du choix & de la conciſion, eſt pro-lixe, diffus, & plein de choſes étrangeres au titre. L'auteur a 3,000 Livres de penſion pour ce beau travail. Il vouloit qu'on obligeât cha-que Régiment à prendre 100 exemplaires de ſon livre ; il le vend 6 Francs. Qu'on évalue l'argent immenſe qu'auroit recueilli cet homme de Lettres calculateur. Le Miniſtre ne s'eſt

pàs malheureusement prêté à ses projets de fortune.

8 *Avril* 1762. L'*Annette & Lubin* de M. de Marmontel court les Théâtres particuliers. Cette piece a été jouée avant-hier sur celui de la *Folie-Titon*, avec un concours de monde prodigieux.

Ce Poëte passe pour auteur de la chanson sur l'Abbé de Voisenon. Celui-ci paroît en rire ; mais il en garde un ressentiment profond, à ce qu'assurent ceux qui le connoissent. Il espere bien faire rire à son tour le public aux dépens du Poëte Gascon.

9 *Avril* On vient de donner un 5me. Volume aux *Oeuvres du Philosophe de Sans-Souci*. On sait que ce livre est du Roi de Prusse, & sera un monument à jamais durable, élevé à l'honneur des Lettres. Il n'y a gueres que des *Epitres* dans ce nouvel ouvrage, roulant toutes sur la guerre passée & la présente. Elles sont bien propres à détruire les imputations odieuses dont on a chargé cette Majesté. Il paroît que c'est après avoir épuisé toutes les voies de négociation qu'elle s'est portée à agir hostilement. Quelques-unes sont écrites avec la simplicité dont César racontoit ses victoires.

On parle dans la préface d'une rapsodie intitulée l'*Amant-Sans-Souci*, qu'on avoit fait paroître sous le nom respectable de M. Formey. Ce libelle, peu connu à Paris, paroissoit avoir pour but de ternir les Philosophes d'aujourd'hui, sous le nom injurieux de *Nouveaux*.

10 *Avril*. M. le Maréchal d'Etrées a sa part aussi dans les couplets sur nos Généraux. C'est toujours sur le même air : *Je suis un pauvre Maréchal.*

Sur le Maréchal d'Etrées.

Je marche comme un Maréchal,
Point du tout comme un Général :
Si nous avons quelque avantage,
Soubife en aura tout l'honneur;
Je le lui cede de bon cœur,
Je n'ai point de cœur à l'ouvrage.
Tôt, tôt, tôt, battez chaud,
Tôt, tôt, tôt, bon courage,
Je n'ai point de part à l'ouvrage.

Contades en fut mécontent,
Je devins fon Aide de camp,
Sans vouloir être davantage.
Ce procédé ne prit pas bien;
Je m'en ris, je fuis citoyen,
C'eft un affez beau perfonnage.
Tôt, tôt, tôt, battez chaud,
Tôt, tôt, tôt, bon courage,
Je n'ai point de part à l'ouvrage.

11 *Avril* 1762. Les parts des Acteurs de la Comédie Italienne fe font montées cette année à 11,500 livres chacune.

11 *Avril.* Mlle. Neiffel & Audinot quittent le Spectacle de la Comédie Italienne, & paffent au fervice du Prince de Conti. Il y a eu une grande jaloufie contre la premiere, de la part de Mesdames Favart & Villette. Elle n'a pu tenir contre leurs cabales.

13 *Avril.* Il paroît une *Réponfe au Difcours*

de M. de la Chalotais, qu'on attribue au Pere
Griffet ; elle eft foible de preuves, & forte
d'infolences. Il voudroit infinuer que tout ce
qui fe paffe aujourd'hui contre les Jéfuites,
n'eft qu'une fuite du Syftême qu'ont formé les
nouveaux Philofophes de fapper les fondemens
de la Religion. Par où mieux commencer qu'en
détruifant les Jéfuites, ce corps infatigable,
qui a toujours oppofé le bouclier de la foi
aux attaques réitérées des Encyclopédiftes ! Le
bruit a couru que le *Difcours* de M. de la Chalotais avoit été fait par M. d'Alembert, & ce
Jéfuite donne par-là affez à entendre que le
Magiftrat n'a pas parlé d'après lui feul.

14 *Avril* 1762. *Le Jéfuite Mifopogon Séraphi-*
que, ou l'ennemi de la barbe des Capucins ; amphigouri qui n'a rien de remarquable, que la
licence qui y regne, & une anecdote très-
fcandaleufe fur l'Abbé de la Porte, ci-devant
Jéfuite.

15 *Avril*, On fait que depuis longtems M.
de Voltaire travailloit à châtier fa *Pucelle*, à
la rendre pudibonde. Il en paroît enfin une
nouvelle Edition 8vo. en 20 Chants, avec des
Eftampes. On y a retranché tout ce qui avoit
trait à Madame la Marquife de Pompadour. Du
refte, l'Auteur y regagne en impiété tout ce
qu'il y perd en obfcénité.

16 *Avril.* Nous revenons au *Colporteur* de
M. Chevrier, qu'il appelle *Hiftoire morale &*
critique. Ce livre eft de la plus grande rareté.
Le Gouvernement n'a point voulu en permettre
ni tolérer l'introduction en France, ce qui défole les Libraires, l'ouvrage étant affuré du
plus grand débit, par les atroces médifances

ou calomnies dont il eſt farci. L'impudent écrivain y nomme ſans égard les gens par leur
nom. A travers toutes les infamies dont ſa ſatyre eſt pleine, il ſe trouve quelques anecdotes
aſſez amuſantes; on en lit une ſur un vers de
la *Mariamne* de M. de Voltaire, qui fait rire.
Madame la Maréchale de *** ayant ouï dire
que cette tragédie étoit meilleure ſous ſa premiere forme, en demanda une lecture à ſon
auteur, qui étoit de cet avis. Quand il en fut
aux fureurs d'*Hérode*, après avoir empoiſonné
Mariamne, il appuya beaucoup ſur ce vers que
dit le Prince, en l'exhortant à vivre :

„ Vis pour toi ! vis pour moi! vis pour nos
    chers enfans ! . . . . .

Le Poëte exhala ſi pathétiquement cette ex-
clamation, que la Maréchale attendrie ſe mit
à pleurer : *Ne vous affligez pas*, *Madame*,
lui dit le prètre Macarty, *il y en aura pour
tout le monde.*

17 *Avril* 1762. Les Jéſuites ſe ſont défaits d'u-
ne très grande quantité de livres, que M. le Duc
de la Valiere a achetés, ainſi que M. le Comte
de Lauraguais.

Le ſecond volume de Trévoux vient de paroître encore, mais le Pere Bertier a déclaré
que c'étoit le dernier qu'il donneroit. Ce Jé-
ſuite convient qu'il ouvre enfin les yeux; qu'il
n'avoit jamais lu les *Conſtitutions* que depuis
qu'elles ont été épluchées ſi ſévérement, &
qu'il s'apperçoit qu'il étoit, ſans s'en douter,
l'eſpion du Général, à l'égard de tous les Savans dont il parloit dans ſes ouvrages : qu'il

recevoit fréquemment des Lettres de ce Supé-
rieur, qui l'interrogeoit fucceffivement fur leur
compte ; qu'il lui répondoit dans la fincérité
de fon cœur; enforte que ce Chef pouvoit con-
noitre leurs écrits dans fon Journal, & leurs
mœurs & leur caractere par fes réponfes.

18 *Avril* 1762. *La Mort d'Adam* ; tragédie en
trois actes, traduite de l'Allemand de M. Klopf-
tock, par un anonyme.

Cette traduction en profe ne répond point à
la fublime idée qu'on donne de l'original dans
le difcours préliminaire, où l'on exalte ce
drame comme un chef-d'œuvre digne d'Homere
ou de Sophocle. Il y a du pathétique d'expreffion, plus que de fituation.

18 *Avril. A la Nation*, poëme. Tel eft le
titre d'un nouvel ouvrage de M. d'Arnaud. On
fe doute bien qu'il roule fur le zele patriotique.
La fiction en eft commune, la poéfie dure &
bourfouflée ; une adulation baffe pour le Miniftere, voilà tout ce qui en réfulte. Le *Mercure* en fait un extrait fi pompeux & fi emphatique, qu'il n'y a aucun doute qu'il ne foit de
la façon même de l'auteur, très extafié de fon
chef-d'œuvre. Il fonde deffus les plus grandes
efpérances de fortune.

19 *Avril.* Aujourd'hui s'eft fait la rentrée
des deux Comédies, qui n'ont donné rien de
nouveau. L'Italienne n'a point eu fon affluence
ordinaire, ce qui eft d'un mauvais augure. Ce
début pourroit bien être l'époque de la déca-
dence que tous les amateurs du vrai bien lui
préfagent & lui fouhaitent.

20 *Avril* 1762. L'Opéra a fait fa rentrée aujourd'hui par *Dardanus*. Jamais on n'a vu un

fpectacle fi délabré. On remarque une réforme affez confidérable dans les fubalternes, qui influent pour peu fur le total du fpectacle. Il y en auroit une plus confidérable à faire dans les chanteurs, mais la pénurie empêche de rien changer.

20 Avril 1762. L'Académie Royale des Infcriptions & Belles Lettres a tenu aujourd'hui fon affemblée publique d'après Pâques.

M. ie Beau, Secrétaire de la Compagnie, y a lu les Eloges de M. le Cardinal. Paffionéi & de M. l'Evêque de la Ruvaliere.

Cette lecture a été fuivie de celle d'un Mémoire de M. de la Naufe, fur le fujet de la quatrieme Eglogue de Virgile, par rapport à l'Enfant que le poëte a voulu y défigner.

M. l'Abbé Barthelemi a donné après une explication curieufe du fameux bas - relief Egyptien de Carpentras.

Enfin, M. de Chabanon a régalé le public de la traduction d'une Ode de Pindare, avec des Notes.

21 *Avril.* L'Académie Royale des Sciences a fait aujourd'hui fa rentrée publique d'après Pâques.

M. de Fouchy, Secrétaire perpétuel, y a lu les Eloges de M. Belidor & de M. Rouillé. Tout le monde a applaudi au premier : quant au fecond, on l'a reçu comme un monument élevé par le menfonge & l'adulation, à la mémoire d'un homme qui ne mérite d'être connu de la poftérité, ni comme Miniftre ni comme Savant.

Cette lecture devoit être fuivie de celle de plufieurs Mémoires : M. de Montigny, Chymiste, a absorbé tout le tems de la scéance, par une ennuyeuse rélation de son voyage, de ses expériences & de ses résultats, relatifs aux Salines de la Franche-Comté.

M. de la Lande a terminé la séance en rendant compte du passage de *Vénus* sur le disque du Soleil. Il a cru déterminer d'après ses observations la distance des Planetes au Soleil. La Terre, qui jusqu'à présent ne passoit pour être qu'à 29,000,000 lieues de cet Astre, s'en trouve reculée de 32,000,000. *Saturne*, la planete la plus éloignée de toutes, en est à 36,000,000 & plus : 12,000,000 est la distance de *Mercure* qui est le plus voisin. Ce Mémoire a paru très bien fait, & mis à la portée des plus ignares, par la clarté dont il est.

22 Avril 1762. La rentrée de la Comédie Françoise n'a pas été plus brillante que l'autre. Le Sr. Molé a débité un compliment, qui, outre les fadeurs ordinaires pour le Public, contenoit un aveu très modeste de lui, Molé, sur son insuffisance à remplacer le Kain absent dans la piece qu'on alloit jouer, un éloge & des regrets très considérables à l'occasion de la perte de Grandval, qui se retire.

Grandval est en effet retiré. On prétend qu'il a fait l'insolent vis-à-vis M. le Duc d'Aumont: ce qui est assez croyable. Cette perte est grande pour le Public & pour les Comédiens. L'on perd un acteur unique dans certains rôles, les autres un modele propre à former d'excellens sujets.

23 Avril. Le Sr. le Kain est allé chez M. de Voltaire, en députation de la part des Comédiens, pour réparer leur impertinence à l'occasion.

casion de sa derniere tragédie, [*Olympie*] qu'il a été obligé de retirer à cause de leur désunion. Ils sentent combien il leur est essentiel de ménager ce grand poëte, leur maître & leur bienfaiteur.

24 *Avril* 1762. On a accommodé le College Dupleßis d'une partie du Pensionnat des Jésuites, & la porte de communication ouverte pour passer d'un College à l'autre a été baptisée la *Porte Chauvelin*, monument éternel du zele patriotique de ce grand homme.

25 *Avril*. Le Père Griffet désavoue le livre en réponse à M. de la Chalotais, dont on a parlé ci-dessus : il a été brûlé hier par Arrêt du Parlement.

26 *Avril*. Il court un vaudeville en 40 couplets, où l'on passe en revue à peu près toute la Cour. Il est sur un air d'*Annette & Lubin*, dont le refrein est *y a-t-il du mal à ça* ? On sent qu'il est heureux & prête beaucoup.

27 *Avril*. Crébillon, malgré ses 89 ans, n'a point succombé à la longue maladie qu'il vient d'éprouver. Il est beaucoup mieux, & son grand appétit est revenu. Le Roi a donné à cette occasion les plus grandes marques de bonté. Il avoit chargé spécialement M. le Comte de Clermont de lui apprendre tous les jours des nouvelles de la santé de cet Académicien, confrere de S. A. S. : en conséquence ce Prince envoyoit & envoye encore savoir comment il se porte.

28 *Avril*. Tout ce qui vient de M. de Voltaire est précieux. Voici encore une plaisanterie qu'on lui attribue, & où l'on trouve pour le

Tome I. D

moins autant de patriotifme que dans tous les mauvais vers dont nous fommes inondés : c'eft à l'occafion des Vaiffeaux.

Extrait de la Gazette de Londres du 20 Février 1762.

Nous apprenons que nos voifins, les François, font animés autant que nous, au moins de l'efprit patriotique. Plufieurs Corps de ce royaume fignalent leur zele pour le Roi & pour la patrie. Ils donnent leur néceffaire pour fournir des vaiffeaux, & l'on nous apprend que les moines, qui doivent auffi aimer le Roi, donneront de leur fuperflu.

On affure que les Bénédictins, qui poffedent environ neuf millions de livres tournois de rentes dans le royaume de France, fourniront au moins neuf vaiffeaux de haut bord. Que l'Abbé de Citeaux, homme très important dans l'Etat, puifqu'il poffede fans contredit les meilleures vignes de Bourgogne & la plus groffe tonne, augmentera la Marine d'une partie de fes futailles. Il fait bâtir actuellement un palais, dont le devis eft d'un million fept cent mille livres tournois, & il a déja dépenfé quatre cent mille francs à cette maifon pour la gloire de Dieu, il va faire conftruire des vaiffeaux pour la gloire du Roi.

On affure que Clairvaux fuivra cet exemple, quoique les vignes de Clairvaux foient très peu de chofe : mais poffédant quarante mille arpens de bois, il eft très en état de faire conftruire de bons navires.

Il fera imité par les Chartreux, qui le vouloient même prévenir , attendu qu'ils mangent la meilleure marée, & qu'il eft de leur intérêt que la mer foit libre. Ils ont trois millions de rentes en France pour faire venir des turbots & des foles ; l'on dit qu'ils donneront trois beaux vaiffeaux de ligne.

Les Prémontrés & les Carmes , qui font auffi néceffaires dans un Etat que les Chartreux , & qui font auffi riches qu'eux , fe propofent de fournir le même contingent. Les autres moines donneront à proportion. On eft fi affuré de cette oblation volontaire de tous les moines , qu'il eft évident qu'il faudroit les regarder comme ennemis de la patrie , s'ils ne s'acquit- toient pas de ce devoir.

Les Juifs de Bordeaux fe font cottifés ; les moines , qui valent bien les Juifs , feront jaloux fans doute , de maintenir la fupériorité de la nouvelle loi fur l'ancienne.

Pour les Freres Jéfuites , on n'eftime pas qu'ils doivent fe faigner en cette occafion , at- tendu que la France va être inceffamment pur- gée defdits Freres.

P. S. Comme la France manque un peu de gens de mer , le Prieur des Céleftins a propofé aux Abbés réguliers, Prieurs, Sous-prieurs, Rec- teurs, Supérieurs, qui fourniront des vaiffeaux, d'envoyer leurs Novices fervir de Mouffes, & leurs Profès fervir de Matelots. Ledit Céleftin a démontré dans un beau difcours , combien il eft contraire à l'efprit de charité de ne fonger qu'à faire fon falut, quand on doit s'occuper de celui de l'Etat. Ce difcours a fait un grand effet , & tous les Chapitres délibéroient encore au départ de la pofte.

D 2

*29 Avril 1762. Aux Jéfuites, fur la clôture
du College de Louis le Grand.*

Vous ne favez pas le Latin :
Ne criez pas au facrilege
Si l'on ferme votre College,
Car vous mettez au mafculin
Ce qu'on ne met qu'au féminin.

30 Avril 1762. M. l'Abbé Prevôt reparoît fur
les rangs, il nous donne aujourd'hui *Mémoires
pour fervir à l'hiftoire de la Vertu*, tirés du
manufcrit d'une jeune Dame. C'eft une traduction de l'Anglois. Ce Roman eft inférieur aux
autres de fa compofition, il a pourtant une
grande vogue pour les avantures extraordinaires
& compliquées dont il eft rempli; c'eft le livre
du jour.

2 Mai. On ne ceffe de parler de l'*Annette
& Lubin* de M. Marmontel; on en exalte furtout la mufique. Comme ce Drame a été joué
fur plufieurs théâtres particuliers, bien des gens
ont été à portée de le voir. On prétend qu'a-
vec de l'adreffe on pourroit le rendre oftenfi-
ble pour le public, en mafquant la groffeffe
d'Annette. Malgré ces éloges exceffifs, on ne
comprendra jamais trop comment une fille,
qui porte un enfant dans le ventre, peut avoir
une naïveté toujours étonnante & foit ver-
tueufe, ayant auffi effentiellement dérogé à la
pudeur.

3 Mai. Il étoit furvenu une conteftation
entre les Directeurs de l'Opéra & les Admini-
trateurs de l'Hôpital général. Depuis longtems

on louoit de petites loges à l'année, qui ne fe trouvant point comprifes dans la recette journaliere étoient exemptes du quart des pauvres. On eft revenu fur ces différens articles, & l'on a prétendu qu'ils étoient fufceptibles de la taxe, comme tout le refte. Il s'eft trouvé que le produit de ces petites loges fe montoit à 40000 écus. Pour éviter cette conteftation, qui pouvoit s'étendre aux autres Spectacles, les Adminiftrateurs ont traité avec l'Opéra & les deux Comédies : ces trois Spectacles leur donneront à l'avenir cent mille écus par an.

4 *Mai* 1762. On a très applaudi aujourd'hui un nouvel acteur [Du Frefnoy] dans *Guftave* : on a furtout été fort content du coftume qu'il a introduit. Jufqu'ici ce héros avoit paru fur la fcene en habit galonné ; &c. il s'eft montré aujourd'hui en Charles XII, dans le vêtement fimple & groffier d'un héros belliqueux & qui a intérêt à ne point fe faire remarquer. On doit fe rappeler fans ceffe que c'eft à Mlle. Clairon qu'on doit ces heureufes innovations fur notre fcene.

5 *Mai.* M. Marmontel, qui chanfonna les autres, eft chanfonné à fon tour : fans doute qu'il s'y attendoit. C'eft une parodie de fes paroles : *non, non, l'amour n'eft point indomptable* ; c'eft fur le même air :

Non, non, l'ennui n'eft point indomptable :
Tout fier qu'il eft, Voltaire l'a furmonté.
J'ai vu mourir ce Dieu redoutable :
 C'eft Marmontel qui l'a reffufcité ;
  Et c'eft la veine
  Du plat Chimene
Qui lui rendra fon immortalité.

Le pauvre diable de Chimene ne s'attendoit pas à faire clôre cette méchanceté.

6 Mai 1762. M. Dubelloy triomphe enfin. Aujourd'hui sa piece, intitulée *Zelmire*, a eu le plus grand succès. C'est un sujet de pure invention, plein d'absurdité & d'événemens incroyables ; mais les situations en sont si séduisantes que la raison se laisse facilement subjuguer. Il y regne un grand intérêt, plus de curiosité cependant que de sentiment. Les trois premiers actes sont de la plus grande chaleur : les deux derniers n'enflamment pas tant le spectateur, défaut général de presque tous nos jeunes poëtes tragiques. On a demandé l'auteur avec les plus bruyantes instances. Sa modestie le faisoit chanceler.

7 Mai. M. l'Evêque de Condom [Brienne] a prononcé hier un très beau discours à l'ouverture de l'Assemblée du Clergé, qui s'est faite aux Grands Augustins, suivant l'usage : il rouloit sur l'amour de la patrie, fortifié & soutenu par la religion.

8 Mai. Toute la Littérature est consternée de la fâcheuse nouvelle qui se répand sur la maladie dangereuse de M. de Voltaire. On le dit attaqué d'une fluxion de poitrine. Tronchin écrit en même tems qu'il espere le tirer d'affaire : ce qui ramene un peu. On seroit d'autant plus fâché de cette perte très grande en tout tems, que cet auteur n'a point encore fini la belle Edition de Corneille, annoncée depuis deux ans. Le grand homme qu'il s'agit de commenter, l'excellence du commentateur, les pompeux éloges que l'on fait du commencement, tout contribue à piquer la curiosité. M.

de Voltaire, à mefure qu'il avance l'ouvrage, en envoye les cahiers à l'Académie Françoife : il fe foumet au jugement de cette Compagnie, qui trouve jufqu'à préfent plus à admirer qu'à critiquer.

9 *Mai* 1762. L'Opéra étoit déjà défert aujourd'hui. Mlle. Guimard, nouveau fujet dont ce théâtre vient de faire l'acquifition, a doublé Mlle. Allard dans les Caracteres de la Danfe avec le plus grand fuccès : elle eft d'une légéreté digne de Terpficore ; il ne lui manque que des graces un peu plus arrondies dans certaines parties de fon rôle.

9 *Mai*. M. l'Archevêque de Narbonne. [La Roche-Aymon] a harangué aujourd'hui le Roi au nom du Clergé ; il a déployé beaucoup d'éloquence dans fon difcours nerveux, libre & concis. Il a furtout appuyé fur les befoins où étoit le peuple de l'amour le plus paternel de la part de fon Roi.

10 *Mai*. Le fuccès de *Zelmire* fe confirme, mais il fe répand une anecdote qui feroit douter que M. Dubelloy en fût le véritable auteur.

Ce M. Dubelloy a longtems été élevé par un oncle Avocat nommé Buirette : fans détailler ici toute l'hiftoire romanefque de la naiffance & de la vie de ce poëte, il eft très certain que fon oncle le difgracia pour n'avoir pas voulu fuivre le Barreau auquel il le deftinoit. Ce jeune homme paffa en Ruffie, il y a joué la comédie, & en eft revenu depuis quelques années. Il avoit une tragédie dans fon porte-feuille, intitulée *Titus*. Ayant eu accès auprès de Mad. la Marquife de Villeroy, cette protectrice s'in.

téreſſa vivement à lui, & ſa piece fût reçue des
Comédiens. Avant d'être joué, M. Dubelloy
fut trouver l'Abbé de Voiſenon pour le conſul-
ter, & lui laiſſa ſon manuſcrit. Quelques jours
après, l'Abbé de la Coſte, alors l'homme à la
mode, arrive chez l'abbé de Voiſenon : il le
trouve en liſant ce manuſcrit; il demande ce
que c'eſt? L'autre lui répond que c'étoit une
tragédie ſur laquelle on demande ſon avis. *Je*
penſe que c'eſt Titus, repart le bruſque abbé;
c'eſt ce coquin de Dubelloy qui vous l'aura
apporté : c'eſt un miſérable, un drôle, &c.
Sans vous en dire davantage, je vais chez moi,
je vous en préſente un ſemblable : confrontez-
les ; vous verrez ſi ce n'eſt pas la même choſe
mot à mot. Ce qui fut fait. L'abbé de Voiſenon reconnut l'identité, & attendoit, avec impatience, le moment d'éclaircir cette anecdote
Littéraire avec l'abbé de la Coſte, lorſque ce
ſcélérat a été arrêté, & a ſubi le ſort ignominieux que tout le monde ſait. Le manuſcrit
eſt reſté entre les mains de l'abbé de Voiſenon.
Dubelloy étant revenu, il voulut le tâter. Ce
poëte éluda de répondre, & n'a point revu
depuis l'abbé de Voiſenon. La piece a été
jouée en 1759, & a été jugée beaucoup plus
ſévérement qu'elle ne méritoit. Celle-ci réunit
ſur elle toute l'indulgence du public.

12 *Mai* 1762. On parle avec regret de la diſſolution prochaine de la ſociété qui avoit entrepris le Concert Spirituel; c'eſt encore au premier Juillet qu'elle finira. C'étoit le Sr. de
Mondonville qui en étoit le chef, &, ſurtout
cette année, on avoit remarqué le plus grand
zele dans ce Directeur; il cherchoit à capter

de toute façon la bienveillance du Public. La multiplicité de débuts de toute espece en est une preuve. Puisse cette noble émulation enflammer ceux qui le remplacent !

12 *Mai* 1762. On produit sous une forme plus convenable la petite épigramme qu'on a rapportée contre les Jésuites, sur la clôture de leurs Colleges : on en a fait une chanson sur l'air : *Comment faire.*

> Vous ne savez pas le Latin,
>
> Ne criez pas trop au Destin,
>
> Si l'on vous envoye faire faire;
>
> Car vous mettez au masculin
>
> Ce qu'on ne met qu'au féminin,
>
> > Comment faire.

La Cour s'est enfin décidée sur le College où l'on mettroit les enfans de langue dits *Armé-niens* : on les a placés au College des Quatre Nations.

13 *Mai.* On apprend que M. de Voltaire est hors d'affaire : on exalte beaucoup la philosophie avec laquelle il a reçu ce dernier assaut. On lui reprochoit d'avoir montré de la foiblesse dans quelques occasions où il a été attaqué de maladies graves. Dans cette derniere il s'est comporté en héros, il a vu la mort avec l'intrépidité digne d'un grand homme.

16 *Mai. Portrait de M. le Duc de Choi-seuil, sur l'air du Menuet d'Exaudet.*

> Quand Choiseuil
>
> D'un coup d'œil
>
> Considere

Le plan entier de l'Etat,
Et seul, comme un Sénat,
Agit & délibere;
Quand je vois
Qu'à la fois
Il arrange
Le dedans & le dehors,
Je soupçonne en son corps
Un Ange.
Seroit-ce un Dieu Tutélaire?
Dans la paix & dans la guerre,
Ses traités
Sont dictés
Par Minerve:
J'admire en lui les talens
Que d'elle il obtint sans
Réserve.
A l'Amour
Tour à tour,
A la table,
Quand il trouve des loisirs,
Qu'il se livre aux plaisirs
Il est inconcevable.
Du travail
Au férail,
Vif, aimable,
A tout il est toujours prêt;
Pour moi je crois que c'est
Un Diable.

M. l'Abbé de Lattaignant se déclare partout auteur de la chanson ci-dessus, & l'on infere de-là avec raison que son dessein a été de louer de bonne foi.

Trévoux, malgré les protestations du Sr. Bertier, a encore paru ce mois-ci : sa tendresse paternelle n'a pu se porter à égorger ainsi un enfant chéri ; il continue pourtant à se refuser aux offres très obligeantes du Chancelier. Ce Magistrat suprême veut lui en conserver le privilege pour lui, ses hoirs mâles ou femelles, ses héritiers ou ayant cause, &c. On a tâté l'abbé de la Porte : les Libraires lui ont proposé de remplacer ce Journaliste. Le modeste abbé a refusé, sentant combien il étoit inférieur pour ce rôle. On prétend que le Général veut mettre en Italie le Pere Bertier à la tête d'un Journal.

17 *Mai* 1762. On prétend qu'il y a longtems qu'on a fait courir la Centurie suivante ;

Au Livre du Destin, chapitre des Grands Rois,
     On lit ces paroles écrites :
  ,, De France Agnès chassera les Anglois,
  ,, Et Pompadour chassera les Jésuites. "

18 *Mai* 1762. On voit une estampe ingénieuse sur les affaires des Jésuites, aux deux côtés du tableau sont M. le Duc de Choiseuil & Madame la Marquise, qui arquebusent à bout touchant une foule de Jésuites. Ceux-ci tombent par terre, dru comme mouches. Le Roi est là qui les arrose d'eau bénite, & l'on voit le Parlement en robe, çà & là, bêchant des fosses pour enterrer les morts.

19 *Mai.* On parle beaucoup d'un nouveau

livre où il y a des traits forts contre le Gouvernement, il s'appelle *le Despotisme Oriental.*

Les amis de M. Falconet s'empressent à l'envi de jetter des fleurs sur son tombeau, c'est à qui fera des vers pour honorer sa mémoire : voici ce qu'on a trouvé de mieux jusqu'à présent ; cela peut se mettre au bas de son portrait :

> Affable, officieux, sincere,
> Des héros du savoir possesseur bienfaisant,
> Il sçut par un mérite au-dessus du vulgaire,
> Associer également,
> Les vertus dont le lustre orne le caractere
> Du Citoyen & du Savant.

20 *Mai* 1762. On a donné aux Italiens la premiere représentation du *Procès* ou de la *Plaideuse,* piece en trois actes mêlés d'ariettes. Ce Drame, sous le nom de Mad. Favart, & qu'on veut être de l'Abbé de Voisenon, malgré l'agréable & pittoresque musique du Sr. Duny, n'a pas eu le moindre succès.

21 *Mai.* On reproche à M. Dubelloy d'avoir pillé sa tragédie dans *Metastase,* & de devoir à cet auteur Italien tout ce qu'il y a de beau dans sa piece en situation & en coups de théâtre.

22 *Mai. Emile, ou de l'Education, par Jean Jacques Rousseau, Citoyen de Geneve.* Tel est le titre des 4 volumes in-8°. qui paroissent depuis quelques jours. Cet ouvrage, annoncé & attendu, pique d'autant plus la curiosité du public, que l'auteur unit à beaucoup d'esprit le talent rare d'écrire avec autant de graces que

d'énergie. On lui reproche de foutenir des pa-
radoxes ; c'eft en partie à l'art féduifant qu'il y
emploie, qu'il doit peut-être fa grande célébrité ; il ne s'eft fait connoître avec diftinction
que depuis qu'il a pris cette voie. Le typogra-
phique de ces quatre volumes eft exécuté avec
beaucoup de foin, & ils font décorés des plus
jolies eftampes.

22 *Mai* 1762. *La Plaideufe*, au moyen de
grands changemens, a été reprife aujourd'hui avec
fuccès, quoiqu'il y eût très-peu de monde. Il
y a à efpérer qu'elle fera plus fêtée. On y a
fort ingénieufement ajouté un couplet flatteur
pour le public, qui annonce la modeftie & la
bonne volonté de l'auteur ; le voici, il vient à
la fuite de beaucoup d'autres :

A votre tribunal augufte
L'auteur ne paroiffoit qu'en un effroi mortel ;
Il fait trop bien, Meffieurs, qu'un arrêt toujours jufte
De vous émane & fans appel.
Par une faveur non petite
Vous daignez revenir à de nouvelles voix,
Et votre bonté reffufcite
La pièce & l'auteur à la fois.

23 *Mai*. Mlle. Rey a doublé aujourd'hui
Mlle. Veftris à l'Opéra, dans le troifieme Acte
des *Fêtes Grecques & Romaines*. Cette Danfeufe, plus correcte, n'a pas la volupté, le lafcif
de l'autre : il paroît qu'elle fera bien de ne pas fe
confacrer à ce genre, auquel les vieux routiers
de ce fpectacle, très-bons juges en pareille matiere, ne la trouvent pas propre.

24 *Mai* 1762. *Le Balai*, Poëme héroï-comique en 18 chants. Cet ouvrage, dont on ignore l'auteur, eſt calqué ſur la *Pucelle* ; il y a de la facilité dans la verſification, & même quelques images voluptueuſes. Mais on ſent combien d'inutilités, de longueurs, de pillages, il doit y avoir dans un poëme de 18 chants ſur un manche à balai. L'auteur a conſacré un chant entier à paſſer en revue ſur les boulevards beaucoup d'auteurs, qu'il traite de la façon la plus infame & la plus indécente. Auſſi l'ouvrage eſt-il arrêté.

25 *Mai*. On annonce déjà une nouvelle édition de la *Pucelle*, qu'on dit devoir être exécutée avec le plus grand ſoin & la plus grande correction. On s'eſt beaucoup récrié contre les Eſtampes de la premiere : on aſſure que les nouvelles ſeront gravées par Cochin.

25 *Mai*. M. du Monchaux, Médecin de Flandres, ayant fait un livre intitulé *Anecdotes de Medecine*, s'eſt aviſé, pour lui donner de la célébrité, de le commencer par des lettres initiales qui déſignent M. *Barbeu Dubourg*, *Docteur Régent de la Faculté de Médecine de Paris*. Celui-ci a réclamé contre l'impoſture. Le véritable auteur a écrit une lettre fort polie à M. Dubourg, où il lui déclare la cauſe de ſa ſupercherie.... Ce livre a des choſes amuſantes, mais tout-à-fait étrangeres à ſon objet, & ne paſſe pas pour très-véridique.

26 *Mai*. On aſſure que Rouſſeau a fait un roman nouveau, intitulé *Edouard*. Ce ſont les aventures d'un Anglois qui joue un rôle dans le roman de *Julie* : on prétend qu'il en a dépoſé le manuſcrit entre les mains d'un homme de la cour.

Le livre de Rousseau, lu à présent de beaucoup de monde, fait très-grand bruit. Il est singulier, comme tout ce qui sort de la plume de ce Philosophe, écrit fortement & pensé de même ; du reste impossible dans l'exécution, plein d'excellens préceptes, quelquefois minutieux, même bas ; il pourroit être de beaucoup plus court. On remarque aussi que le tout n'est pas parfaitement lié : il y a des pieces de rapport, & qui ne font pas bien fondues dans l'ouvrage, des choses très-hardies contre la religion & le gouvernement. Ce livre, à coup sûr, fera de la peine à son auteur. Nous y reviendrons, quand nous l'aurons mieux digéré:

29 *Mai* 1762. On devoit donner aujourd'hui *Zelmire* pour la derniere fois, sauf à la reprendre : mais le concours de monde prodigieux l'a fait prolonger encore toute la semaine prochaine. On offre à l'auteur 2000 livres de l'impression : il en exige 100 Louis.

30 *Mai*. On repéte actuellement la comédie de M. Palissot, en cinq actes & en vers, intitulée *les Méprises*. On en dit du bien. Le public jugera incessamment.

31 *Mai*. Le livre de Rousseau occasionne du scandale de plus en plus. Le glaive & l'encensoir se réunissent contre l'auteur, & ses amis lui ont témoigné qu'il y avoit à craindre pour lui. Il se défend là-dessus, en prétendant que ce livre a été imprimé sans son consentement & même sans qu'il y eût mis la derniere main. Il y a longtems qu'il y travaille : sa santé ne lui a jamais permis de le continuer avec l'exactitude qu'il méritoit. Il en avoit laissé les lambeaux épars dans son cabinet : bien des gens l'ont

preffé vivement de donner fon ouvrage au public, & fe font obligés de le rédiger : Rouffeau a témoigné qu'il y avoit bien des chofes qu'il vouloit fupprimer, & l'on lui a répondu qu'on feroit tout cela. On n'en a rien fait, & il paroît *in naturalibus*.

1 *Juin* 1762. M. Rochon, jeune auteur, qui avoit une tragédie reçue aux François, vient d'effuyer une difgrace qui indique combien il eft défagréable d'avoir affaire à ce tripot de comédiens.

Comme aucune piece de fes dévanciers n'étoit en état d'être jouée, on a fait avertir M. Rochon, qui s'eft préfenté avec empreffement. Mlle. Clairon, qui n'étoit pas contente de cet auteur, peu galant & peu complimenteur, d'ailleurs jaloufe de voir occuper par Mlle. Dumefnil le premier rôle dans la piece, a paru défirer, fans affectation, qu'on fit une feconde lecture de cette tragédie qu'elle ne connoiffoit point. L'auteur ingénu s'eft prêté à fon invitation, quoiqu'il pût s'en difpenfer. Dès le commencement de la lecture il s'eft apperçu, mais trop tard, que Mlle. Clairon n'étoit pas favorablement difpofée : elle y a prêté très-peu d'attention, & s'eft efforcée de détourner celle des autres ; de forte que le pauvre auteur décontenancé n'a pu foûtenir fa tragédie de toute la force d'une déclamation tonnante : il a eu peine à finir, & lorfqu'on eft allé au fcrutin, il s'eft trouvé dix voix contre neuf qui le favorifent. Le voilà dans le cas des courbettes, des révérences, des génuflexions, devant l'héroïne de la fcene Françoife.

2 *Juin.* Quelque mauvais que foit le

Balai, il y a des gens fenfés qui l'attribuent à M. de Voltaire. En ce cas il fe feroit étrange-ment pillé.

3 *Juin* 1762. *L'Emile* de Rouffeau eft arrêté par la Police. Cette affaire n'en refte pas là.

4 *Juin*. *Le Codicile & l'Efprit*, ou *Com-mentaire des maximes de politique de M. le Maréchal de Belle-Isle*, *avec des Notes*, attri-buées au Préfident Hainault, publiées par M. de C... Ce M. de C... eft, à ce qu'on affure, le nommé *Maubert*, qui a déja fait le Tefta-ment, où il y avoit de bonnes chofes. On fent, en général, que ce livre ne part pas de la tête d'un homme d'Etat.

5 *Juin*. On a donné aujourd'hui la qua-torzieme & derniere repréfentation de *Zelmire*, avec un concours plus prodigieux qu'à la pre-miere. Quand l'acteur eft venu annoncer, il a été interrompu. On a redemandé *Zelmire* pour lundi avec le plus grand brouhaha..... Le mo-defte acteur n'a ofé réfifter en face aux em-preffemens fi marqués du Public, mais il n'a rien promis. La fanté de Mlle. Clairon ne lui permet pas de jouer plus longtems cette piece : elle a befoin de plufieurs mois de repos.

6 *Juin*. M. Vanloo eft nommé premier Peintre du Roi. Cette place n'avoit point encore été donnée depuis la mort de M. Coypel.

On parle beaucoup des *Méprifes*, comédie du Sr. Paliffot, qu'il doit donner demain. On con-tinue à la prôner, mais on convient qu'il a pris le cannevas dans M. de Caylus, un de ces jolis difeurs de rien, un de ces *Meffieurs*, comme on appeloit ceux qui compofoient la fociété du Comte de Maurepas, &c.

7 *Juin* 1762. *Les Méprifes* , *ou le Rival par* *reffemblance* , comédie en vers & en cinq actes, n'a point été favorablement accueillie du Public. Tout étoit difpofé pour arrêter les cabales qui devoient néceffairement fe former contre le Sr. Paliffot ; on avoit doublé la garde , & des fufiliers répandus en grand nombre dans le parterre fembloient forcer à applaudir , ou du moins gênoient beaucoup ceux qui auroient voulu témoigner du mécontentement. Malgré toutes ces précautions , ce Drame eft mort de fa belle mort : rien de plus ennuyeux. La piece eft fi mauvaife , que bien des gens en inferent que Paliffot n'eft pas même l'auteur des *Philofophes* , piece qui n'a de merveilleux que fon fuccès. Celle d'aujourd'hui eft dans le goût des *Menechmes* , mais traitée très-différemment. Dans le premier acte l'on a fait entrer une galerie de portraits, qui ne reviennent à rien , qui feroient très-bons ifolés. Ils défignent plufieurs perfonnes connues , à ne pouvoir s'y méprendre , & ne fervent qu'à faire remarquer le penchant que le Sr. Paliffot a pour la méchanceté. Il a voulu contrebalancer cela par un éloge de la Nation , auffi gauchement placé dans le même acte , & par l'encens le plus fade dont il a embaumé M. le Duc de Choifeuil , préfent à cette piece. Il a fait revenir les vaiffeaux & le zele patriotique , &c.

Au quatrieme acte , il y a un changement de décoration. . . . . . Le coup de fiflet étant parti pour l'ordonner , les applaudiffemens prodigués à l'inftant , ont formé un à propos des plus humilians pour l'auteur.

On eft venu annoncer *Alzire* pour mardi, les

battemens de mains & de pieds ont redoublé pendant plusieurs minutes : l'acteur ayant saisi le moment du rallentissement pour remettre les *Méprises* au mercredi, les huées ont succédé, & le Public a témoigné le plus grand mépris pour le Sr. Palissot.

On a vu avec étonnement l'Abbé de la Porte rompre les lances contre tout venant, en faveur de cette comédie. On l'auroit pu croire de mauvaise foi, s'il n'étoit plus vraisemblable de le croire de mauvais goût ; on se seroit imaginé que ce journaliste, l'écho des Encyclopédistes, n'auroit pas prophané sa bouche à exalter une très-pitoyable piece d'un auteur, ennemi déclaré de ce qu'il appelle les *Philosophes*.

Il est bon d'observer encore que le Chevalier de la Morliere a eu pendant toute la représentation à côté de lui un Exempt, qui lui a déclaré qu'il étoit-là pour le moriginer, & qu'il eût bien à s'observer. Cette attention de la Police ne fait pas plus d'honneur au Sr. Palissot qu'au Chevalier de la Morliere.

8 *Juin* 1762. Rousseau a retiré 7,000 Livres de son livre. C'est Madame & M. le Maréchal de Luxembourg qui se sont mis à la tête de la vente, & qui en procurent un très-grand débit.

9 *Juin.* Aujourd'hui, suivant le Requisitoire de M. le Procureur-Général, *Emile, ou le Traité de l'Education*, a été brûlé avec les cérémonies accoutumées. L'auteur est décrété de prise de corps. Heureusement qu'il est en fuite.

10 *Juin. Zelmire* imprimée est encore plus absurde à la lecture : d'ailleurs, quand on a

satisfait la premiere curiosité, la versification, tantôt foible, tantôt boursouflée, tantôt prosaïque, n'invite point à recommencer. C'est un drame qui sera incessamment rélégué dans la poussiere des arriere-boutiques.

11 *Juin* 1762. *Chanson*, *sur l'air*, Tôt, tôt, tôt, battez chaud.

Cupidon s'est fait Maréchal,
Et ce Dieu ne s'y prend pas mal,
Il veut Manon pour domicile;
Il met sa forge dans ses yeux,
Dont il fait réjaillir des feux,
Qui brûleroient toute une ville.
  Tôt, tôt, &c.

Savez-vous quels sont ses soufflets?
Deux petits tettons rondelets,
Qui vont même sans qu'on y touche;
Il ne faut pour les mettre en train
Qu'y porter tendrement la main,
Ou qu'un doux baiser de la bouche.
  Tôt, tôt, &c.

Mais que fait-il de ses deux bras,
Si blancs, si ronds, si délicats?
L'Amour en a fait des tenailles:
Ses bras charmans quand ils sont nus,
Même mieux que ceux de Vénus
Retiendroient le Dieu des batailles.
  Tôt, tôt, &c.

Amis, je ne vous dirai pas
Quel eft ce lieu rempli d'appas,
Où l'Amour a mis fon enclume ;
Mais fitôt qu'il y forge un dard,
Le trait s'enflamme, brille & part,
Plus il frappe, plus il s'allume.

  Tôt, tôt, &c.

L'Amour fait trop bien fon métier,
Pour n'avoir pas fait tout entier
Son ouvrage auprès de la Belle :
Le marteau qui frappe les coups,
Ce feroit moi, ce feroit vous,
Si Manon n'étoit pas cruelle !

  Tôt, tôt, &c.

12 *Juin* 1762. On a arrêté plufieurs perfonnes qu'on foupçonnoit auteurs du *Balai*, entr'autres un jeune homme nommé *Groubental*. On lui attribue déjà les *Jéfuitiques* ; *Irus ou le Savetier du coin*.

12 *Juin*. M. Linguet, jeune hiftorien, donne au public un ouvrage qui paroîtroit devoir mûrir plus longtems dans le filence du cabinet : c'eft *l'Hiftoire du Siecle d'Alexandre*. On fe doute bien que celui *du fiecle de Louis XIV* a fervi de modele, & c'eft un malheur. Combien le premier doit-il refter au-deffous ! Il falloit pour compofer un pareil ouvrage, joindre au taƈt le plus fin, au goût le plus délicat, l'érudition la plus vafte & la plus confommée. Au refte, comme une hiftoire, quoique médiocre, n'eft point à dédaigner, on lit celle-ci

avec quelque plaifir : elle eft affez bien écrite.

13 *Juin* 1762. Avant-hier le Parlement a con-damné à la brûlure un Poëme qui a pour titre : *La Religion à l'Affemblée du Clergé de France.* Cet ouvrage, dont les vers font grands & bien tournés, eft une fatyre des plus licentieufes contre les mœurs de nos Evêques.

14 *Juin.* On ne ceffe de parler de Rouf-feau & de raconter les circonftances de fon évafion. On prétend qu'il ne vouloit point abfolument partir, qu'il s'obftinoit à comparoir ; que M. le Prince de Conti lui ayant fait là-deffus les inftances les plus preffantes & les plus tendres, cet auteur avoit demandé à S. A. ce qu'il lui en pouvoit arriver ? en ajoutant qu'il aimoit autant vivre à la Baftille ou à Vincennes, que partout ailleurs ; qu'il vouloit foutenir la vérité, &c. Que le Prince lui ayant fait entendre qu'il y alloit non-feulement de la prifon, mais encore du bucher, la ftoïcité de Rouffeau s'étoit émue. Sur quoi le Prince avoit repris : ,, vous n'êtes point encore affez Philofophe, ,, mon ami, pour foutenir une pareille épreu-,, ve ,, ; & que là-deffus on l'avoit emballé & fait partir.

16 *Juin.* M. l'abbé Chauvelin a reçu une lettre anonyme de Geneve fur les Jéfuites. C'eft une plaifanterie légere, qu'on préfume fortir de la plume de M. de Voltaire.

17 *Juin.* Il court une Lettre de l'Evèque du Puy au Roi, du 16 Avril 1762. C'eft une déclamation en faveur des Jéfuites, écrite d'un ftyle amer, & peu forte de raifonnemens.

.18 *Juin.* M. de Crébillon, l'un des Qua-rante de l'Académie Françoife, dont on avoit prématuré la mort depuis longtems , eſt enfin décédé aujourd'hui , dans un âge fort avancé. Sa place de Cenſeur de la Police étoit donnée depuis quelque tems à M. Marin , comme adjoint.

19 *Juin* 1762. M. l'abbé de Lignac , ci-devant de l'Oratoire , connu par pluſieurs ouvrages de Métaphyſique , eſt mort hier auſſi : il étoit très-vieux.

20 *Juin.* On écrit de Geneve du 12 de ce mois , que ce jour-là même le livre de Jean Jacques Rouſſeau avoit été arrêté & porté au Tribunal de la République , pour y être ſtatué ce qu'il appartiendroit.

On ne ſait point au juſte où eſt cet illuſtre fugitif. On le dit chez le Prince de Conti , on le dit à Bouillon , on le dit en Hollande , on le dit en Angleterre.

21 *Juin.* Les Comédiens François ſe diſpoſoient à donner dans la ſemaine *la Mort de Socrate* , tragédie en trois actes , de M. de Sauvigny , ancien garde du corps du Roi de Pologne Staniſlas. On craint qu'elle ne ſoit arrêtée par la Police , à cauſe de la circonſtance de l'affaire de Jean Jacques , qui préſente la même ſcene que cet illuſtre Grec offroit à l'Aréopage d'Athenes. Dans le Drame nouveau , l'auteur , qui n'avoit pas pu prévoir ce qui arrive aujourd'hui , a , dit-on , traité cette ſituation de façon à faire croire qu'elle eſt adaptée à l'aventure du moment.

23 *Juin.* Dans la Gazette de Médecine , N°. 49 & 50 , on lit des *Réflexions de M. Barbeu Dubourg , auteur de cette Gazette , ſur ce qu'il a plû à Jean Jacques Rouſſeau de dire*

des Médecins. Ces réflexions , assez ameres , font ingénieuses à certains égards , mais elles ne pulvérisent pas , à beaucoup près , les enthymêmes de Rousseau. Elles tendent uniquement à nous prouver ce dont il convient , que la Médecine est une très - belle chose en elle-même , dont on abuse presque toujours : *de-là* , *gardons la Médecine & chassons les Médecins*.

24 *Juin* 1762. Il paroît que *la Mort de Socrate* est encore reculée. On devoit donner en même tems *le Caprice* , comédie en trois actes & en prose du Sr. Renoux. On aura incessamment cette derniere comédie.

25 *Juin*. On parle beaucoup du livre de Rousseau , qui doit servir de cinquieme volume à son *Traité de l'Education* : c'est le *Contrat Social*. On prétend qu'il y en a des exemplaires dans Paris , mais en très-petit nombre. On le dit extrêmement abstrait.

26 *Juin*. *Appel à la Raison*. Tel est le titre d'une nouvelle brochure en faveur des Jésuites. Elle ne fait que ressasser tout ce qu'on a dit : elle n'est remarquable que parce qu'on y veut démontrer que le discours de M. de la Chalotais n'est point de lui : on y renouvelle le bruit qui a couru , que M. d'Alembert en étoit l'auteur.

27 *Juin*. On sait à présent où s'est retiré Rousseau. Il est chez un de ses amis dans le pays de Vaud , en Suisse , Canton de Berne , près Neuchâtel , à Yverdun.

Son *Emile* a été condamné à être brûlé par la main du Bourreau à Geneve , & sa personne décrétée de prise de corps.

28 *Juin*.

28 *Juin* 1762. On a donné aujourd'hui la premiere représentation du *Caprice*. Cette piece est d'un mérite fort mince.

30 *Juin*. On lit dans le Journal de Trévoux du mois de Juin de cette année, une Lettre du P. Berthier à l'Imprimeur de cet ouvrage périodique, dans lequel il le supplie de l'inférer. Il est à conclure de-là que ce Jésuite s'est démis du sceptre littéraire, & l'a laissé passer en d'autres mains.

30 *Juin*. Actuellement que le livre de Rousseau est fort répandu, puisque tout Paris l'a lû, on peut former un résultat des jugemens sur ce livre, qui ne sont point aussi divers qu'on pourroit le présumer à l'égard d'un ouvrage aussi singulier.

Tout le monde convient que ce traité d'éducation est d'une exécution impossible, & l'auteur n'en disconvient pas lui - même. Pourquoi donc faire un livre, sous prétexte d'être utile, lorsqu'on sait qu'il ne servira de rien ? Ensuite, les seules choses judicieuses qui y soient, sont en grande partie des remarques faites généralement, tirées des différens livres écrits sur cette matiere, & surtout de celui de Locke, que Rousseau affecte de mépriser. En troisieme lieu, l'auteur ne fait dans tout son livre que détruire l'objet pour lequel il écrit. C'est un traité d'éducation, c'est-à-dire des préceptes pour élever un enfant dans l'état social, lui apprendre ses devoirs vis-à-vis de Dieu, & de ses semblables ; & dans ce traité on anéantit toute religion, on détruit toute société. Cet Eleve, orné de toutes les vertus, enrichi de tous les talens, finit par être un misantrope dégoûté de tous les états, qui n'en remplit aucun, & va

Tome I.   E

planter des choux à la campagne & faire des enfans à fa femme.

Dans le premier volume l'Auteur prend fon Eleve *ab ovo*. Il veut qu'on ne *l'emmaillotte point*, & qu'une mere nourriffe fon enfant. Il déclame beaucoup contre la Médecine, & fait le Médecin à chaque inftant; il ne veut point fe charger d'un éleve qui feroit délicat; ainfi fon traité eft à l'ufage des enfans bien faits & vigoureux. La plupart des préceptes qu'il débite, font très-bons, mais tirés de toutes les thefes foutenues dans la Faculté depuis plufieurs années. Il ne veut pas que l'homme mange de viande, parce qu'il veut traduire un morceau très-éloquent prétendu de Plutarque, où il peint la gent carnaffiere fous l'afpect le plus cruel. Il a oublié d'avoir démontré antérieurement dans fon *Difcours de l'inégalité des conditions*, que l'homme étoit un carnivore par fa conftruction phyfique. Enfin, il laiffe fon Eleve fans rien faire jufqu'à l'âge de puberté. Il veut qu'il joue, & faffe fes volontés, afin que s'il vient à mourir, il n'ait point à fe plaindre de n'avoir vécu que dans les larmes. On fent que ce premier volume pourroit fe réduire à peu de chofe, fi l'on s'en tenoit aux fimples maximes ufuelles qu'il y débite. C'eft donc par fon talent rare qu'il a le fecret d'enchaîner fon Lecteur, & de l'empêcher de voir le vuide de ce livre. Son éloquence mâle, rapide & brûlante, porte de l'intérêt dans les plus grandes minuties. D'ailleurs, l'amertume fublime qui découle continuellement de fa plume, ne peut que lui concilier le plus grand nombre des Lecteurs.

Le second volume prend l'Eleve dans l'état de puberté commencée. Alors Rousseau lui met entre les mains Robinson Crusoé. Il lui apprend un métier, & commence à faire germer chez lui toutes les sciences.

Dans le troisieme, il lui permet de choisir une religion, s'il en trouve une qui lui convienne, sinon il n'en aura point. Il admet l'ignorance invincible de la Divinité, & son Eleve peut être un Athée, sans que cela le surprenne. Enfin les passions se développent ; il le fait sortir de Paris, ville de boue & de fumée, & ils galoppent par monts & par vaux pour chercher une compagne.

Le quatrieme volume présente une Sophie, qui donne lieu à une dissertation sur la maniere d'éduquer les filles. Il faut avouer que celle-ci est un chef-d'œuvre d'autant plus séduisant, qu'il ne paroît point hors de la nature. On est attendri jusqu'aux larmes, dans ce morceau de détails les plus intéressans. Aussi Emile en devient-il amoureux. L'impitoyable gouverneur ne le laisse point à sa passion : il l'arrache ; il veut qu'il cherche, avant, le domicile où il voudra s'établir. De-là, l'histoire du droit public, & des assertions très-dangereuses contre les Puissances. Cet Eleve, après avoir bien voyagé, bien couru, reconnoît qu'il n'y a point dans le monde un seul coin de la terre où il puisse dire qu'il y a quelque chose à lui : il vient à sa Sophie ; il l'épouse, & le gouverneur les quitte, après leur avoir donné d'excellens préceptes pour rendre cette union durable.

Il suit de cet exposé, que ce livre, plein de belles & sublimes spéculations, ne sera d'aucun

uſage dans la pratique. On le lit , & on le lira
ſans doute avec avidité , parce que l'homme
aime mieux le ſingulier que l'utile. Il faut avouer
auſſi que l'auteur poſſede au ſuprême degré la
partie du ſentiment. Eh ! que ne pardonne-t-on
pas à qui fait émouvoir ?

1 *Juillet* 1762. Il paroît que la place vacante
à l'Académie , par la mort de M. de Crébillon,
ſera pour l'Abbé de Voiſenon. Toutes les puiſſances le veulent. Il fait l'homme indifférent ;
il prétend qu'il n'en a pas voulu , il y a quinze
ans , & s'il ſe rend aux ſollicitations de ceux qui
deſirent qu'il ſoit de ce corps , c'eſt qu'on lui
fait entendre qu'il y figurera comme homme de
condition. Il n'eſt pas d'une naiſſance aſſez relevée pour cela , & cette façon de figurer n'eſt
pas la plus honorable pour un homme d'eſprit ;
mais l'adulation gâte les plus beaux naturels ; il
eſt flatté de ce perſifflage.

2 *Juillet*. M. de Crébillon le fils a obtenu
les 2,000 livres de penſion qu'avoit ſon pere.

On remet à mardi prochain *les Caractères de
la folie*. Les paroles ſont de M. Duclos, la muſique de Burry. Ces deux noms ne promettent
rien de bien fameux en Lyrique. On a donné
cet Opéra en 1743 , ſans ſuccès : on l'a beaucoup corrigé , & l'on prétend qu'on en a fait
quelque choſe de très-bon. Il faut ſe défier de
ces éloges anticipés.

M. Robé , ce Poëte érotique , également li-
centieux & impie , mais dont le cerveau foible
s'altéroit dès qu'il lui ſurvenoit quelque petite
maladie , eſt enfin rendu à ſon état naturel : il
donne à corps perdu dans le Janſéniſme. C'eſt
un convulſionnaire intrépide , & c'eſt un acteur

zélé qui a befoin des *fecours* les plus abondans: Il a paffé par tous les états ; il a été affommé, percé, crucifié : fa vocation eft des plus décidées.

5 *Juillet* 1762. On répand dans le Public un *Profpectus* de la nouvelle Edition de Corneille, entreprife par M. de Voltaire. Cet ouvrage fera de 10 à 12 volumes. Il fera orné de 33 eftampes, deffinées par M. Gravelot ; mais le plus précieux confifte en remarques hiftoriques & critiques fur la langue & fur le goût. L'exemplaire ne coûtera que deux Louis : on n'en tirera que 2,500. Tout le monde doit favoir que le profit qui en réfultera doit être mis en maffe pour doter Mlle. Corneille. Quelle plus noble dot que celle-là !

6 *Juillet.* Les Comédiens François font célébrer aujourd'hui avec beaucoup de pompe un fervice folemnel, à St. Jean de Latran, pour le repos de l'ame de M. de Crébillon. On dira des meffes dans la même vue, depuis huit heures du matin jufqu'à midi. Ils ont envoyé par tout Paris, des billets d'invitation pour y affifter. Tout cela fe fait en dépit de M. l'Archevêque, dont la jurifdiction ne s'étend point fur le Curé de St. Jean de Latran.

6. *Juillet.* L'Opéra a donné aujourd'hui la premiere repréfentation de *Caracteres de la folie.* Jamais fpectacle n'a été plus trifte & plus ennuyeux. On a fupprimé le Prologue, qui auroit pû être agréable. Les deux Actes font *l'Aftrologie,* & *les Caprices de l'Amour,* qui ne reviennent en rien au titre. On a fubftitué à celui des *Paffions, Hylas & Zelis,* Paftorale compofée par M. de Sennecterre. Il n'y a que

ce dernier qui foit fupportable. Le Muficien, dont le goût s'eft amélioré, l'a fait fur un tout autre ton que les autres. Il s'en fuit une difparate très-remarquable. La mufique des premiers Actes eft foible, maigre & point pittorefque. Les paroles font très-miférables ; les Ballets ne fignifient rien.

Le troifieme Acte confifte dans une Bergere, qui invoque l'Amour, pour qu'il rende la vue à fon amant. Ce Dieu lui promet ce miracle, en lui faifant envifager les rifques qu'elle court : Hylas peut devenir infidele : elle confent à ce danger : elle eft prefque dans le cas du repentir. Cependant il réfifte à tous les charmes que lui préfentent les différentes beautés qu'il envifage en recouvrant la vue. Envain des Bergeres féduifantes par leurs danfes cherchent à l'émouvoir, le fon de voix de Zelie peut feul pénétrer fon ame. Il la retrouve, & ils font heureux.

L'aveugle auteur de cette Entrée a donné lieu au bon mot : *Que ce Spectacle étoit un Opéra d'aveugle, fait pour être entendu par des fourds.*

7 *Juillet* 1762. La feconde partie du *Compte rendu par M. de la Chalotais, au Parlement de Bretagne, à l'occafion des Jéfuites,* n'eft point inférieure à la premiere. Elle ne fort en rien du ton de modération de l'auteur, & elle atterre, elle froudroye, elle pulvérife de plus en plus le coloffe de la Société. Il conclut toujours à fupplier le Roi d'ordonner qu'on travaille à un nouveau plan d'Education. Le Parlement n'a point adopté cette partie de fes Conclufions : il eft fâcheux qu'on ne faififfe pas le moment de dé-

truire le fanatisme dans son berceau , en substi-
tuant aux préjugés, aux erreurs de toute espece,
dont on *imboit* la Jeunesse , un code de vérités
lumineuses , qui puissent la guider dans tous les
tems de la vie.

7 *Juillet* 1762. On a honoré aujourd'hui la mémoire de M. de Crébillon d'une façon plus digne
de lui que cette farce qu'on a jouée à St. Jean
de Latran. On a donné *Rhadamiste & Zénobie.*
Cette piece n'a pas fait une grande sensation. On
parle de remettre *Atrée & Thyeste* , le chef-
d'œuvre du même auteur.

Les Comédiens Italiens doivent donner demain *Sancho Pança*, opéra-bouffon de M. Poinsinet le jeune, dit *Totinet.* La Musique est de
Philidor. On assure que la troupe compte beaucoup sur cette nouveauté , pour ramener le public qui déserte depuis Pâques.

7 *Juillet*. La Sorbonne a mis sur le bureau
le livre de Jean-Jacques , & va travailler à sa
censure.

8 *Juillet*. On écrit de Neuchâtel que Milord Maréchal, Gouverneur de cette Principauté, a reçu une Lettre du Roi de Prusse ,
qui lui marque d'avoir tous les égards possibles
pour Rousseau , de l'assurer de sa protection,
de lui offrir tous les secours dont il pourroit
avoir besoin.

Il y a à Genève une fermentation considérable , occasionnée par la condamnation du livre
de Rousseau. Les Ministres de l'Eglise Réfor-
mée prétendent que les Séculiers ne l'ont condamné que par esprit de parti , à cause qu'il
soutient dans le *Contrat Social* les vrais sentimens de la *Démocratie*, opposés à ceux de

l'*Aristocratie*, qu'on voudroit introduire. A l'é-
gard de la doctrine théologique renfermée dans
Emile, ils disent qu'on pourroit la soutenir en
bien des points ; que d'ailleurs on ne lui a pas
laissé le tems de l'avouer ou de la rétracter. Ils
ajoutent que l'on souffre dans l'Etat un homme
[M. de Voltaire] dont les écrits sont bien plus
repréhensibles, & que les distinctions qu'on lui
accorde sont une preuve de la dépravation des
mœurs & des progrès de l'irréligion, qu'il a introduite dans la République depuis son séjour
dans son territoire.

8 *Juillet* 1762. *Sancho Pança dans son Isle*,
joué aujourd'hui pour la premiere fois, n'a pas
eu le succès qu'on s'en promettoit. On l'a jugé
trop sévérement, en exigeant dans une farce
de ce genre l'esprit & la finesse d'un drame
plus délicat. On trouve mauvais que Sancho
débite tant de proverbes, qu'il soit gourmand,
&c. Il est aisé de juger de-là quelle espece de
connoisseurs décide ainsi. Quant à la musique,
elle est toujours dans un goût pittoresque,
mais elle rentre dans les autres ouvrages de
Philidor, & démontre à merveille les bornes du
genre. La nature inanimée ne peut se varier,
se nuancer à l'infini, comme les passions que
caractérise la grande musique.

9 *Juillet* 1762. On ne peut se refuser à consigner un bon mot du Roi, qui caractérise également l'excellence de son esprit & de son
cœur.

S. M. étant allé voir les nouveaux Bureaux
de la guerre, il y a quelques jours, entra partout, & dans celui de M. Dubois ayant trouvé
une paire de lunettes, mit la main dessus,

Voyons, dit le Roi, *fi elles valent celles dont je me fers*. Un papier, apprêté exprès, fuivant les apparences, fe trouva fous fa main. C'étoit une Lettre dans laquelle entroit un éloge pompeux du Monarque & de fon Miniftre [le Duc de Choifeuil]. S. M. rejettant avec précipitation les lunettes, dit : *elles ne font pas meilleures que les miennes, elles groffiffent trop les objets*.

10 *Juillet* 1762. On ne ceffe de parler par tout Paris de la farce de St. Jean de Latran ; on en rit beaucoup. Les Comédiens n'ont rien épargné pour faire célébrer avec toute la pompe funéraire le fervice de M. de Crébillon. L'églife étoit toute tendue de noir, fort illuminée, un catafalque, un dais. La compagnie étoit des plus nombreufes. L'Académie Françoife y avoit été invitée ; elle s'y rendit par Députation. L'Opéra, la Comédie Italienne, tous les Corps Comiques y ont affifté de même. On eft allé à l'offrande dans la plus grande régularité. Les Actrices étoient fans rouge. Mlle. Clairon, en long manteau, menoit le deuil. Cette fublime Melpomene a repréfenté avec toute la dignité convenable. Arlequin y a figuré auffi. Enfin, tout a concouru à rendre cette cérémonie auffi mémorable que rifible.

11 *Juillet* 1762. On a repréfenté, il y a quelques jours, à Bagnolet, chez M. le Duc d'Orléans, une piece en deux actes, de Collé, fi connu par fes *Amphygouris*. Elle a pour titre : *Le Roi & le Meûnier* [c'eft *Henri IV*.] Ce petit drame a eu le plus grand fuccès, & le mérite par la naïveté qui y regne. M. le Duc d'Orléans

E 5

jouoit un des principaux rôles [le Meûnier].
Grandval faisoit *Henri IV*.

12 *Juillet* 1762. *Le Contrat Social* se répand
peu à peu. On en fait venir par la poste de
Hollande. On écrit seulement les noms de ceux
à qui sont adressés les exemplaires.

14 *Juillet*. Le Sr. Palissot a fait imprimer
sa comédie du *Rival par ressemblance*. Il a abandonné le titre des *Méprises* , parce que , dit-il,
un plaisant s'est écrié ingénieusement que c'étoit
une méprise de l'auteur.

Il cite modestement pour épigraphe un vers
de ses *Philosophes* : *Et nous ferons un bruit
à rendre les gens sourds*. Il se plaint encore
plus modestement dans sa préface de ce qu'on
n'a pas voulu voir en lui un second Moliere :
il en appelle au public équitable , il trouve
qu'il y a beaucoup d'art & de finesse dans son
drame. Il remarque qu'on n'avoit pas encore
fait entrer dans aucune comédie un éloge de la
nation , & il s'applaudit infiniment de ce trait
de son génie.

La piece est encore plus mauvaise à la lecture
qu'à la représentation : elle est enrichie de notes , & c'est encore une nouveauté sublime dont
l'auteur auroit dû se glorifier. C'est un grand
effort de son imagination.

15 *Juillet*. On vante beaucoup la pero-
raison de l'*Appel à la Raison*, dont nous avons
déjà parlé. C'est en effet un morceau d'éloquence
très-pathétique , mais de l'éloquence n'est pas
du raisonnement.

La gazette de France exalte beaucoup aujourd'hui le zele & la piété des Comédiens du
Roi , à l'occasion du service qu'ils ont fait célé-

brer pour M. de Crébillon. Elle ajoute que ce jour-là le Spectacle fut fermé en figne de deuil, & que le lendemain on le r'ouvrit par *Rhadamifte & Zénobie*, chef-d'œuvre de cet auteur. M. l'Archevêque eft furieux de voir configner dans un papier public un événement édifiant, qu'il regarde comme le fcandale de l'églife.

17 *Juillet* 1762. M. de la Poupeliniere, cet homme rare, tout-à-la fois Plutus, Mécene & Apollon, continuoit cette année à repréfenter dans fon fuperbe château de Paffy des comédies, des opéra de fa façon & de celles des autres. Sa digne moitié les jouoit dans la fuprême perfection. Cette maifon étoit un parnaffe plus réel que celui de la fable. La mort de la belle-mere de ce refpectable vieillard vient d'arrêter ces agréables divertiffemens, au grand regret de ces amateurs & du public.

19 *Juillet.* On donnera demain à l'Opéra des Fragmens, compofés du *Prologue des Indes Galantes*, de l'*Acte des Sauvages* du même opéra, & de l'*Acte de la Guirlande*, de M. Marmontel. On ne peut s'empêcher d'être furpris de l'imbécilité des Directeurs, qui vont remettre ce dernier Acte, baffoué dans fon principe, quoiqu'il fût joué par Geliotte. Quel fuccès en pouvoir attendre aujourd'hui? La mufique eft de Rameau, comme celle des autres *Fragmens.*

20 *Juillet.* M. l'Archevêque de Paris ayant fait des reproches à l'Ordre de Malthe, fur l'indécente cérémonie pratiquée dans une églife de l'Ordre, il s'eft tenu un confiftoire chez l'Ambaffadeur de l'Ordre, jeudi dernier, 15 de

ce mois : on a décidé que, pour éviter de perdre un droit dont M. de Beaumont faisoit des plaintes ameres, le Curé de St. Jean de Latran, quoique souftrait à l'Ordinaire, par les privileges de l'Ordre, recevroit une punition, pour avoir occasionné ce qu'on appelle canoniquement un scandale, dans l'Eglise de Paris, en communiquant avec des histrions, foudroyés tous les huit jours au prône, fous le bras Ecclésiastique. En conféquence, le dit Curé a été condamné à trois mois de Séminaire, & à deux cent francs d'amende envers les pauvres.

20 *Juillet* 1762. Les *Fragmens* n'ont pas été fort célebres aujourd'hui. Il n'y avoit personne. Ils ont été très-mal remis, & joués d'une façon infâme : des Acteurs à faire mal au cœur : fans Mlle. Le Mierre, on n'auroit pu y tenir. Rien de nouveau dans les Danfes.

L'*Acte de la Guirlande* eft ingénieux, mais il finit mal. Il ne mérite pourtant pas le traitement rigoureux qu'il a toujours effuyé. On ne fait pourquoi le public l'a fi fort mal accueilli cette fois. On ne peut s'empêcher de citer à ce propos une anecdote finguliere. On a déjà dit que les paroles étoient du St. Marmontel. En 1751, qu'on le jouoit, ce Poëte eut occasion de prendre un fiacre : c'étoit un jour d'opéra ; fon chemin étoit de paffer devant le cul de fac. Il dit : *cocher* [craignant l'embarras] *évite le Palais Royal.* --- *Ne craignez rien, Monfieur,* reprit le ruftre ingénu, *il n'y a pas trop de tumulte, on donne aujourd'hui* la Guirlande.

21 *Juillet. Refutation du nouvel ouvrage de Jean Jacques Rouffeau, intitulé Emile.* C'eft un *in-8°.* qui ne contient encore qu'une

Lettre , où l'on prétend répondre à l'article du troifieme volume , dans lequel l'auteur attaque la révélation , & en général fappe la religion par fes fondemens. Pour fentir la platitude & l'ineptie du critique , il fuffit de dire qu'il appuye fes argumens fur l'Ecriture Sainte. On voit que c'eft un ergoteur qui a voulu faire un livre. Louons fon zele , & fouhaitons lui du talent ! Il promet deux autres Lettres , dont on le difpenfe , s'il n'a rien de mieux à dire. Recourons aux grands & folides ouvrages faits en faveur de la religion Chrétienne , c'eft dans ce fublime arfenal qu'on trouve des armes tou-jours prêtes & toujours victorieufes.

21 *Juillet* 1762. On s'apperçoit facilement que ce ne font plus les mêmes coopérateurs qui tra-vaillent au Journal de Trévoux : il n'eft plus ni auffi bien écrit , ni auffi favamment difcuté. On conçoit en général , qu'il eft impoffible à des particuliers d'exécuter cet ouvrage périodique , dans la même perfection que le faifoient les Jéfuites , & le Pere Berthier en dernier lieu. Une Bibliotheque immenfe , où vérifier à cha-que inftant les citations ; des éleves fans nom-bre & pleins de talent qui travaillóient en fous-œuvre : comment rencontrer les mêmes fe-cours ? A l'Ultramontanifme près , qui perçoit toujours par quelque part , on regrettera long-tems ce Journal , qui dégénere & dégénérera de plus en plus.

22 *Juillet. Variétés Philofophiques & Litté-raires , par M. l'Abbé de Londes.* . . . . . C'eft un nouvel auteur qui entre dans la lice littéraire d'une maniere affez commune.

22 *Juillet.* M. l'abbé de Marigny , auteur

de l'*Hiftoire des révolutions de l'Empire des Arabes, fous le gouvernement des Califes*, eft mort, il y a quelque tems, dans un âge fort avancé. Il avoit pouffé l'avarice à fon dernier période.

22 *Juillet* 1762. Le bruit court que le Sieur Chevrier eft mort de mifere, fans feu ni lieu : telle devoit être la fin d'un enragé. D'autres affurent qu'il eft mort de peur, comme on l'arrêtoit.

25 *Juillet*. M. de la Combe, d'Avignon, nous annonce l'*Abeille du Parnaffe Anglois*. Ce fera une traduction des plus belles Odes, & des morceaux les plus fublimes des auteurs de cette nation. A en juger par fon effai, cela ne fera pas mieux choifi que le Recueil de l'abbé Yart, & n'aura rien de piquant.

27 *Juillet*. Il court une *Epitre à M. Greffet* de trois cent vers & au-delà. Elle annonce du talent, de la facilité. L'auteur eft plus abondant, plus énergique, agréable & correct. Il n'eft pas encore connu. C'eft M. de Sélis.

27 *Juillet*. M. Dauvergne & conforts, chargés de l'entreprife du Concert Spirituel, préviennent le public dans le deuxieme volume du *Mercure* de ce mois, que M. de Mondonville refufe les conditions raifonnables qu'ils lui offrent pour jouir de fa mufique & nous en amufer. Il eft fâcheux que la jaloufie de ces Meffieurs nous prive de ce riche fonds de motets ; il eft à craindre que le fpectacle ne s'en reffente. On nous annonce qu'on va faire les plus grands efforts pour y fuppléer : puiffent-ils être heureux !

30 *Juillet* 1762. Il y a une fermentation considérable dans la troupe des Comédiens François à l'occasion du châtiment que vient d'éprouver le Curé de St. Jean de Latran. Ils ne peuvent supporter d'être ainsi frappés des foudres de l'Eglise. Mlle. Clairon, l'héroïne de ce théâtre, parle sur cette matiere avec une éloquence majestueuse ; si ses camarades suivoient son avis, ils demanderoient tous leur retraite. On se flatte qu'ils n'en viendront pas à cette voie extrême, la cour & la ville y perdroient trop.

31 *Juillet*. M. Bouchardon, un des plus fameux Sculpteurs de l'Europe, vient de mourir. Il étoit chargé de la statue équestre du Roi, que la ville fait faire. Heureusement son ouvrage est fort avancé : il ne manque plus qu'une des quatre figures qui doivent orner le piédestal.

1 *Août*. C'est M. Pigale qui est chargé de continuer la suite des travaux du Roule. Bouchardon a écrit une Lettre à la ville, dans laquelle il désigne cet Artiste pour lui succéder. Cette générosité est d'autant plus louable, que ces deux grands hommes n'étoient point amis, & que la jalousie, trop souvent le partage des petits talens, avoit élevé quelques nuages entr'eux.

2 *Août*. Suivant la gazette de Bruxelles, la Reine d'Hongrie défend très-sévérement l'introduction du livre de Rousseau dans ses Etats. Peu d'auteurs se font attirés une proscription aussi illustre.

3 *Août*. Le bruit court depuis quelque tems que les Jésuites comparoîtront au jour indiqué, & feront plaider leur cause. Un Avocat,

nommé *Domine*, doit être leur défenseur. Si cela est, on assure que la replique, très-courte, est toute prête : *Domine*, *salvum fac Regem!* lui dira-t-on.

4 *Août* 1762. Les Comédiens François ont remis *Cinna* depuis quelques jours. Il leur procure du monde. Les avis sont partagés sur la maniere dont cette piece est jouée. Tout le monde s'accorde assez sur Mlle. Clairon, qui joue *Emilie* dans la perfection. Ce rôle est dans son genre, point susceptible de passions fortes, & propre à recevoir toutes les nuances d'un art réfléchi. On ne pense pas de même de Brizard, qui fait *Auguste*.

5 *Août.* On a remis aussi *le Curieux impertinent* de Destouches. Cette piece bien faite & froide n'a jamais eu un succès marqué. Elle ne réussit pas mieux cette fois-ci.

6 *Août.* Il court dans le monde une Lettre, au sujet d'un nommé *Calas*, roué à Toulouse, pour avoir assassiné, dit-on, son fils par fanatisme de religion, &c. On prétend que ce pere infortuné est innocent. Il est question de travailler à réhabiliter sa mémoire. On attribue à M. de Voltaire cette Lettre, qui n'a pas la touche forte & pathétique dont ce sujet étoit susceptible en de pareilles mains.

7 *Août.* Il paroît un *Second Appel à la Raison.* C'est un libelle des plus atroces & des plus furieux. C'est un enragé, qui, dans son désespoir, ne connoit plus ni frein ni bornes. Cet auteur est fort pour les peroraisons. Celle de ce livre-ci est encore très-pathétique. Les Jésuites désavouent celui-ci ; ils vendent le premier chez

eux , & l'adoptent comme une production éma-
née de leur fein.

8 *Août* 1762. Quoique l'auteur du livre de
l'*Appel à la Raifon* infinue qu'il eft Jéfuite &
Breton , on l'attribue pourtant à l'abbé de Caveirac , fi connu par fon *Apologie de la St. Barthelemi*. Le fecond volume eft furtout digne de
lui , par l'imagination effrénée & la licence fé-
ditieufe dont il eft plein.

8 *Août*. On doit donner demain aux François une comédie nouvelle , intitulée *les deux
Amis* , en trois actes & en profe. Elle eft tirée du
Conte de la Fontaine qui porte le même titre.
Un nommé Dancour , acteur de province , en
eft auteur. C'eft celui qu'on appelle l'*Arlequin
de Berlin*, qui s'eft avifé de rompre une lance
contre Rouffeau.

8 *Août*. Enfin le dernier coup eft porté
aujourd'hui à la Compagnie de *Jefus*. La Société
eft diffoute : fes membres font exclus pour jamais de l'éducation de la jeuneffe , à moins
qu'ils ne prêtent un ferment dont on leur donnera le formulaire. Cette époque , on le ré-
pette , eft d'une grande importance dans la
Littérature.

9 *Août* 1762. Jamais on n'a joué fur les Boulevards une parade plus obfcene , plus groffiere ,
plus impertinente , que la comédie d'aujour-
d'hui ; c'eft le comble du ridicule. Il eft inconcevable que des Comédiens , qui s'érigent
en juges des pieces , aient affez peu de goût
pour héfiter même à renvoyer une auffi déteftable drogue. Que dira-t-on , quand on faura
que ce tripot appelle du jugement du public , &
perfifte à regarder cette farce comme pleine de

fel & d'un excellent comique ! Quelle honte
pour les auteurs dramatiques, d'être jugés par
un auffi ridicule aréopage !

10 *Août* 1762. Les plaifans s'exercent fur le
compte des ci-devant foi-difant Jéfuites. Entre
les mauvaifes chofes qui courent fur eux, on
diftingue le diftique fuivant :

Que fragile eft ton fort, Société perverfe !
Un Boiteux (*a*) t'a fondu, un Boffu (*b*) te renverfe !

11 *Août*. Les Etats Généraux ont auffi
défendu chez eux l'introduction d'*Emile*. Si
Rouffeau a voulu faire parler de lui & fe fin-
gularifer, il a pris une excellente route. Du
refte, fon livre eft qualifié de toutes les épi-
thetes mal fonnantes qu'il pouvoit défirer.

12 *Août*. On ne peut s'empêcher de configner ici un bon, ou plutôt un grand mot
de M. le Dauphin. On lui faifoit la lecture,
pendant qu'il étoit dans le bain, de la gazette
de Hollande, où étoit la profcription du livre
de l'Education. " C'eft fort bien fait, dit M.
„ le Dauphin : ce livre attaque la religion, il
„ trouble la Société, l'ordre des citoyens ; il
„ ne peut fervir qu'à rendre l'homme malheu-
„ reux : c'eft fort bien fait. --- Il y a auffi le
„ *Contrat Social*, qui a paru très - dangereux
„ ajouta le lecteur. --- " Quant à celui-là, c'eft
„ différent, reprit Monfeigneur, il n'attaque que
„ l'autorité des Souverains ; c'eft une chofe à

(*a*) St. Ignace.
(*b*) L'Abbé de Chauvelin.

„ difcuter. Il y auroit beaucoup à dire : c'eſt
„ plus fufceptible de controverſe „.

12 *Août* 1762. Chevrier eſt décidément mort :
les gazettes nous apprennent , ou du moins
nous inſinuent qu'il a été empoiſonné. C'eſt
aſſez le fort des chiens enragés.

12 *Août.* M * * *. dans l'Edition qu'il avoit
fait des *Mémoires de Sully* , ayant trouvé bien
des choſes défavorables aux Jéſuites , dont il
étoit ami , avoit fupprimé , altéré , défiguré tous
ces endroits-là. Aujourd'hui qu'il n'y a plus de
ménagement à garder , on vient de donner en
un volume une *Addition ou Supplément à ces
Mémoires.* On y a reſtitué tout ce qui concernoit la Société , & l'éditeur prétend avoir rendu
les faits dans toute leur vérité.

13 *Août.* Le Chevalier de la Morliere ,
plus connu par ſes eſcroqueries , ſon impudence
& ſa ſcélérateſſe , que par ſes ouvrages , vient
enfin d'être mis à St. Lazare : ſa famille a obtenu
cette grace , de crainte qu'un jour il ne la dès-
honorât par un ſupplice ignominieux.

14 *Août.* Le Parlement a rendu hier un
Arrêt de brûlure contre un libelle intitulé : *Mes
doutes ſur la mort des Jéſuites.* Il eſt très-inju-
rieux au Parlement ; cela veut dire qu'il n'eſt
pas fort de preuves. Quand on a des raiſons à
donner , on n'accable point ſes Juges d'injures.
On diſculpe à préſent l'abbé de Caveirac de
l'*Appel à la Raiſon* , & on lui met cette bro-
chure-ci ſur le corps.

15 *Août.* M. de Voltaire , animé d'un
eſprit de charité des plus fervens , ne ceſſe
d'écrire en faveur du Roué de Toulouſe. Il en-
voie des Mémoires à toutes les perſonnes de

confidération, & ces nouvelles tentatives de fa
part donnent lieu de croire que la premiere
Lettre eſt de lui. On ajoute qu'il offre d'aider
de fa bourfe la malheureuſe famille de cet
innocent.

16 *Août* 1762. On a donné hier le premier
Concert Spirituel des nouveaux Entrepreneurs.
L'Affemblée étoit brillante & nombreuſe. On
n'a point été content de la muſique, dans laquelle il n'y a rien eu conſtamment de Mondonville. La ſymphonie eſt ſupérieurement exe-
cutée, & de beaucoup mieux ordonnée que
l'ancienne. Ce ſont Gavinier & Capron qui ſont
les coryphées des deux chœurs.

17 *Août*. On continue à dire que le ci-devant
Pere Berthier va à Rome, où fon Général l'appelle pour préſider à un Journal. Les fameux,
fes confreres, font tous hébergés chez des
Grands: le Pere Neuville eſt chez M. le Prince
Louis, le Pere Griffet chez Madame la Préſidente
de Nicolaï, &c.

18 *Août*. Il paroît une brochure intitulée
Eloge de Crébillon. Ce livre, écrit par un grand
maître, ne remplit nullement fon titre. On y
diffeque piece à piece le théâtre de cet auteur,
& l'on ne fait grace qu'à *Rhadamiſte & Zénobie*.
On regarde tout le reſte comme ne pouvant paſſer
à la poſtérité. On y tombe fur le corps de Rouffeau le Lyrique, & on le maltraite très-fort. On
exalte la bonne intelligence qui a toujours régné
entre M. de Crébillon & M. de Voltaire, quoique ce dernier ait refait trois de fes pieces. A tous
ces différens traits on croit reconnoitre la main
qui a travaillé cette brochure: M. de Voltaire
ne peut être loué dignement que par lui-même.

19 *Août* 1762. On parle d'un livre infâme, horrible, exécrable. Il est intitulé, *les trois Narcisses*, & se répartit en trois chapitres : *Nécessité de détruire les Jésuites en France* : *Nécessité d'y anéantir la Religion Chrétienne* : *Nécessité d'empêcher M. le D.....* On prétend que ce libelle affreux est fait en faveur des Jésuites ; que de la premiere *Nécessité* on en veut inférer la nécessité des deux autres. Quoi qu'il en soit, personne ne dit avoir lu ces horreurs, quoique tout le monde en parle. On présume avec assez de raison que ce livre n'existe que par son titre. C'est un canevas épouvantable, qu'un monstre fanatique aura répandu dans le public, pour le donner à remplir à qui l'osera.

20 *Août*. Il paroît que le procès de Rousseau reste-là. On prétend qu'Abraham Chaumeyx est auteur du Requisitoire de M. l'Avocat général ; il est aussi plat, aussi dénué de bon sens que son auteur.

21 *Août*. Il court des *Pourquoi* sur l'affaire des Jésuites, qu'on attribue à M. de Voltaire. Ils sont imprimés depuis peu.

22 *Août*. M. l'abbé Berthier ne va plus à Rome ; on l'attache à la cour, où il est nommé Instituteur des Enfans de France. Ce Savant, de mœurs douces & simples, sera très-déplacé dans ce pays-là. Il a d'ailleurs le défaut de bégayer, peu propre au langage rapide des courtisans.

23 *Août*. On a remis aujourd'hui *l'Irrésolu*, comédie en cinq Actes de Destouches. Cette piece, jouée en 1713, n'eut que six représenta-

tions. Nous ne fommes pas moins difficiles aujourd'hui.

24 *Août* 1762. On a fait à l'hôtel d'Aligre l'expofition des tableaux de l'Académie de St. Luc. Ils font en grand nombre : il y a peu de tableaux de grande maniére.

On doit demain expofer les pieces des Eleves de Peinture & de Sculpture, qui auront concouru pour le prix. Le premier fujet étoit *la Mort de Socrate*; le fecond *la Mort de Germanicus*.

25 *Août*. Cette après-midi l'Académie Françoife a tenu fa féance publique, peu brillante aujourd'hui, & l'on a vu, au grand étonnement de tous les fpectateurs, deux filles [Mlle. Mazarelli & fa compagne] dans la loge du Directeur [Moncrif]. Depuis quand le temple des Mufes devient-il celui des Courtifanes !

M. Thomas a remporté le prix de poéfie. C'eft pour la quatrieme fois qu'il eft couronné. Son Ode eft intitulée, *le Tems*. C'eft du galimathias. Il y a deux ftrophes de fentiment, qui méritent d'être diftinguées, mais encore gâtées par l'enflûre du ftyle.

Il avoit fait une feconde Ode, qui fe trouve avoir balancé le prix. Il y a plus de philofophie, & elle eft moins bouffie. M. d'Alembert a relevé tout cela par fa déclamation magiftrale & pédantefque. Il a également régalé le public de différentes bribes des autres Odes qui ont paru les moins mauvaifes. Il a fait enfuite ce qu'on peut appeler *la parade*. Il a lu une fuite de fes *Réflexions fur la Poéfie & fur l'Ode* : de mauvaifes plaifanteries, mêlées de beaucoup d'amertume, faifoient tout le fond de fa differtation. Elle a fait rire à gorge déployée.

On a annoncé pour fujet du prix de l'année prochaine, l'*Eloge de M. le Duc de Sully*, Sur-Intendant des finances. On a battu des mains à cette annonce, & quelqu'un a dit avec efprit : *Voilà l'Eloge fait.*

M. Saurin a fini la féance par la lecture du premier acte d'une tragédie, à laquelle il travaille : c'eft un fujet tiré de l'Anglois, intitulé dans l'origine, *Tancrede & Sigifmonde.* Il a changé ces noms en ceux de *Blanche* & de *Guifcard.* Les huées foutenues ont empêché d'entendre cette lecture, qui ne promettoit rien de fatisfaifant, l'auteur n'étant pas un grand tragique. Le ton déclamatoire & l'enthoufiafme avec lequel il a débité cette drogue, a beaucoup fait rire : il ne s'eft point décontenancé de cet accuéil peu favorable, & a fini fon acte jufqu'au dernier vers, fans doute fans s'appercevoir du mauvais fuccès qu'il avoit.

26 *Août* 1762. M. de Combalurier, Dr. Régent de la Faculté de Médecine, connu par fes écrits en faveur de fon Corps, eft mort avant-hier.

26 *Août.* Hier, dans la féance de l'Académie, on lut une Ode *fur la Patience*, où il y avoit des idées, du fentiment & de la philofophie. Elle étoit peu lyrique. On la donna comme méritant des éloges, fans dire le nom de l'auteur. On le connoît aujourd'hui, c'eft M. le Mierre.

27 *Août.* L'abbé de Radonvilliers, Sous-précepteur des Enfans de France & Ex-Jéfuite, fe met fur les rangs pour être de l'Académie. Il ne peut faire valoir en fa faveur que fon pofte

à la cour. Aucun mérite de Littérature ne milite pour lui, & de ce côté il eſt fort inférieur à ſon concurrent, l'abbé de Voiſenon.

28 *Août* 1762. Il ſe publie dans les rues un long Mandement de M. l'Archevêque contre le livre de *l'Education* de Rouſſeau, fort bien fait. Les raiſonnemens ne ſont pas d'une force peremptoire, & de ce côté-là le livre ne reſte pas pulvériſé : mais on lance les foudres de l'égliſe ſur quiconque oſeroit lire un pareil ouvrage. Cette Cenſure vient un peu tard, *Emile* étant entre les mains de tout le monde, & ayant produit tout le mal dont le Lecteur eſt ſuſceptible. Au reſte, c'eſt une affaire de forme.

28 *Août*. *Les Pourquoi, ou Queſtions ſur une grande affaire, pour ceux qui n'ont que trois minutes à y donner.* Cette plaiſanterie, qui a couru longtems manuſcrite, imprimée aujourd'hui, eſt attribuée à M. de Voltaire. Elle roule ſur la diſſolution de la Société : elle porte un caractere d'aiſance & de gaieté digne de ſon auteur.

29 *Août*. On parle différemment du ſort du Frere Berthier, ſi plaiſanté par Voltaire. On a prétendu depuis quelques jours qu'il étoit *Inſtituteur des Enfans de France*. Ce bruit eſt faux. M. le Duc de la Vauguyon avoit la meilleure volonté du monde de le pouſſer à ce poſte, mais il y a apparence qu'il ſera tout au plus à la Bibliotheque de M. le Dauphin, ou à celle du Roi : juſqu'à préſent il eſt chez ce Seigneur.

29 *Août*. Perſonne, dans le monde Littéraire, ne doute que *l'Eloge de Crébillon* dont on a parlé, ne ſoit de M. de Voltaire. Il eſt fâcheux que ce grand homme ne puiſſe ſe guérir de la baſſe

baſſe jalouſie qu'on lui reproche ſi juſtement : il la marque dans cet ouvrage, au point de tronquer, de mutiler les vers du Sophocle François, pour les rendre ridicules. C'eſt une choſe aiſée à vérifier par quiconque fera la comparaiſon. M. de Voltaire ne peut ſurtout digérer que ſon rival ait été imprimé au Louvre, tandis qu'il n'a pas encore joui de cet honneur.

30 *Août* 1762. Il court dans le monde une plaiſanterie de l'abbé de Voiſenon. Il faut expliquer le fait.

M. l'abbé de Boismont, le Mirebalais de l'Académie, ne paye point ſes dettes. Un certain Doyen de Valenciennes, auquel il doit une penſion ſur une Abbaye qu'il a, ne pouvant arracher rien de ce gros Bénéficier, eſt venu en perſonne exiger ſon dû. Ayant demandé où demeuroit cet abbé, il s'eſt fait une mépriſe, & au lieu de lui donner l'adreſſe de l'abbé de Boiſmont, on l'a envoyé chez l'abbé de Voiſenon à Belle-ville. N'ayant pas trouvé ce dernier, M. le Doyen a laiſſé un billet, qui expliquoit la cauſe de ſa venue : ſur quoi l'abbé de Voiſenon a répondu par la Lettre ſuivante, qui court aujourd'hui tout Paris.

„ Je ſuis fâché que vous ne m'ayez pas trou-
„ vé, Monſieur, vous auriez vu la différence
„ qu'il y a entre Monſieur l'abbé de Boismont
„ & moi. Il eſt jeune, & je ſuis vieux ; il eſt
„ fort & robuſte, & je ſuis foible & valétudi-
„ naire ; il prêche, & j'ai beſoin d'être prêché ;
„ il a une groſſe & riche abbaye, & j'en ai une
„ très-mince ; il s'eſt trouvé de l'Académie ſans
„ ſavoir pourquoi, & l'on me demande pourquoi
„ je n'en ſuis pas ; il vous doit une penſion

Tome I. F

„ enfin , & je n'ai que le défir d'être votre dé-
„ biteur. Je fuis , &c. „

3 *Septembre* 1762. Le *Contrat Social* fe répand
infenfiblement. Il eft très-important qu'un pareil ouvrage ne fermente pas dans les têtes faciles à s'exalter : il en réfulteroit de très-grands
défordres. Heureufement que l'auteur s'eft enveloppé dans une obfcurité fcientifique , qui le
rend impénétrable au commun des lecteurs. Au
refte , il ne fait que développer les maximes
que tout le monde a gravées dans fon cœur ;
il dit des chofes ordinaires d'une façon fi abf-
traite , qu'on les croit merveilleufes.

Rouffeau cite plufieurs fois un manufcrit,
qu'il loue beaucoup , ainfi que fon auteur. Il
eft intitulé : *Des intérêts de la France , relativement à fes voifins* , par M. le M. . . . .
d'A. . . . . . Il infinue que c'eft un homme
qui a été dans le Miniftere , & qui s'y eft
diftingué.

Il réfulte du *Contrat Social* , que toute autorité quelconque n'eft que la repréfentation
collective de toutes les volontés particulieres,
réunies en une feule. De-là , toute puiffance
s'écroule , dès que l'unanimité ceffe , du moins
relativement aux membres de la République
qui réclament leur liberté : de-là , tout citoyen
peut, quand il veut, quitter un Etat, emporter
tous fes biens & paffer dans un autre , à
l'exception près du moment où l'on feroit à
la veille de combattre ; Rouffeau regarderoit
cela comme une défertation : on ne fait pas
pourquoi.

4 *Septembre*. M. Colardeau s'eft fenti bleffé
des critiques différentes qu'on a faites des

sa piece sur les Vaisseaux : sa bile s'est émue, &
il vient de la répandre à grands flots dans une
Epitre à sa Chatte. Il regne dans cette niaise-
rie une amertume qui fait peu d'honneur à la
philosophie du Poëte. Il paroît, au reste, ne
pas s'en piquer. Il a fait aussi une Ode sur la
Poésie & la Philosophie, où il dégrade absolument cette derniere, pour élever l'autre sur
ses débris. Il le fait comme il le dit, car il y
a de très-beaux vers dans cette piece, & pas
le sens commun.

4 *Septembre* 1762. Les Italiens, jaloux de
témoigner leur zele dans l'occasion présente, ont
fait faire un couplet en l'honneur du Prince de
Condé. Il a été chanté avec tous les applaudissemens dûs à ce jeune héros. Le voici :

AIR : *d'un inconnu.*

De nos Guerriers, héros né pour la gloire,
Tout doit chanter le triomphe éclatant :
Ils doivent vaincre, tout nous l'apprend,
Des cœurs François l'honneur est le garant,
Qui sert Louis, doit fixer la victoire.

5 *Septembre.* On a fait une suite au *Colporteur*, en forme d'Almanach. Il y a tant de
gens disposés à la méchanceté, que de pareils
ouvrages trouvent un continuateur.

5 *Septembre.* Pour le coup on s'apperçoit que
le frere Berthier, aujourd'hui abbé, n'est plus
à la tête du Journal de Trévoux : il est d'une
platitude inimitable ; on y fait usage de toutes
pieces. On y lit entr'autres une Ode sur l'E-
lectricité. C'est le comble du ridicule.

F 2

5 *Septembre* 1762. On a fait une détestable Épitaphe sur les Jésuites. On ne la cite que comme un échantillon de l'aveuglement du fanatisme :

Ci gît un corps, le plus savant,
Le plus soumis, le plus fidele ;
Détruit par le plus ignorant,
Le plus fougueux, le plus rebelle.

6 *Septembre.* *Les recherches sur le Despotisme Oriental* sont entre les mains de plusieurs personnes. L'auteur est M. le Boulanger, Ingénieur des Ponts & Chaussées. Il est mort depuis la publication de son livre. De-là les conjectures ordinaires sur cet événement.

6 *Septembre.* On donnera demain à l'Opéra, *Acis & Galathée*, Pastorale héroïque en trois actes, paroles de Campistron, musique de Lully. Depuis 1686 elle a été reprise sept fois. On n'augure pas qu'elle ait un succès bien complet. On trouve mauvais qu'à la veille d'avoir une foule d'étrangers nous donnions un aussi mauvais échantillon de notre goût musical.

7 *Septembre* 1762. Des marchands de la foire St. Ovide ont imaginé de faire de petites figures de cire, habillées en Jésuites, qui ont pour base une coquille d'escargot ; cela a pris comme les Pantins : à l'aide d'une ficelle on fait sortir & rentrer le Jésuite dans sa coquille. C'est une fureur. Il n'y a point de maison qui n'ait son Jésuite.

8 *Septembre.* Les nouveaux Directeurs du Concert Spirituel ont amusé aujourd'hui le public pour la seconde fois. On a goûté beaucoup

un motet du Signor Peo , maître de mufique de la chapelle du Roi des Deux Siciles : c'eft une efpece d'Oratorio à quatre coryphées. Rien de nouveau d'ailleurs. On regrette toujours la mufique de Mondonville, quoiqu'on en eût par deffus les oreilles. Cet auteur fentoit même qu'il la falloit laiffer repofer ; il avoit exigé qu'on ne les jouât de deux ans , en cas que fon marché eût lieu.

9 *Septembre* 1762. M. le Mierre,fans renoncer à fon *Terée* , s'eft mis en tête de remanier un fujet traité affez mal , il eft vrai, par Crébillon; c'eft *Idoménée*.

M. Colardeau a auffi une piece fur le chantier.

10 *Septembre*. Le grand rôle que Mlle. Le Maure a joué fur la fcene lyrique ne nous permet pas d'omettre ici une circonftance effen-tielle de fa vie. Cette fublime Actrice , fi connue par fa belle voix , fa laideur & fes caprices, vient de fe marier à un jeune homme , Cheva-lier de St. Louis , nommé M. de Monrofe. Elle a plus de 50 ans.

11 *Septembre*. Le *Sancho* vient de finir , avec 25 repréfentations ; les *Sœurs rivales* vont en-core : les Italiens promettent des nouveautés en abondance.

12 *Septembre*. On commence à voir des eftampes deftinées pour la nouvelle édition de Corneille. Elles font du Sr. Gravelot : celle de *Cinna* nous eft tombée entre les mains. Elle eft d'une grande beauté. *Soyons amis, Cinna* ! c'eft le fujet & la légende.

13 *Septembre*. On fait que le Sr. Keyfer a vendu fon fecret au Roi. A la tête de fon inf-truction il a mis une préface , où il développe

dans le jour le plus terrible les fymptômes de la maladie qu'il combat. Tous les connoiffeurs regardent ce morceau comme un chef-d'œuvre d'éloquence. Il mérite d'être cité à la poftérité la plus reculée. On ne préfume pas qu'il foit de cet empyrique.

13 *Septembre* 1762. On publie un Arrêt du Parlement, du 3 Septembre, par lequel il paroît que pénétré, ainfi que l'a indiqué M. de la Chalotais dans fon beau Requifitoire, de la néceffité de réformer les études pédantefques qu'on fait faire aujourd'hui, il enjoint aux Univerfités de Paris, Rheims, Bourges, Poitiers, Angers & Orléans, de donner dans trois mois, tels Mémoires qu'ils aviferont bons être fur cet objet. Il veut d'ailleurs établir une efpece d'affiliation entre tous les différens colleges, pour qu'il en réfulte un plan uniforme d'inftruction. Il faut efpérer qu'à force d'attaquer le pédantifme, de le combattre, de le pourfuivre jufques dans fes repaires les plus formidables, on le détruira tout-à-fait.

14 *Septembre.* On publie encore un Arrêt du Parlement du 7 Septembre, qui transfere le college de Lifieux dans le college de Clermont [dit Louis le Grand], dont il occupera une partie convenable. Il y doit ouvrir fes claffes au 1 Octobre. Le Parlement ordonne en outre, toujours fous le bon plaifir du Roi, que provifoirement les bourfiers des différens colleges, qui ne font pas de plein exercice, feront tenus de fréquenter le dit college de Lifieux, exclufivement à tout autre. On ne peut qu'applaudir encore à la fageffe de ce réglement, qui tend

de plus en plus à former d'excellens fujets dans tous les genres.

14 *Septembre* 1762. On a repris *Tancrede* hier. Cette piece a toujours un fuccès marqué , & Mlle. Clairon y arrache les larmes des yeux.

16 *Septembre*. Depuis le renouvellement de la gazette de France , on la trouve déteftablement écrite. On fe plaint qu'elle fourmille de contre-fens , d'amphibologies , qu'elle refpire fouvent l'ignorance la plus craffe & la plus abfurde. On ne pourroit trop affigner à qui la faute. Cependant M. Raymond de Ste. Albine , le rédacteur , eft celui qu'on immole aux clameurs du public : on le prive de fon emploi ; on lui donne 3,000 livres de penfion. L'abbé Arnaud lui fuccede. On ne fait fi l'enflûre du ftyle de cet auteur conviendra beaucoup à cet ouvrage , dont la fimplicité , la clarté , doivent faire le plus grand mérite. On ignore fi le Journal étranger confervera ce brillant coryphée.

17 *Septembre*. L'Arrêt du Parlement commence à s'effectuer , & dès le 15 le college de Lifieux a pris poffeffion des bâtimens qui lui font deftinés dans celui de Clermont.

18 *Septembre*. M. Formey vient de donner au public *l'Efprit de la Nouvelle Héloïfe* , en un volume. Il prétend que cet ouvrage peut être utile à la jeuneffe ; il n'en adopte pourtant pas tous les principes & toutes les maximes. Comme la chaleur & le fentiment font le premier mérite d'un roman , on conçoit que l'analyfe de M. Formey doit être des plus feches , & ne pas mériter tout le cas qu'il en pourroit faire.

(128)

19 *Septembre* 1762. M. Racine eſt allé voir la Salle de la Comédie, il y a quelques jours. Sa grande dévotion l'empêche depuis longtems de fréquenter le ſpectacle. Ce fils d'un illuſtre pere a été accueilli avec tous les égards que les Comédiens lui devoient : il a tout loué, tout admiré. Sa viſite faite : " Meſſieurs, a-t-il ajouté, je viens repéter une petite dette. Vous ſavez que mon pere avoit défendu par ſon teſtament qu'on jouât *Athalie*. M. le Régent a depuis ordonné que, ſans égard aux volontés du teſtateur, ce drame ſeroit donné au public. Cet ordre de M. le Duc d'Orléans ne me fait déroger en rien à mes droits ; je révendique en conſéquence la part qui me doit revenir des repréſentations multipliées de ce chef-d'œuvre de mon pere ". Cette demande a fort étourdi l'aréopage comique : il eſt queſtion de trouver un *mezzo termine* à cette conteſtation naiſſante.

20 *Septembre.* On a fait aujourd'hui capture de différentes éditions de livres prohibés. On en a arrêté une du *Contrat Social* venant de Verſailles ; une autre de la *Suite du Colporteur* : on prétend même qu'on en a arrêté une *des Trois Néceſſités*. On regarde cependant ce dernier livre comme chimérique.

La *Suite du Colporteur* eſt intitulée, *Almanach des gens d'eſprit, par un homme qui n'eſt pas ſot*. On peut juger du livre par le titre : c'eſt toujours Chevrier qui s'en dit auteur.

23 *Septembre.* On ne ceſſe de faire des perquiſitions du *Contrat Social.* Un nommé de Ville, Libraire de Lyon, vient d'être arrêté &

conduit à Pierre-Encyſe. On a trouvé chez lui une édition qu'il faiſoit de ce livre.

25 *Septembre* 1762. On ne peut gueres applaudir à l'expoſition des tableaux de l'Académie de St. Luc : elle ne mérite pas les regards du public. Toute la partie hiſtorique eſt déteſtable. Le portrait y eſt fort en vogue ; ce genre peu digne d'éloge n'eſt admiſſible que lorſqu'on offre les perſonnages qui méritent les éloges de la nation. On y voit un tas de filles & d'hommes ſans titre , qui ne peuvent exciter aucune ſenſation. La Sculpture eſt meilleure en général. Cet art ſe conſerve infiniment mieux chez nous.

26 *Septembre*. On a repris hier *Zelmire* , & il paroît que cette tragédie continue d'être accueillie.

M. Goldoni , Avocat de Veniſe & auteur d'un théâtre , s'eſt tranſporté ici pour concourir au bien-être de la Comédie Italienne. Il travaille à préſent pour elle. Ses *Caquets* , traduits par M. Riccoboni , ont eu un ſuccès étonnant , & ſes compatriotes eſperent tirer un grand parti de ſon ſéjour auprès d'eux. Il doit reſter deux ans. Il étoit aſſez habile Avocat , & travailloit beaucoup. La Métromanie l'a emporté.

27 *Septembre*. On confirme l'aventure de M. Racine , qui n'ira pas plus loin , à ce qu'on aſſure ; il coloroit ſa demande du prétexte de la charité : il vouloit faire des aumônes de cet argent. On prétend que les Comédiens ſe ſont moqués de lui , & que cette reſtitution iroit de 30 à 40,000 Livres.

28 *Septembre*. *Lettre à M. D*** ſur le Livre intitulé Emile*. Cette Critique ſage & aſſez

bien écrite n'a rien de faillant. L'auteur dit à peu près ce que tout le monde a penſé du livre de Rouſſeau. Il paroît cependant trop affecter de relever les inductions qu'on pourroit tirer des aſſertions de cet auteur ſur l'Autorité & les Puiſſances. On ſent que ſi l'autre a frondé avec trop d'amertume & d'indépendance , celui-ci peut être taxé de ſervitude & d'adulation.

29 *Septembre* 1762. On dit aujourd'hui que Chevrier n'eſt pas mort.

Le Sr. Pigale prend , à ce qu'on penſe, poſſeſſion du Roule , & va travailler à finir les travaux du fameux Bouchardon. Il prétend que cet Artiſte ne faiſoit rien qui vaille ſur la fin de ſa vie , parce que la main lui trembloit. En conſéquence il refait une troiſieme figure du piedeſtal , & tirera de ſa Minerve la quatrieme qui n'étoit pas encore commencée.

Mlle. Arnoux eſt abſolument retirée. C'eſt une perte irréparable pour le théâtre Lyrique.

1 *Octobre.* On s'imaginoit que le livre des *Trois Néceſſités* , dont tout le monde parle ſans l'avoir vu , étoit un être idéal ; on voit aujourd'hui un Arrêt du Conſeil Souverain d'Alſace, où , ſans lui donner une exiſtence réelle , on inſinue qu'il exiſte. On le dénonce ſous le titre des *Quatre Néceſſités* : on en ordonne la brûlure partout où il ſe trouvera ; & l'on fait l'injonction la plus comminatoire d'en apporter tous les exemplaires au Greffe de la Cour. Ce ſimple diſpoſitif donne lieu à beaucoup de réflexions. En général , on croit qu'il a été fait à l'inſtigation des Jéſuites , très en faveur dans ce Tribunal. On ſent pourquoi

ils voudroient donner quelque confiftance à un ouvrage qui heureufement ne fe trouve nulle part.

2 *Octobre* 1762. Les comédiens François ont donné aujourd'hui *Zulime*, de M. de Voltaire, C'eft un très-mauvais tour qu'ils ont joué à cet auteur. *Zelmire*, tant fêtée, venoit d'être jouée tout récemment. On a comparé ces deux Drames, & le premier n'a pu foutenir le choc du fecond.

2 *Octobre*. La Gazette de France nous annonçoit hier les changemens faits dans les rédacteurs de cet ouvrage. On favoit que M. l'Abbé Arnaud y préfidoit : on apprend que M. Suard lui eft affocié. Il étoit déjà fon collegue à l'égard du Journal étranger, il en faifoit la partie Angloife. On prétend qu'ils ont 1,000 écus chacun : d'autres veulent qu'ils n'aient que 2,000 Livres.

3 *Octobre*. Depuis que M. M. du College de Lifieux doivent occuper celui de Clermont, plus de 200 ouvriers y travaillent fans relâche. On y a déjà fait pour plus de 60,000 Livres de réparations. Comme l'étendue en eft fort confidérable, on fépare une grande partie des bâtimens, deftinés à l'Univerfité : elle y aura à l'avenir fa falle d'audience, le Recteur un appartement, & les différentes Facultés plufieurs pieces pour y tenir leurs affemblées. C'eft demain que fe fait la prife de poffeffion.

4 *Octobre*. Aujourd'hui, M. Fourneau, Recteur de l'Univerfité, a pris poffeffion, au nom de fon Corps, du College, ci-devant dit de *Louis le Grand*. Cette cérémonie s'eft faite par l'attouchement, fuivant l'ufage : elle

F 6

a été suivie d'un *Te Deum*, en action de
graces, & d'une grande messe. Ensuite s'est fait
l'ouverture des Classes, où le Principal de Lisieux & les Professeurs ont été installés. Mrs.
les Commissaires du Parlement présidoient à ces
différentes cérémonies. Le tout s'est terminé
par une harangue du Régent de Rhétorique
de Lisieux : elle rouloit sur la Rhétorique. Il a
tiré l'augure le plus heureux de la nouvelle
transplantation ; il a fait entendre à M. M. du
Parlement qu'elle se faisoit sous leurs auspices,
& que sans doute ils protégeroient ce nouvel
établissement.

5 *Octobre* 1762. Il court une caricature, où
l'on représente MM. de Voltaire & Rousseau,
l'épée au côté, en présence l'un de l'autre, faisant le coup de poing. Au bas est un dialogue
en vers entre ces deux auteurs. Le Poëte demande au Philosophe pourquoi il l'a critiqué si
durement? Il lui fait des reproches sur sa bile
trop amere. L'autre répond qu'il est en possession de dire la vérité envers & contre tous.
Enfin la querelle s'échauffe. Rousseau gesticu-
lant des poings, Voltaire lui reproche de ne
pas se servir de son épée en bon & brave Gentilhomme. Celui-là prétend que ce sont les armes
de la nature. Telle est la substance de cette
conversation, où tous deux sont tournés dans
le plus parfait ridicule, quoiqu'en très-méchante
poésie.

6 *Octobre*. *L'Almanach des gens d'esprit* faisant un certain bruit, il faut en rendre compte
en détail. Il tire tout son mérite, comme le
Colporteur, de sa méchanceté, & comme il n'
en a pas tant, il intéresse moins en proportion

A l'occafion des *Eclipfes*, il fait des allufions à différentes avantures, qui peuvent être piquantes pour ceux qui en ont la clef. L'article des *Théâtres* contient une notice des divers Acteurs & Actrices, avec l'anecdote fcandaleufe. Suivent les portraits des différentes Nations de l'Europe : ils font vagues, diffus & pris partout. On rapporte après aux différens mois de l'année les événemens remarquables qui s'y font paffés, toujours affaifonnés d'une mauvaife plaifanterie. Ce qu'il y a de mieux dans tout le livre, ce font des anecdotes fur quelques gens de lettres vivans : quelques-unes ne font rien moins que neuves, mais elles intéreffent par leurs auteurs. On peut conclure de tout ceci, que c'eft un homme qui écrit pour vivre, & qui, vraifemblablement, veut faire quelque Journal, quelque ouvrage périodique, pour avoir fon pain quotidien.

8 *Octobre* 1762. On fermente beaucoup fur le livre des *Quatre Néceffités*, profcrit par le Confeil Souverain d'Alface, qui ne l'a ni lu ni vu. On le nomme ainfi, parce qu'il fe fous-divife en quatre propofitions :

Néceffité de détruire la Société des Jéfuites.

Néceffité pour la France, de fe féparer du Pape.

Néceffité d'anéantir l'Epifcopat, ou au moins d'humilier les Evêques.

Néceffité..... La plume tombe des mains ici...... on ne peut, fans frémir, tracer cet horrible canevas. Dans chaque chef, l'auteur donne les moyens de parvenir au but dont il s'efforce de prouver l'excellence & la néceffité. On continue à regarder cet ouvrage des ténebres comme n'exiftant que dans le cerveau de quelque efprit infernal.

9 *Octobre* 1762. Les héritiers de la Fontaine ont un procès contre les Libraires, au fujet de l'impreffion des Oeuvres de ce grand homme. Tout ce qui le concerne intéreffe trop la Littérature pour n'en point parler. Nous rendrons compte du jugement intervenu dans cette caufe importante.

10 *Octobre*. On vend une *Vie du Pere Norbert*, Capucin, déjà fi mal habillé dans le *Colporteur*. Il y a grande apparence que ce libelle eft encore un fcandale, éclos du cerveau du Sr. Chevrier.

12 *Octobre*. Aujourd'hui on a donné à l'Opéra de nouveaux Fragmens, compofés de *Hilas & Zélis*, *Alphée & Aréthufe*, & *l'Acte de Société*.

Le premier, déjà joué avec les *Caracteres de la Folie*, bien loin de foutenir ce mauvais drame, avoit échoué conjointement. Aujourd'hui qu'il eft en meilleure compagnie, on l'a goûté beaucoup. Larrivée & Mlle. Le Maure en font tous les honneurs.

On a vu reparoître dans *Alphée & Aréthufe* Mlle. Arnoux, éclipfée depuis plufieurs mois & qui même avoit quitté. Heureufement qu'elle n'a pas tenu longtems rigueur aux Directeurs & au Public. Quoi qu'il en foit, elle a joué la fcene avec fon fuccès ordinaire, & avec des applaudiffemens nouveaux. On ne s'attendoit pas à la voir, & la furprife a été très-agréable. On a cru pourtant remarquer quelque diminution dans fa voix, mais non dans fon jeu. On fait que les paroles de cet Acte font de Danchet & la

Mufique de Campra, refondue par Dauvergne. Cet Acte eft fufceptible d'une grande impref-fion & porte au fentiment.

L'acte de Société paffe auffi à la faveur des deux autres & de fes Ballets, agréablement deffinés, quoique la Pantomime n'y foit pas parfaitement caractérifée.

En général, cette repréfentation a plû, & elle foutiendra ce fpectacle jufqu'à l'Opéra d'hiver.

14 *Octobre* 1762. On reçoit dans les maifons par la petite pofte une feuille anonyme, qui ne fe vend point : elle eft intitulée *Lettres fur la prife de la Martinique par les Anglois*, 1762. Elles contiennent l'hiftorique de ce qui s'eft paffé à la Guadeloupe & à la Martinique, lors de leur conquête. Ce livre juftifie M. Naudeau, Gouverneur de la première Ifle, & elle inculpe grâvement le défenfeur de la feconde. Elle détaille des inepties, des couardifes, des fourberies même de la part de ce dernier. Toutes deux font écrites en termes propres à la narration, fimplement, & parées de la feule candeur de la vérité. Un avertiffement les précede, où l'on fait fentir combien il eft effentiel de configner tout de fuite dans l'hiftoire les faits au moment où ils viennent de fe paffer, afin de les tranfmettre à la pofterité dans leur état exact & naturel.

15 *Octobre*. La Chambre des Vacations a rendu hier un Arrêt qui fupprime un écrit ayant pour titre, *Lettre d'un ami de Province à un ami de Paris, au fujet d'une nouvelle fourberie des foi-difant Jéfuites* : parce qu'il parle d'un libelle qu'on ne nomme point & qui, s'il exif-

toit, feroit criminel, contraire à l'unité de l'E-
glife, aux principes gravés dans tous les cœurs
François & à leur fidélité inviolable envers
l'augufte maifon qui les gouverne. On ne con-
cevroit rien à ce galimathias, fi l'on n'étoit au
fait des bruits qui ont couru fur le livre chimérique *des Quatre Néceffités*.

16 *Octobre* 1762. On a donné aujourd'hui aux
François le *Tambour Nocturne*, piece en cinq
actes, en profe, imitée de l'Anglois. Ce drame
imprimé dans les Oeuvres de Nericault Def-
touches, n'avoit jamais été joué : en général
c'eft une farce.

16 *Octobre*. On nous annonce d'avance une
perte irréparable qu'eft fur le point de faire la
Comédie Françoife, & le public encore plus
c'eft Mlle. Dangeville, qui fe retire à Pâques.

17 *Octobre*. Le fameux Geminiani, cet agréable & favant Compofiteur en mufique, vient de
mourir à Dublin dans un âge très-avancé.

18 *Octobre*. L'Opéra va ce voyage-ci à Fontainebleau, & pour que les plaifirs du public
ne fouffrent point de l'abfence des meilleurs
acteurs, qui font en très petit nombre, la cour
les fait aller & revenir en pofte.

20 *Octobre*. On renouvelle les plaintes faites
depuis longtems contre Freron : on trouve fes
feuilles vuides abfolument, elles ne font pas
même foutenues par le farcafme fi à la main de
ce Journalifte & fi agréable aux Lecteurs. Ses
amis lui en ont fait reproche ; il fe défend &
prétend qu'il ne peut plaifanter le moindre gri-
maud du Parnaffe, qu'on ne le mulcte à la
Police, qu'on ne le fabre, qu'on ne le mette
en pieces ; il gémit fort de cette inquifition,

22 *Octobre* 1762. Il y a éu hier fpectacle fur le théâtre de la cour à Fontainebleau ; on y a joué *Pfyché*, Ballet charmant en un acte. Le Roi en a été fi fatisfait qu'il a demandé à le revoir. Les paroles font de M. l'Abbé de Voifenon, fous le nom de Mondonville, qui en a fait la mufique. Il faut le diftinguer d'une autre *Pfyché*, tragédie de la Fontaine, & mufique de Lully.

23 *Octobre*. Le bruit court que l'Impératrice de toutes les Ruffies a écrit à M. Diderot pour l'inviter à fe rendre à fa cour : on prétend que M. d'Alembert a reçu les mêmes offres.

Il paroît que Chevrier eft décidément mort.

24 *Octobre*. En vertu d'un Arrêt du Parlement qui défend aux ci-devant foit-difant Jéfuites de fe retirer autrement que comme écoliers dans les lieux où la jeuneffe eft élevée, l'Univerfité avoit renouvellé fon decret, qui excluoit depuis longtems les membres de cette Société de toutes les places fcholaftiques. Ce decret avoit été notifié aux principaux de tous les colleges, en vertu d'une délibération prife par la Faculté des Arts.

Le 18 de ce mois le Recteur [M. Fourneau] a reçu une Lettre de cachet pour fe rendre à Fontainebleau, avec ordre d'y apporter le Regiftre de l'Univerfité. Admis à l'audience du Roi, M. le Chancelier lui a déclaré que Sa M. défapprouvoit le décret qu'il avoit rendu, & a fait mettre en marge du Regiftre de l'Univerfité, l'Arrêt du Confeil qui caffe ledit decret, fans rien toucher à l'Arrêt du Parlement, au bas duquel il eft infcrit. Le Recteur a repréfenté vivement au Roi que le décret qui avoit

le malheur de lui déplaire , n'étoit point son
ouvrage, mais celui de l'Université, à laquelle
il avoit l'honneur de présider, comme M. le
Premier Préfident au Parlement.

Quelques momens avant de paroître devant
le Roi , M. le Chancelier prévenu contre le
Recteur, lui a fait des reproches très vifs en
préfence de quelques Miniftres, fur un difcours
qu'il a prononcé depuis peu aux Mathurins,
où, en rendant compte de fa geftion & de ce
qui s'eft paffé fous fon Rectorat, il a parlé de
la deftruction de la Société des Jéfuites, comme ancienne & continuelle ennemie de l'Univerfité. Ce Suprême Magiftrat a trouvé mauvais qu'il ait pris de-là occafion de s'étendre
fur leur doctrine , fur leur attachement aux
opinions ultramontaines, fur les vexations qu'ils
avoient exercées depuis 200 ans, dont la Providence a enfin terminé le cours.

Des gens mal intentionnés ou fort ignorans
avoient rendu très défavorablement ce difcours
du Recteur à M. le Chancelier, & avoient rapporté un paffage cité, tiré de l'Apocalypfe,
Chapitre XVIII, verfet 22. Le voici : *Et vox
Citharœdorum & Muficorum & Tibia ac Tuba
Canentium non audientur in te amplius.* Ce
paffage avoit été énoncé au fujet de la prife de
poffeffion du College de Clermont, & l'on fent
l'application amere , mais vraie, qu'on en devoit faire. Au lieu du mot de *Citharœdorum*,
des plaifans , ou des méchans, ou des imbécil-
les , avoient fubftitué celui de *Cynœdorum*
[voyez *Pétrone* , *Martial.*] On voit par cette
méprife quelle indécence le terme préfentoit à
l'efprit, & combien cela rentroit dans les pré-

jugés odieux reçus contre la Société. M. le Chancelier, dans les reproches qu'il faifoit au Recteur, appuyoit beaucoup fur ce paffage, dont il ne difoit que le fens en François, & qui par-là devenoit inintelligible à fon auteur. Ce ne fut qu'avec beaucoup de peine qu'on fe concilia, & qu'on reconnut qu'on avoit fubftitué le mot *Cynædorum* à celui de *Citharædorum* ; alors l'énigme devint claire.

25 *Octobre* 1762. M. Pinto, Juif Portugais, vient d'écrire une petite brochure en faveur de fa nation. [On appelle Nation Portugaife les Juifs Portugais & Efpagnols, établis en France depuis 1550, & jouiffant des mêmes privileges que les autres fujets du Roi]. Il attaque fur-tout le premier Chapitre du feptieme Tome des *Oeuvres de M. de Voltaire* : il combat fortement & avec toutes fortes d'égards les préjugés injuftes de cet auteur. Il faut qu'il ait raifon. M. de Voltaire lui a répondu très poliment, eft convenu qu'il s'étoit expliqué trop violemment, & a promis de faire un carton dans la nouvelle Edition. On ne fauroit trop configner à la poftérité un exemple auffi mémorable de l'équité & de la modération de ce grand homme.

26 *Octobre*. L'Académie de Marfeille donne pour fujet du prix de poéfie de l'année prochaine, *le Pacte de Famille*.

27 *Octobre*. *Les Soirées du Palais-Royal, ou les Veillées d'une jolie femme, en plufieurs Lettres, avec la converfation des Chaifes*. On rapporte ce titre pour fon originalité. Cette brochure de fociété ne devoit point tranfpirer dans le public, étant très médiocre pour le fond

& pour la forme. La converſation des chaiſes
ne vaut rien, après le *Sopha*. D'ailleurs elle
ne traite point de ſujets aſſez généraux.

28 *Octobre* 1762. La Sorbonne a enfin mis la
derniere main à la Cenſure du Pere Berruyer, &
elle eſt ſous preſſe, malgré tous les obſtacles
qu'il a fallu ſurmonter pour effectuer ce grand
projet.

29 *Octobre.* On ne ceſſe de rire encore de
la plaiſante ſcene qui s'eſt paſſée à Fontainebleau. On ajoute, pour comble de ridicule,
que le Recteur avoit eu ordre d'apporter ſon
diſcours, & que lorſqu'il fut queſtion de le lire
& de l'examiner, perſonne n'avoit pû l'entendre : qu'on avoit eu recours au Sr. Meſnard,
qui avoit dreſſé l'Arrêt du Conſeil relatif à la
caſſation du décret, & qu'il avoit avoué ſon
ineptie pour l'intelligence dudit Arrêt, & du
Diſcours du Recteur : que celui-ci s'étant pleinement juſtifié de l'odieuſe imputation dont on
l'avoit chargé, & perſiſtant à demander l'examen de ſon diſcours, on s'en étoit rapporté à
lui, & l'on avoit ſupprimé de l'Arrêt du Conſeil ce qui avoit quelque rapport aux qualifications grâves & injuſtes dont on l'avoit chargé.

30 *Octobre.* Les amateurs ont dans leurs
porte-feuilles deux Lettres de Rouſſeau : l'une
adreſſée au Bailli de *Moitié-Travers*, petit endroit près de Neuchâtel où il réſide : l'autre au
Paſteur dudit lieu. Dans l'une, il remercie le
premier des ſecours généreux qu'il lui a donnés ; dans l'autre, il fait ſa profeſſion de foi
& demande à être admis à la cène comme bon
Proteſtant.

Ce grand Philoſophe s'occupe actuellement

à faire des lacets. Il protefte qu'il renonce à écrire, puifqu'il ne peut pas prendre la plume fans allarmer toutes les Puiffances.

1 *Novembre* 1762. On ne fauroit trop configner à la poftérité les noms de deux femmes illuf-tres qui honorent les Lettres de leur protection : Mefdames les Ducheffes de Choifeuil & de Grammont méritent une place diftinguée dans le rang de ces Virtuofes.

M. l'Abbé Barthelemi, de l'Académie des Infcriptions & Belles - Lettres, Garde du Ca-binet des Medailles du Roi, ayant été depuis peu favorifé d'un logement particulier, ces deux Dames l'ont gratifié d'une galanterie peu commune. Elles ont, pendant qu'il étoit ab-fent, trouvé le fecret d'avoir la clef d'un *Mu-fœum* qu'il avoit arrangé philofophiquement ; elles l'ont décoré à fon infçu de la façon la plus galante & la plus voluptueufe : elles l'ont enri-chi de plufieurs ouvrages de leurs mains, & au retour de l'Abbé, la clef s'étant retrouvée, il a été tranfporté dans un boudoir de Fée. Tout Paris parle de cet enchantement.

2 *Novembre*. Nous apprenons comme un fait conftant que les héros du Conte de Mar-montel, dont on a fait deux pieces différentes, intitulées *Annette & Lubin*, exiftent réelle-ment à Bezons, dont M. de St. Florentin eft Seigneur : que c'eft lui qui eft défigné dans le rôle de bonté & de bienfaifance qu'on lui fait jouer ; que le Bailli eft le curé du lieu, homme dur & fans entrailles. Ce Miniftre fe propofe de faire voir un jour à la Comédie Italienne ces deux modeles de l'innocence paftorale. Au

refte , ils ont bien dégénéré de leur figure de vierge.

5 *Novembre* 1762. M. d'Alembert a dans fon porte-feuille une Lettre du Roi de Pruffe , où ce Monarque répond avec bonté aux queftions que le Géometre lui avoit faites fur le fort de l'Abbé de Prades. Il eft très vrai que cette Majefté a eu lieu de fe plaindre de la conduite dudit Abbé ; il a manqué effentiellement à la reconnoiffance & à la fidélité qu'il lui devoit , en trempant dans un complot formé conjointement avec l'Evêque de Breflau. Ce crime méritoit la mort. Le Roi de Pruffe a eu la généroïté de l'épargner : il le tient enfermé dans une citadelle jufqu'à la paix , & alors il le rendra à fa patrie & à fes amis, *s'il en peut avoir.* Ce font les propres termes de la Lettre.

6 *Novembre* 1762. M. l'Abbé Yvon , depuis fon retour, eft fort bien avec M. l'Archevêque ; il lui communique le plan d'une nouvelle hiftoire Eccléfiaftique qu'il a entreprife, qu'il compte traiter philofophiquement. Ce mot n'a point effrayé fa Grandeur, & le *Profpectus* de cet ouvrage doit paroître inceffamment.

7 *Novembre.* M. Thomas, Secrétaire intime de M. le Duc de Praflin, Miniftre des Affaires Etrangeres , ci - devant Comte de Choifeuil, vient de lui payer fon tribut d'hommages , par les vers fuivans , fur fa nouvelle dignité :

La juftice aujourd'hui récompenfe le zele,

Le Royaume applaudit à ce titre flatteur,

  Et votre dignité nouvelle

  Eft l'aurore de fon bonheur.

Dans fon fein aujourd'hui la France

Compte deux Ducs., Miniſtres vigilans ,
Moins unis par le nom , le rang & la puiſſance,
    Que par là gloire & les talens.
    Toujours aux rives de la Seine
Le nom que vous portez , annonça le ſuccès. '
Dans des tems très fàcheux,de diſcorde & de haine,
    Pleſſis-Praſlin battit Turenne :
Vous faites plus , vous nous donnez la Paix.

11 Novembre 1762. M. Séguier, ce grand avocat
général , ſe délaſſe quelquefois entre les bras des
Graces & des Muſes des travaux importans auxquels ſa charge l'aſſujettit. Voici une chanſon
très-agreable , qui a paſſé dans toutes les bouches
des jolies femmes de Paris :

    Tous mes ſouhaits & ma plus forte envie,
    Auroient été d'être un nouveau Créſus ;
    Des riches dons d'Amérique & d'Aſie ,
    J'aurois tâché. d'amaſſer tant & plus ,
    Non pas pour moi, c'eût été pour ma mie ,
    Sans elle , hélas ! en aurois-je voulu ? (*Bis*)

    D'être un Héros j'aurois eu la manie ;
    Mars m'auroit vu ſuivre ſes étendards,
    L'antique amour, l'amour de la patrie,
    Ne m'eût point fait affronter les hazards ;
    L'eſpoir d'offrir mes lauriers à ma mie ,
    Seul m'eût frayé la route des Céſars. (*Bis*)

    D'être un Appelle il m'auroit pris envie ,
    Mais ſans daigner travailler pour les Rois;

Si de Rubens imitant la magie
La toile cût pu s'animer fous mes doigts,
Quel beau portrait j'aurois fait de ma mie!
Je l'aurois peinte, ainfi que je la vois. (Bis)

Eternifer une flamme chérie,
Auroit été de mes vœux le premier;
Le tendre Amour, feul guide de ma vie,
Aux doctes fœurs m'eût fait facrifier:
J'aurois été le chantre de ma mie,
J'eus mis ma gloire à la déifier. (Bis.)

En me livrant tout à l'Aftronomie,
J'aurois fuivi ma tendre paffion;
Un nouvel Aftre, au gré de mon envie,
Eût de nos jours paru fur l'horifon:
Au firmament j'aurois placé ma mie,
Elle eût été ma conftellation. (Bis.)

J'aurois banni la fombre jaloufie:
L'Amour fincere en écarte l'horreur;
Trop délicat pour cette frénéfie,
D'un feu plus pur j'aurois fait mon bonheur
Car en l'aimant, j'euffe eftimé ma mie:
Sans mon eftime auroit-elle en mon cœur! (Bis.)

12 *Novembre* 1762. L'Académie des Infcriptions & Belles - Lettres a tenu aujourd'hui fa
féance publique de rentrée après la St. Martin.
M. Schmidt a remporté pour la feptieme fois
le Prix, roulant fur *l'Antiquité de l'Egypte.*
M. le Beau, Secrétaire de l'Académie, a lu
l'*Eloge*

l'*Eloge de M. Falconnet*. On a trouvé que l'auteur l'avoit trop envifagé comme Savant & homme fociable ; qu'il avoit plus cherché à faire briller fon efprit , qu'à détailler les rares & grandes qualités du défunt.

M. Bejaud a lu un Mémoire fur un *Corps de Milices connues chez les Grecs fous le nom d'E-pirotes*. On fait que ce fujet eft très peu à la portée du commun des auditeurs...... Celui de M. l'Abbé Arnaud *fur les anciens Grecs* eft encore plus ridicule. Il traite de leur origine, de leur ufage, du rapport qu'ils ont avec la mufique. Il prétend que la poéfie fait danfer les mots.

Enfin M. Chabanon a lu en vers une *Ode de Pindare*, dont il expofe d'abord le plan d'une façon fort nette. Cette licence a été tolérée ; il avoit été arrêté qu'on ne liroit point de vers à cette Académie, par l'abus qui s'y étoit introduit, & qui peu à peu lui auroit fait perdre fon inftitution.

13 *Novembre* 1762. L'Académie des Sciences a tenu aujourd'hui fa féance publique pour la rentrée.

On a commencé par l'*Eloge de M. l'Abbé de la Caille*, cet Aftronome célebre par le nombre & l'exactitude de fes obfervations. Il avoit fuivi neuf à dix mille étoiles nouvelles, pendant un féjour de deux ans au Cap de Bonne Efpérance.

M. l'Abbé Pingré, Chanoine régulier de Ste. Génevieve, a rendu compte de fes obfervations à l'Isle Rodrigue, du paffage de Vénus fur le difque du Soleil.

M. de Parcieux, après avoir démontré par

Tome I.   G

plusieurs calculs exacts, combien il seroit à dé-
sirer de faire venir une plus grande quantité d'eau
à la ville de Paris, a lu un Mémoire, dans lequel il a démontré la possibilité, au moyen d'un
aqueduc de Paris à la riviere d'Yvette, d'augmenter à peu de fraix cette quantité jusqu'au
nombre de mille ou douze cent pouces. On n'en
a aujourd'hui pour cette grande capitale qu'environ 230 pouces.

L'Assemblée a fini par un Mémoire de M.
l'Abbé Chappe, qui étoit allé en Sibérie, pour
observer le passage de Vénus, en correspondance avec M. l'Abbé Pingré. Il y a joint plusieurs remarques curieuses, tant sur l'histoire naturelle du pays que sur les habitans.

14 *Novembre* 1762. La Faculté de Théologie de
Paris vient de rendre publique la *Censure contre
le Livre d'Emile, ou de l'Éducation, par J. J.
Rousseau.* Elle est en Latin & en François, très
détaillée, particuliérement sur le troisieme volume. Elle trouve 19 hérésies dans cet auteur.
Quelques critiques prétendent que l'article le
plus mal traité dans cet ouvrage scientifique est
celui de la Religion.

14 *Novembre.* On travaille au Catalogue de
la Bibliothéque de M. Falconnet, qui sera bientôt en vente. Elle se monte à 45,000 volumes:
11,000 ont été donnés à la Bibliothéque du
Roi, suivant la convention.

16 *Novembre. Iphigénie* a été jouée aujour-
d'hui à l'Opéra. Les paroles sont de Mrs. Danchet & Dupré, la musique de Campra & Desmarets. Ce drame si vanté n'a pas eu un succès
marqué. On a beaucoup applaudi aux morceaux
de symphonie ajoutés : ils sont d'un nommé

Berton, & donnent de grandes efpérances de ce jeune homme. Les Ballets n'ont rien de beau particuliérement.

Les amateurs, en général, trouvent cet Opéra trifte, peu fourni de fpectacle, d'une choréographie commune, & d'une mufique difparate, par l'obligation où l'on a été de renforcer la vieille harmonie par la nouvelle.

18 *Novembre* 1762. Toute la Comédie Italienne eft en mouvement pour une piece annoncée depuis longtems, & fur laquelle elle fonde les plus grandes efpérances. C'eft *le Roi & le Fermier*, opéra comique de grande maniere. Les paroles font de M. Sédaine, & la mufique de Monfigny. Elle eft en trois actes, & différente de celle de M. Collé, dont on a parlé, qui n'eft point imprimée.

19 *Novembre*. M. l'Abbé Arnaud eft à la veille de renoncer à continuer le *Journal Etranger*, qu'il prétend lui coûter déjà quinze mille francs du fien. Il fe plaint qu'on ne lui donne aucun fecours, que les autres Journaliftes le jaloufent, qu'ils le pillent, le traveftiffent & ne lui font pas même l'honneur de le nommer. Il fe propofe, fi l'on ne lui donne pas plus d'encouragement, de faire un adieu terrible. Cela fera décidé fous peu.

20 *Novembre*. *Eponine*, tant prônée, doit enfin fe jouer la femaine prochaine. Les partifans de cette piece, ou plutôt de l'auteur, font en grand nombre : tout eft déjà loué depuis quelques jours.

M. Chabanon eft un jeune homme de trente-cinq ans, qui, après avoir fait des études affez bonnes, s'eft jetté dans le monde, & y a réuffi

par une figure agréable , par un efprit aifé , brillant & facile, & furtout par un talent fupérieur
pour le violon. Il a longtems fait les délices des
fociétés. Il y a quelques années que , réfléchif-
fant fur le vuide de fon art, & fur la néceffité
d'appuyer fon exiftence fur quelque chofe de
plus folide & de plus durable , il a pris la généreufe réfolution de travailler à mériter quelque titre littéraire. Il n'y a point de moyen plus
aifé de commencer à percer que d'entrer à l'A-
cadémie des Belles-Lettres ; il s'eft jetté dans
le Grec à corps perdu, a travaillé trois ans avec
la plus grande opiniâtreté & fans voir aucun
humain que quelques partifans de cette langue.
Il eft forti muni de tout le favoir néceffaire, il
a été admis à l'Académie des Belles-Lettres ; il
a travaillé fur Pindare, pour payer fon tribut
littéraire, & ne regardant cette Académie que
comme un paffage à l'Académie Françoife, il a
fait des tragédies. Son fuccès peut lui ouvrir
une route brillante.

22 *Novembre* 1762. *Le Roi & le Fermier*, dont
on a parlé, n'a pas eu le fuccès qu'on s'en promettoit. Le premier acte eft bien fait, quant à la
partie dramatique ; la mufique eft excellente :
les deux autres font très médiocres en tout, &
mauvais à quelques égards.

24 *Novembre*. Quoique nous ne foyons
point dans le goût de configner ici les mariages,
on ne peut paffer fous filence celui de Mlle. Le
Mierre & de Larrivée. Ces deux coryphées de
la fcene lyrique font enfin unis par des liens in-
diffolubles, après s'être effayés longtems à porter leurs chaînes. Ce grand événement a fait
une fenfation fi confidérable parmi les amateurs

de l'Opéra, qu'il fait néceſſairement époque dans ſon hiſtoire.

25 *Novembre* 1763. Autre événement non moins remarquable, quoiqu'auſſi étranger en apparence à la Littérature : Madame Saurin, qui réunit les graces à l'eſprit, étant accouchée d'un garçon, il y a quelques jours, l'Académie a fixé une députation pour féliciter la femme de leur confrere. M. l'Abbé d'Olivet a été chargé de cette galante harangue, & il a porté la parole avec toute l'éloquence poſſible.

26 *Novembre.* M. de Rochefort, jeune homme, membre de l'Académie de Nîmes, arrivé de province depuis peu, lit pluſieurs Chants d'Homere, qu'il a traduits en vers. Nous avons entendu celui de *la mort d'Achille*, où il y a de ſublimes beautés. S'il peut ſoutenir ce grand ouvrage ſur le même ton, il a lieu de ſe promettre un ſuccès complet. Tous les partiſans de la langue grecque en ont été enchantés, & exhortent ce nouveau défenſeur d'Homere à entrer dans la lice.

27 *Novembre* 1762. Le Parlement s'occupe ſérieuſement du nouveau plan d'études. Il regarde ſurtout la Philoſophie, ſi barbare encore dans les écoles. Il eſt queſtion de ſoumettre les Profeſſeurs à profiter des bons livres écrits ſur cette matiere, à choiſir les plus orthodoxes & les plus lumineux, & à les expliquer à leurs diſciples ; au lieu de perdre un tems infini à dicter des cahiers d'une philoſophie ſcholaſtique, & dans laquelle ils étoient maitres de gliſſer des abſurdités & toutes les erreurs qu'ils vouloient. On voudroit comprendre dans ce projet la théologie même ; ce point eſt délica-

eat, & fera le fujet de grandes conteftations.

28 *Novembre* 1762. On commence à parler d'une traduction des *Georgiques*, par M. l'abbé de Lifle, jeune homme dont on a vu des vers fort joliment faits. Il n'eft point rebuté par les détails agreftes où entre fon auteur, & il prétend qu'on peut les rendre avec élégance en François. Il s'agit de prouver ce qu'il avance.

29 *Novembre*. On a joué *Heureufement* aujourd'hui. Ce drame eft fait d'après le Conte de M. de Marmontel. Il a été bien reçu; il eft écrit avec facilité, fort court, & n'a que très peu d'intrigue. C'eft un tiffu des plus frêles. Le dévouement en eft heureux, mais pas affez filé. En général, la piece frife l'obfcénité. Mlle. Dangeville en fait le principal mérite par fon jeu. Il s'eft paffé un événement qui fait anecdote. L'Amant & la Maîtreffe font à table; le premier eft un jeune Officier; fur le point de partir pour l'armée, il prend le verre : „ *Je* „ *vais boire à Cypris* „, dit-il; „ *& moi, je* „ *bois à Mars* „, répond la femme. Mlle. Hus, qui faifoit ce rôle, a jetté une œillade au Prince de Condé en prononçant ces dernieres paroles. Le Public a faifi l'à-propos, & les batteméns de mains de fe multiplier pendant quelques minutes.

30 *Novembre*. Le Roi a ordonné un Maufolée à M. de Crébillon, dans l'églife de St. Gervais, où il eft enterré. En conféquence, M. de Marigny a écrit une Lettre au fils, pour lui faire part de cette marque d'eftime & de confidération que S. M. veut donner à fon célebre pere. C'eft M. le Moine qui eft chargé de cet ouvrage.

1 *Décembre* 1762. L'élection du fucceffeur de M. de Crébillon eft fixée décidément au 4 de ce mois. Perfonne ne doute que l'Abbé de Voifenon ne foit élu. M. Marmontel, qui s'étoit mis fur les rangs, vient de fe retirer, à la vue d'un pareil compétiteur.

2 *Décembre.* La Cenfure du Pere Berruyer par la Sorbonne, vient enfin de paroître, malgré toutes les menées pour qu'elle reftât imparfaite. Elle démontre les erreurs fans fin de ce Jéfuite, & elle n'empêchera pas qu'on ne life toujours avec le plus grand plaifir ce délicieux Romancier.

3 *Décembre.* Il n'y a point eu de comédie aujourd'hui, quoiqu'on eût annoncé deux pieces à l'ordinaire. Il s'y étoit rendu du monde ; on attendit jufqu'à fix heures. Alors on vint déclarer au Public qu'on ne joueroit point, vu l'indifpofition d'une Actrice qui ne pouvoit être fuppléée. On rendit l'argent, & l'on fe retira. Cette Actrice indifpofée étoit Mlle. Dubois, qui dans ce moment étoit en grande loge à l'Opéra. Le Lieutenant de Police, informé de l'aventure, a mandé cette Actrice, l'a traitée avec toute la dureté dûe à fon caractere & à fon impertinence, & l'a envoyée en prifon. Elle a de plus été condamnée à payer les fraix & le profit de la repréfentation, évalués à 500 livres, & une amende de cent écus.

4 *Décembre.* Aujourd'hui s'eft fait l'élection de M. l'Abbé de Voifenon. On étoit fi prévenu de cet événement, qu'à l'inftant où l'Académie étoit encore affemblée, il s'eft répandu une quantité de portraits de cet Abbé, avec fon nom & cette phrafe : *Elu à l'Académie Fran-*

G 4

ҫoife le 4 Décembre 1762. On lit au bas ces vers:

L'aimable fucceffeur du fombre Crébillon,
Dans un genre oppofé s'illuftre fur la Scene.
Les arbitres du goût ont élu *Voifenon*,
Ils couronnent Thalie, en pleurant Melpomene.

On eft fort intrigué pour favoir l'auteur de cette galanterie. Les uns prétendent que c'eft Made. de Favart, avec qui cet Abbé vit : d'autres difent que c'eft le mari.

4 *Décembre* 1762. Mde. de Favart a célébré aujourd'hui l'arrivée de M. le Prince de Condé à la Comédie Italienne, par le couplet fuivant:

Que notre troupe réunie
Saififfe ce moment heureux !
Célébrons les faits généreux
De ce foutien de la patrie !
Que de périls, que de hafards,
Il a déjà courus au printems de fa vie !
Quelle gloire pour Thalie
De couronner Mars !
Que notre troupe réunie, &c.

5 *Décembre.* On ne ceffe de parler de l'aventure d'hier. Les portraits ont été envoyés à toute la cour. L'Académie eft furieufe de voir le fecret de fes fuffrages violé. L'Abbé de Voifenon fe trouve chargé d'un ridicule auquel il ne s'attendoit pas. Favart & fa femme proteftent qu'ils ne lui ont point rendu ce mauvais fervice.

6 Décembre 1762. *Eponine* tant vantée a eu ce matin une répétition devant une affemblée très nombreufe, qui a fondu en larmes.

Cette après-midi elle a été jouée. Le public du foir ne s'eft pas trouvé auffi bien difpofé que celui du matin, & cette piece, qui n'auroit paffé que pour médiocre fi on ne l'avoit pas tant exaltée, eft jugée déteftable. Son fuccès a été fi foible que l'auteur vouloit la retirer, il fe difpofoit à faire un compliment au Parterre pour lui demander la permiffion : Mlle. Clairon lui a fait fentir l'indécence de ce procédé, & qu'il étoit le maître de le faire fans rien dire ; mais elle a confeillé d'effayer une feconde reprefentation, elle a promis de la faire aller tant qu'elle pourroit.

Le fujet de ce Drame eft tiré d'une Differtation de M. Secouffe, qui eft dans le 6e. volume des Mémoires de l'Académie des Belles Lettres. L'auteur l'a fuivi en grande partie. Sans entrer dans le détail des défauts de la conftitution du poëme, la verfification eft des plus impropres au genre dramatique : c'eft une enflûre de ftyle, un fafte d'expreffions, un amas de métaphores hardies, d'hyperboles gigantefques, qui ne peuvent en impofer qu'aux ineptes. L'auteur, loin de s'être formé le goût par la lecture des Grecs, fe l'eft gâté vraifemblablement en méditant trop *Pindare*. Le ton de ce lyrique eft infoutenable dans notre langue, même dans fon genre, à plus forte raifon dans celui dont il eft queftion.

7 *Décembre*. Les admirateurs de M. de Chabanon ne peuvent revenir du peu de fuccès de fa piece. Il fe répand une anecdote qui feroit

peu d'honneur à cette tragédie, si elle étoit vraie.

A la fin de la piece a régné un grand silence : ensuite quelques clameurs se sont fait entendre, on a demandé sourdement l'auteur. Ce bruit s'est accru, a recommencé à plusieurs reprises, enfin est devenu si tumultueux, que la garde s'en est mêlée, & l'on a arrêté deux jeunes gens les plus acharnés. On assure qu'ils se sont trouvés être deux freres ou parens de l'auteur. . . On les a relâchés tout de suite.

8 *Décembre* 1762. *Arrêt rendu par le Conseil Souverain du Parnasse.* Cet écrit est une plaisanterie contre l'insolent libelle de M. Poinsinet : elle est de M... Il ne méritoit pas qu'un plus digne athlete descendit dans la lice. C'est un pamphlet médiocre, comme l'ennemi qu'on combat.

10 *Décembre.* Les Muses pleurent depuis quelques jours la mort de l'un de leurs nourrissons & de leurs protecteurs en même tems. C'est M. de la Poupeliniere. Son nom, à jamais fameux dans les Fastes Littéraires, va sans doute s'accroitre par l'impression de ses ouvrages, qui sont en grand nombre. On ne doit jamais oublier sa magnificence envers les Artistes. Un orchestre entier se trouve dispersé par la perte de cet Apollon.

11 *Décembre.* M. le Chevalier de la Morliere est sorti de St. Lazare, & se montre avec un front d'airain.

11 *Décembre.* On parle de donner à l'Opéra la fameuse décoration du *Palais de Vénus,* qu'on a vu à Fontainebleau. On ne s'imagineroit jamais qu'on pût rassembler autant de diamans qu'il en a fallu pour l'en couvrir. La Féerie

n'offre rien de plus beau. Aucune Cour d'Europe ne pourroit fournir à cette magnificence.

12 *Décembre* 1762. M. l'Abbé de Voisenon parle beaucoup d'une tragédie faite par le fils d'un tailleur. C'est un nommé *Prieur*, jeune homme de 19 ans. Le sujet est *la mort des deux de Witt*, l'un Grand Pensionnaire de Hollande, & l'autre Bourguemaître de la ville de Dordrecht. L'Abbé prétend que cet ouvrage annonce un talent décidé & déjà porté à un grand point de perfection. Au reste, l'auteur est de la plus grande innocence. M. l'Abbé de Voisenon lui ayant paru inquiet sur le titre qu'il donneroit à cette tragédie, l'autre n'a point hésité à la mettre sous son vrai nom ; l'Abbé a cherché à lui en faire sentir le ridicule, lui a témoigné que ces Demoiselles ne joueroient jamais sa piece sous une pareille dénomination, qu'elles étoient trop pudiques, trop susceptibles, & que d'ailleurs le Public riroit...... Il n'a point senti cette plaisanterie.

13 *Décembre.* Il paroît un Mémoire de M. Loiseau, en faveur des Calas. Ce jeune Ecrivain veut se mettre sur les rangs. Il est le quatrieme. M. Mariette, Avocat au Conseil, en a fait un, plus dans le genre de son état. Celui de M. Beaumont est bien écrit, tendre, pathétique : c'est à la sollicitation de M. de Voltaire qu'il s'en est chargé. Le choix de ce grand homme fait l'éloge du défenseur. Enfin M. Loiseau a traité cette aventure dans un goût nouveau : c'est un Roman très animé, très chaud. On ne peut se dissimuler que le Public ne préfere encore, comme ouvrage Littéraire, les

Lettres courtes & légeres que M. de Voltaire a écrites fur cette matiere.

13 *Décembre* 1762. On nous annonce à la Comédie Françoife une comédie de M. Collé, l'amphigourifte, tirée des *Illuftres Françoifes*. C'eft l'hiftoire de *Dupuy & Desronais*. Elle eft intitulée de leur nom.

14 *Décembre*. Le Sr. Bernaud vient d'être chaffé de la Comédie Françoife, par un ordre de M. le Duc de Duras. Il avoit eu une querelle très vive dans les foyers, avec Mlle. Clairon. Il avoit invectivé cette Actrice de la façon la plus indécente...... La fublime Melpomene a confervé toute fa majefté dans cette occafion, mais piquée au vif elle a demandé fa retraite : le Gentilhomme de la Chambre, inftruit de fon mécontentement, lui a fait juftice, & elle refte.

14 *Décembre*. Les Imprimeurs fe plaignent que les nouveautés tariffent : on a mis un embargo fur tous les manufcrits. La police, plus févere que jamais, ne paffe rien, ne tolere aucune plaifanterie.... Plufieurs Imprimeurs vendent leur fonds de boutique, & nous fommes menacés d'une féchereffe générale dans la Littérature de France.

15 *Décembre*. M. le Duc de St. Aignan eft nommé Directeur, pour répondre à M. l'Abbé de Voifenon, le jour de fa réception à l'Académie Françoife. Il eft fixé au 15 Janvier. Cet Abbé, trop célebre, trop fêté à Paris, va fe renfermer dans fon Abbaye pour travailler à fon difcours. Il a demandé trois jours pour cet important ouvrage. Toute la Cour doit fe trou-

ver à cette cérémonie, & furtout les femmes les plus élégantes.

16 *Décembre* 1762. Les fêtes de Choify n'ont point été auffi brillantes qu'on l'efpéroit. On ne fe feroit jamais imaginé qu'*Irene*, rebut de la ville, eût été tranfportée fur ce théâtre. Géliotte a chanté. On a remarqué qu'il n'avoit plus que les reftes du grand homme.

17 *Décembre*. Dans la comédie d'*Heureufement*, imprimée, on a confacré l'anecdote *Je bois à Mars*. On a choifi cet inftant de la piece pour eftampe. Ce petit Drame foutient à la lecture fa réputation, du côté du ftyle facile & naturel.

M. le Prince de Condé a fait annoncer à Mlle. Hus, qu'elle auroit un préfent de S. A. S.

18 *Décembre*. M. Collé, l'amphigourifte, eft nommé Lecteur de M. le Duc d'Orléans. Ce Prince a fait créer la place pour lui. Il eft à 2,000 livres d'appointemens.

19 *Décembre*. La feuille 32 du Sr. Freron réveille un peu l'attention fur fon compte. Elle contient un éloge très raifonné, très approfondi, très bien fait de *Crébillon*; mais le but de l'Auteur paroit avoir moins été l'éloge de ce grand homme que la fatyre d'un autre non moins grand, qu'on devine aifément : M. de Voltaire, fans être nommé, y eft défigné fous les traits les plus caractériftiques & malheureufement les plus vrais.

21 *Décembre*. *L'Annette & Lubin*, de la Comédie-Italienne, qui jufqu'à préfent avoit paffé pour être de M. Favart & de l'Abbé de Voifenon, reçoit un troifieme pere ; M. Lourdet

de Santerre , Auditeur des Comptes, en révendique une grande partie.

23 *Décembre* 1762. M. l'Abbé de Voifenon
eſt de retour. Il convient que ſon diſcours l'a
beaucoup embarraſſé, à l'occaſion de la Paix ,
dont il faut parler. On verra comment il ſe ſera
tiré de ce mauvais pas.

23 *Décembre*. Les partiſans de la Muſique
Italienne parlent avec enthouſiaſme des Concerts
qu'on va donner au Louvre, compoſés en entier
dans ce genre-là.

24 *Décembre*. Avant-hier on a répété à l'Opéra, *Philemon & Baucis*, qu'on doit donner à
la cour. Géliotte & Mlle. Arnoux jouent cet
Acte intéreſſant.

26 *Décembre*. *La Rénommée Littéraire*, nouvel ouvrage périodique. L'auteur donne ce mois-
ci pour eſſai. On voit à la tête une Renommée
avec deux trompettes. Elle embouche l'une :
il en ſort différentes légendes, qui contiennent
les titres des ouvrages dignes de paſſer à la
poſtérité. De ſa bouche inférieure en part une
autre : *Pieces dérobées*, *l'Année Littéraire*, *les
Jérémiades*, *Epître à Minette*, *Califte*, ſont
les ouvrages infortunés qu'elle deſtine aux plus
vils miniſteres. Cette idée, priſe de la *Pucelle*,
eſt gaie & judicieuſe.

Ce nouveau Journaliſte s'annonce pour anti-
pode de Fréron, & cela doit être; il n'en ſera
peut-être pas meilleur. Il en veut beaucoup encore à M. Colardeau , & non content de le
couvrir d'opprobre par la Renommée, il le diſ-
ſeque impitoyablement, & le traduit dans le
plus grand ridicule.

On peut ſur cette feuille juger que l'auteur

n'a pas encore la maturité de jugement néceffaire pour travailler dans un pareil genre ; que
d'ailleurs il n'eft pas, à beaucoup près, dégagé
de préjugés, comme il le faudroit. Du refte,
fon ftyle eft plein & naturel.

27 *Décembre* 1762. M. Titon du Tillet, fort
connu par fon *Parnaffe François*, vient de
mourir dans un âge très-avancé. Sa maifon étoit
ouverte aux gens de Lettres, & les Mufes doivent jetter des fleurs fur le tombeau de cet
aimable Mécene.

28 *Décembre*. M. l'Abbé de Caveirac, depuis
longtems foupçonné d'être auteur de différens
libelles écrits en faveur des Jéfuites, vient d'être
recherché très-févérement. La police a fait chez
lui une defcente des plus circonftanciées. Heureufement pour lui, il avoit la ~~fuite~~. *prià la fuite*

30 *Décembre*. Le nommé Grangé, Libraire,
ouvre inceffamment ce qu'il appelle une *Salle
Littéraire* : pour trois fols par féance on aura
la liberté de lire pendant plufieurs heures de
fuite toutes les nouveautés. Cela rappelleroit
les lieux délicieux d'Athenes, connus fous le
nom de Lycée, du Portique, &c. fi le ton mer-
cénaire nè gâtoit ces beaux établiffemens.

31 *Décembre*. Il a débuté à l'Opéra une nouvelle Baffe-taille ; on parle plus des gafconnades
de cet Acteur que de fa voix. Rebel lui ayant
déclaré qu'il n'auroit que de médiocres appointemens d'abord, mais qu'à mefure que le Public
feroit content de lui, il feroit augmenté : *Cade-
dis*, a-t-il dit, *cela étant, Monfieur, vous
m'augmenterez donc tous les jours.*

ANNÉE M. DCC. LXIII.

1 *Janvier*. On a donné derniérement *le Comte d'Essex*. Il s'est passé ce jour-là une anecdote qui mérite d'être consacrée. Lorsqu'il fut question, à l'Assemblée, de cette piece, Mlle. Clairon demanda qui joueroit *Elisabeth*? Mlle. Dumesnil dit qu'elle s'en chargeroit: „ Je ferai „ donc la Duchesse, reprit le premiere? Non „ pas, s'il vous plaît, s'écria Mlle. Hus; c'est „ mon rôle, & je ne m'en défais point. Je ne „ veux rien vous enlever, repliqua Mlle. Clai- „ ron; cela étant, je ferai la Confidente: il „ n'y a pas grand'chose à dire, c'est mon fait ". On crut qu'elle se moquoit, & l'on se sépara. Le jour de la représentation elle tint parole, au grand étonnement de Mlle Hus, qui en fut déconcertée. Elle en joua le double plus mal. Mlle. Clairon ne paroissoit pas, que les batte- mens de mains ne recommençassent, & les sifflets pour l'autre....... Ce fut avec grande peine qu'elle fut jusqu'au bout, & l'on présume qu'elle ne cherchera plus à se trouver en con- currence avec Mlle. Clairon. Les niais du Par- terre ne pouvoient concevoir cela : „ Nous „ voyons bien, disoient-ils, pourquoi l'une est „ huée; mais pourquoi applaudir l'autre, qui „ ne dit mot ".

Mlle. Clairon, pour se délasser, joua *Cathos* dans les *Précieuses Ridicules*, & s'amusa comme une Reine.

2 *Janvier* 1763. Épitaphe de M. de la Poupeliniere.

> Sous ce tombeau repofe un Financier ;
> Il fut de fon état l'honneur & la critique ;
> Généreux , bienfaifant , mais toujours fingulier ,
> Il foulagea la mifere publique.
> Paffant , priez pour lui , car il fut le premier.

3 *Janvier.* Il fe répand un bon mot de cour ,
d'une efpece finguliere ; il mérite d'être retenu.
On l'attribue à M. de Souvré. Se Seigneur , à
l'occafion de la Réforme , difoit , qu'on s'y étoit
mal pris , qu'il falloit la commencer par celle
d'un Sacrement. — Quel eft-il ? — Le Baptéme.
— Pourquoi ? quel rapport entre lui & ce dont
il eft queftion ? — *C'eft que tout n'auroit pas
été par compere ni par commere.*

4 *Janvier.* On a donné hier pour la feconde fois aux Italiens une piece jouée pour la
premiere le jour de l'an. C'eft *le Milicien* , comédie en un acte , mêlée d'ariettes , &c. . . . .
C'eft dans le genre un peu farce , mais il y a
des morceaux de mufique qui méritent d'être
cités. Elle eft de Duny , les paroles d'Anfeaume.
On l'interrompt par l'indifpofition d'un Acteur.
Nous en parlerons à la reprife.

5 *Janvier.* M. Titon legue fon *Parnaffe
François* au Roi , en fuppliant S. M. d'accorder
quelque grace fpécifiée à fa famille.

6 *Janvier.* L'Académie Françoife a fait
avant-hier fon élection par fcrutin du Directeur
& du Chancelier pour le trimeftre de Janvier.
Le fort eft tombé fur M. le Cardinal de Luynes ,
Directeur , & M. l'Abbé Allary , Chancelier.

Ce fera le premier qui haranguera le Roi fur la Paix, fi elle eft publiée dans fon trimeftre, & à fon défaut le fecond.

7 *Janvier* 1763. On a fait depuis quelque temps des recherches féveres pour l'impreffion de certains livres en faveur des Jéfuites, entr'autres de *l'Appel à la raifon.* Les nommés Bregis & Brothier, ci-devant Jéfuites, font convaincus d'en avoir corrigé les épreuves; plufieurs autres font fur le point d'être pourfuivis à ce même fujet.

8 *Janvier.* Ce matin le Châtelet a décrété de prife de corps les deux ci-devant Jéfuites, Bregis & Brothier, pour avoir corrigé les épreuves de *l'Appel à la raifon.* Deux autres ne font défignés que fous le nom de *Quidam* & ne font pas encore connus. Un cinquieme n'eft décrété que d'ajournement perfonnel, pour avoir été employé à copier cet ouvrage, qu'on lui a dicté.

9 *Janvier.* On commence à parler beaucoup d'un mandement de M. l'Evêque de Lavaur, par lequel il défend la lecture & l'introduction dans fon Diocefe, du livre *des Affertions*, comme faux, fcandaleux & calomniateur. Il prétend que les paffages cités font ou abfolument contraires à la Doctrine des Jéfuites, ou falfifiés & altérés, foit en tronquant, foit en divifant, foit en ajoutant, ou enfin pris dans un mauvais fens, étant dans leur fens naturel la doctrine conftante & univerfelle de l'Eglife. Cet ouvrage, qui doit faire grand bruit, eft comme littéraire, fort bien fait, écrit avec feu & pathétique.

10 *Janvier.* M. de Soiffons vient d'oppofer

au livre dont nous venons de parler, un livre plus fage & plus judicieux ; c'eft un *Mandement*, par lequel entrant dans les vues du Parlement il profcrit, comme Evêque & comme juge de la foi, les *Propofitions* que celui-là condamne politiquement. Il eft le premier qui ait oppofé fon bouclier à cette inondation de maximes abominables. Il avoit eu la deférence de prévenir M. l'Archevêque de Paris, de conjurer ce Pafteur de remplir la promeffe qu'il avoit faite de donner quelque chofe fur cette matiere, il l'avoit affuré qu'il convenoit qu'il marchât le premier, qu'il fuivroit fes traces, &c. Allez toujours devant, Monfeigneur, (lui a dit M. l'Archevêque] nous ne marchons pas fur la même ligne ,,.

11 *Janvier* 1763. L'Opéra a donné aujourd'hui *Polixene*, tragédie nouvelle en cinq actes, paoles de M. Joliveau, Secrétaire perpétuel de l'Académie de Mufique, & la mufique de M. Auvergne.

Le poëme eft très-médiocre. On accufe le muficien de chercher toujours à peindre, & de ne jamais attraper ce qu'il cherche, de ne donner rien à chanter, d'être plein de réminifcences, prefque toutes défigurées. Le fpectacle eft affez pompeux, autant que le comporte la fcene ; les ballets font pittorefques en quelques endroits, entr'autres dans le quatrieme acte, où la Jaloufie vient tourmenter Pyrrhus avec un chœur de Furies & de Démons. Cet endroit rappelle *Pfyché* : mais quelle différence, pour l'intérêt, entre une jeune Princeffe effrayée de toutes les horreurs de l'enfer, & un Prince guerrier & intrépide ! Doit-il avoir peur des diables ? peut-on le plaindre ?

On a admiré avec raison une décoration du second acte : il est question d'une tempête. Le fond du théâtre représente la mer & un ciel serein d'abord : peu-à-peu , à mesure que l'orage se forme , on voit s'élever les nuages du sein de l'onde. Cette manœuvre bien exécutée pourroit faire l'illusion légere qu'on desire en pareille occasion ; il n'y a que les éclairs qui ne répondent pas à ce spectacle terrible.

12 Janvier 1763. Les Poëtes ne le cédent point à nos Orateurs : plusieurs de ces premiers sont entrés en lice pour défendre la mémoire du malheureux Calas ; aujourd'hui M. Barthe se met sur les rangs , & chante ce héros tragique dans une Héroïde nouvelle , non encore imprimée.

Il en a fait une autre, où il fait parler l'abbé de Ramsay : malheureusement le plus grand mérite de ces ouvrages c'est d'avoir fait de beaux vers.

12 Janvier. M. du Belloy travaille à une nouvelle tragédie, intitulée le *Siege de Calais.* Ce trait , tiré de notre histoire & passé sous Philippe de Valois, en 1347 , est très-beau à savoir, s'il est susceptible de tous les ressorts dramatiques, surtout entre les mains de M. du Belloy, qui en met beaucoup en œuvre à la fois.

13 Janvier. Les gens qui plaisantent sur tout, ont fait à Mr. de la Poupeliniere une épitaphe bien différente de celle qu'on a vû ci-dessus. On en jugera , la voici :

Pour être auteur ci gît qui paya bien :
Maint ouvrage s'eſt fait ainſi , c'eſt la coutume,
De ſon dernier , en ne ſongeant à rien ,
Il devint pere , hélas ! c'eſt ſon Poſthume.

14 *Janvier* 1763. Depuis quelque tems on parle beaucoup d'une Hollandoiſe jeune & jolie , nommée Madame *Pater*. C'eſt la femme d'un riche négociant; elle fait l'entretien des cercles & le ſujet des épigrammes ou madrigaux. Voici ce qu'on a fait de moins mauvais : on ne le rapporte que pour faire époque :

> *Pater* eſt dans notre cité.
> *Spiritus* je voudrois bien être;
> Et pour former la Trinité
> *Filius* on en verroit naître.

Les Seigneurs vont en proceſſion chez elle pour la voir : ſon mari , excédé de ces viſites, dit un jour à des courtiſans , en les reconduiſant : " je ,, ſuis très ſenſible, Meſſieurs , à l'honneur que ,, vous me faites de venir ici ; mais je ne crois ,, pas que vous vous y amuſiez beaucoup ; je ,, ſuis toute la journée avec madame Pater , & ,, la nuit je couche avec elle ,,.

15 *Janvier*. La réception de l'abbé de Voiſenon eſt renvoyée à ſamedi : il ſe tue de dire à tout le monde que ſon diſcours eſt plat; il ſeroit fâché qu'on le crût.

On a repris aujourd'hui *le Milicien* : on attribue cette piece à M. Bertin , dont Anſeaume eſt le prête-nom. En général , c'eſt une forte ſatyre des militaires , il y a plus de vérité que de fineſſe.

16 *Janvier* 1763. Il court dans le monde une épigramme fur Fréron, qu'on dit être de M. de Voltaire ; elle eft tapée, mais mal digerée : on en jugera.

> Un jour loin du facré Vallon
> Un Serpent mordit Jean Fréron.
> Savez-vous ce qu'il arriva ?
> Ce fut le Serpent qui creva.

Cette épigramme, originairement en Grec enfuite traduite en Latin, enfin mife en François, fe trouve dans le Dictionnaire de la Martiniere.

17 *Janvier*. Après une longue attente, on a joué aujourd'hui à la Comédie Françoife *Dupuy & Defronais*, comédie en trois actes, en vers libres.

Dupuis eft un vieux libertin, qui a une fille dont eft amoureux *Defronais* ; celle-là répond à fa paffion : tous deux preffent le bon homme de les marier ; il les aime tendrement & n'en veut rien faire de fon vivant. Il craint qu'on ne l'abandonne, & de refter feul. Enfin il fe laiffe émouvoir & fe rend à leurs follicitations. Tel eft le fujet, l'intrigue, & le dénouement de la piece : il y a cinq acteurs, dont deux font inutiles. On n'en parle point : c'eft le valet & une efpece de confident de Dupuy.

Ce drame, tout fimple, tout peu intrigué qu'il foit, a fait très-grand plaifir, par les détails & par une peinture de nos mœurs très-affligeante, mais très-vraie. Les femmes y font, on ne peut plus, maltraitées.

Le coloris de l'auteur eft peu faillant, peu

naturel & raboteux : il y a plus de fineffe que
d'efprit dans cette piece , plus de jeu que d'expreffion. Mollé y déploye une action brillante,
beaucoup de feu , de graces & de fentimens ; il
eft pénétré , outré , c'eft un beau défaut dont
il fe corrigera. D'ailleurs, c'eft un vice qui lui
eft commun avec tous les perfonages de la
piece. Les caracteres de Dupuy , de fa fille, &
de Defronais, font par-delà la nature , en voulant trop y atteindre.

18 *Janvier* 1763. Il fe trouve dans quelques
maifons un petit Almanach, intitulé *Étrennes
aux Paillards.* Il contient 26 couplets , fur 26
Danfeufes de l'Opéra & leurs Enteteneurs ,
fort méchans & fort bien faits dans leur efpece.
Mlle. Lany ouvre le Bal. Cet Almanach eft
arrivé de St. Denys , par la pofte , à plufieurs
perfonnes.

19 *Janvier.* On fait que M. de Voltaire travaille à une hiftoire de l'expulfion des Jefuites:
plufieurs Journaux font mention de cette nouvelle : on prétend qu'il travaille auffi à celle de
la guerre qui vient de finir.

20 *Janvier.* On a vu il y a quelque tems,
les inftances faites par l'Impératrice des Ruffies
à M. d'Alembert , pour l'engager à fe charger
de l'éducation de fon fils. Ce Philofophe avoit
refufé l'Impératrice , & l'on a des copies de la
feconde Lettre de cette Souveraine. La voici.

*Lettre de l'Impératrice de Ruffie à M. d'A-
lembert.*

A *Mofcou le* 13 *Novembre.*

Monfieur d'Alembert , je viens de lire la
réponfe que vous avez écrite au Sr. Odard, par

laquelle vous refufez de vous tranfporter ici
pour contribuer à l'éducation de mon fils. Philofophe, comme vous êtes, je comprends qu'il
ne vous coûte rien de méprifer ce qu'on appelle
grandeurs & honneurs dans ce monde. A vos
yeux tout cela eft peu de chofe, & aifément je
me range de votre avis. A envifager les chofes
fur ce pied, je regarde comme très-petite la
conduite de la Reine Chriftine, qu'on a tant
louée, & fouvent blâmée à plus jufte titre.
Mais être né & appelé pour contribuer au bonheur & même à l'inftruction d'un peuple entier,
& y renoncer, il me femble que c'eft refufer le
bien que vous avez à cœur. Votre philofophie
eft fondée fur l'humanité; permettez-moi de
vous dire, que de ne fe point prêter à la fervir,
tandis qu'on le peut, c'eft manquer fon but. Je
vous fais trop honnête homme pour attribuer
vos refus à la vanité : je fais que la caufe n'en
eft que l'amour du repos, pour cultiver les
lettres & l'amitié. Mais à quoi tient-il ? Venez
avec tous vos amis. Je vous promets, & à eux
auffi, tous les agrémens & aifances qui peuvent
dépendre de moi; & peut-être vous trouverez
plus de liberté & de repos que chez vous. *Vous
ne vous prêtez pas aux inftances du Roi de
Pruffe, & à la reconnoiffance que vous lui
devez*; mais ce Prince n'a point de fils. J'a-
voue que l'éducation de ce fils me tient fi fort
à cœur, & vous m'êtes fi néceffaire, que
peut-être je vous preffe trop. Pardonnez mon
indifcrétion en faveur de la caufe, & foyez
affuré que c'eft l'eftime qui m'a rendue fi in-
téreffée.

[*Signé*]　　　　CATHERINE.

P. S.

P. S. Dans toute cette Lettre je n'ai employé que les fentimens que j'ai trouvés dans vos ouvrages : vous ne voudriez pas vous contre-dire.

21 *Janvier* 1763. On parle beaucoup du livre de *l'Education publique*. On le cite avec le plus grand éloge, & quoiqu'il ne foit plein que de vues faines & d'une philofophie fage & ufuelle, on l'attribue à M. Diderot. C'eft un plan très-bien fait & très-détaillé de la marche à fuivre dans les Etudes. Il entre à merveille dans les vues du Parlement, & remplit le projet demandé.

22 *Janvier*. Aujourd'hui s'eft fait la réception de M. l'Abbé de Voifenon, avec toute l'affluence qu'on devoit en attendre. Son difcours étoit plein d'efprit, quelquefois précieux, plus poétique qu'oratoire, les images vives, brillantes, mais peu neuves. Il a traité de la façon la plus agréable les avantages réciproques que les grands & les gens de lettres ont trouvés à fe rencontrer enfemble.

La réponfe de M. le Duc de Saint-Aignan étant celle d'un grand Seigneur, fimple, noble, & plus dans le vrai genre ; il a fait, ainfi qu'il convenoit, l'éloge de M. le Duc de Nivernois, qu'il remplaçoit dans ce moment-là.

M. Watelet a fini la féance par la lecture de la traduction libre du 3e. chant du *Taffe*. Elle eft fort allongée : en quelques endroits il a enchéri fur fon original. Cette traduction a du mérite : l'auteur a lu en déclamateur, en variant les tons fuivant les images qu'il avoit à peindre.

23 *Janvier*. M. Marin répand dans le monde, fous le titre de *Lettre*, un projet inté-

reffant pour l'humanité : il voudroit qu'on fît
une foufcription pour faire des fonds en faveur
des honnêtes gens malheureux qui ne peuvent
pourfuivre leurs procès.

24 Janvier 1763. Amedée Vanloo, premier
peintre du Roi de Pruffe , a expofé depuis quelques jours aux regards des curieux un tableau
fingulier : c'eft une allégorie foutenue des vertus du Roi perfonifiées. Il y a huit figures
fans compter quelques animaux. On regarde
par une lunette , & toutes ces figures fe réduifent en une feule , qui repréfente en minia-
ture le Bufte du Roi très-diftinct & très-reffem-
blant. Pendant que vous levez l'œil à la lan-
guette , le Peintre paffe le doigt fur les différentes parties du vifage. Vous levez les yeux
& vous le voyez fucceffivement toucher toutes
les figures. Ce chef-d'œuvre d'optique devient
bien moins furprenant par les exemples qu'on
en a aux Minimes de la place royale & à la
Bibliotheque de Ste. Genevieve.

Le tableau naturel eft médiocre : les figures
même en paroiffent lourdes & mal propor-
tionnées.

25 Janvier. Le fuccès conftant de *Du-pu*
& Defronais a mis Collé en fi grande faveur
auprès des Comédiens , qu'il eft queftion de
jouer la piece d'*Henri IV & du Meûnier* ,
goûtée à Bagnolet. Le titre feul fouffre de
difficultés. On n'ofe mettre un de nos Rois
récent fur la fcene. L'auteur ne veut point
changer le nom , parce que le mérite de la
piece y tient en très-grande partie. Il eft queftion de favoir fi l'on permettra cette nouveauté

On prétend que le Duc d'Orléans en fait son affaire & doit en parler à S. M.

27 *Janvier* 1763. M. de Sauvigny presse pour faire paroître son *Socrate* ; suivant qu'on lui avoit promis à la police , le mois de Janvier étoit le terme fixé. Il prétend qu'il a des ennemis ; il présume que M. de Voltaire , qui a traité le même drame , pourroit sourdement cabaler contre lui : enfin il est encore incertain de son sort.

28 *Janvier.* Il est venu de Nancy une Epitre de Gresset à un Ex-Jésuite , sur les revers que vient d'éprouver la Société : elle est très-étendue , il y a des choses onctueuses & qui se ressentent du génie tendre & facile de l'auteur ; mais une ironie amere qu'il a placée sur la fin , forme une disparate fâcheuse dans tout l'ouvrage.

29 *Janvier.* On rapporte l'histoire d'un placet arrivé à certain Intendant , des plus plaisantes : on en pourroit faire un conte épigrammatique très-bon & très-sale. On la met ici pour les gens de lettres qui en voudront faire usage.

Une jeune fille très-jolie se trouvant à l'audience d'un Intendant , un placet à la main , Monseigneur la lorgne , la démêle , l'aborde , lui dit de passer dans son cabinet. Rien de plus pressé que d'expédier le reste des supplians. Il rentre , l'amour dans le cœur , le feu dans les yeux : " Qu'y a-t-il pour votre service , bel
  enfant : — C'est un placet , Monseigneur.—
  Un placet ; ah ! il n'y a rien que de juste sans
  doute : un ange comme vous doit avoir
  raison. Si vous étiez aussi favorable à ma

,, demande ,, ! En même tems il appuyoit des baisers ardens : ses mains libertines avoient laissé échapper le placet, par des attouchemens plus délicieux. " Eh ! mais , Monseigneur ,, ,, vous n'y songez pas ; vous ne savez pas ce ,, que je vous demande, lisez ". En même tems notre Agnès ramasse le placet , & en se baissant découvre à Monseigneur de nouveaux charmes. Sa Grandeur n'y tient point , & de gré ou de force , il fait exaucer sa requête. Revenu à lui il jure à la Demoiselle le plus in- violable attachement : sa cause est gagnée avant qu'il l'ait sue. Le bel ange s'envole rapidement, & Monseigneur n'ayant rien de mieux à faire, parcourt le placet : il le relit à deux fois. Quelle surprise ! c'étoit une plainte amere con- tre un chirurgien ignorant ou fripon. On devine le reste. Monseigneur a pris depuis ce tems la coutume de lire les placets, avant de présenter le sien.

30 *Janvier* 1763. *La Renommée Littéraire* est de Mrs. le Brun. Ce sont deux freres , dont l'un est déjà connu par ses démélés avec Fre- ron. Ces deux Aristarques veulent prendre le sceptre de la Littérature ; ils l'exercent dure- ment sur les auteurs qui ne sont pas de leurs amis ; & en particulier M. Colardeau est une de leurs victimes les plus malheureuses. Ces Mrs. louent quelquefois leurs amis, & comme il ne seroit pas modeste de se louer soi-même, ils se passent la plume réciproquement , lorsqu'il est question de leurs ouvrages. On ne croit pas que cette feuille périodique, déjà à son second nu- méro , végete encore longtems.

31 *Janvier.* M. Racine , dernier du nom ,

fils du grand Racine , de l'Académie des Infcriptions & Belles Lettres , eft mort hier d'une
fievre maligne. Il ne faifoit plus rien comme
l'homme de Lettres ; il étoit abruti par le vin &
par la dévotion.

31 *Janvier* 1763. Les propofitions de l'Impératrice de Ruffie à M. d'Alembert font des plus
favorables ; elles font uniquement à la charge
d'affifter fans titre à l'éducation du Prince , fon
fils , pendant le tems de fix ans. S. M. Impé-
riale lui offre un traitement femblable en tout
à celui des Ambaffadeurs, avec toutes leurs fran-
chifes & tous leurs privileges , un hôtel magnifique & l'état de cent mille livres de rentes ;
dont les fonds au bout de fix ans lui devront
être affurés à perpétuité , en terres , maifons ou
autres effets à fa volonté , qu'on achetteroit en
France.

1 *Février*. Il court une *Lettre fur la paix* ,
attribuée à M. Thomas. On ne croiroit pas
qu'un Secrétaire intime d'un Miniftre des
Affaires Etrangeres pût écrire de cette façon.
C'eft un amas de phrafes en perfiflage , en un
mot , un véritable ouvrage de cour , où l'amertume & le fiel font cachés fous des expreffions
douces.

2 *Février*. On doit fe rappeler qu'il y a
quelques années, M. de Voltaire ayant appris
l'extrême indigence où étoit réduite la petite
niece du grand Corneille , touché de fon état
fit offrir à fon pere d'en prendre foin , & de la
retirer chez lui à fa terre près Genève. Ce qui
fut accepté avec beaucoup de reconnoiffance.
Tous les Journaux s'emprefferent alors à publier
cette généreufe action. Mlle. Corneille a vécu

depuis ce tems au château de Ferney, où M. de Voltaire & madame Denis se sont occupés à lui procurer une éducation & des connoissances qu'elle n'avoit pu acquérir chez ses parens. On vient d'apprendre qu'elle épouse M. Dupuis de la Chaux, Cornette de Dragons., qui possede une terre en Bourgogne près celle de Ferney, & a huit à dix mille livres de rentes. En faveur de ce mariage M. de Voltaire lui donne 20000 Livres. Quelque tems auparavant il lui avoit assuré 1400 Livres de rentes viageres : elle aura de plus le produit de l'Edition des Oeuvres de Corneille, à laquelle préside M. de Voltaire, & qu'il doit accompagner de ses Remarques : ce sera un objet de plus de 20000 écus.

3 *Février* 1763. Il court manuscrite une tragédie de M. de Voltaire, intitulée *Saül*. Ce n'est point une piece ordinaire, c'est une horreur dans le goût de la *Pucelle*, mais beaucoup plus impie, plus abominable. On n'en peut entendre la lecture sans frémir.

5 *Février*. M. Goldoni commence à déployer ses talens en faveur des Italiens : on a joué hier de lui *l'Amour fraternel*; on prétend que cette piece accommodée au théâtre, est la même dont a été tiré *le Pere de famille* de Diderot. La comédie est froide & ne peut avoir un grand succès.

6 *Février*. Hier Geliotte & Mlle. Arnoux représenterent sur le théâtre de l'Opéra l'Acte de *Vertumne & Pomone*. Rien de plus délicieux. Ils recommencerent à deux fois, & l'assemblée très-brillante & très-nombreuse en fut sous le charme.

7 *Février* 1763. M. de la Baſtide a compoſé des *Contes* dans le goût de M. Marmontel : mais ils ſont inférieurs pour la narration & les agrémens du ſtyle ; ils ſont même pitoyables, à celui de *la petite maiſon* près, qui eſt très-bien & joliment fait. On prétend que ſa femme y a beaucoup de part. C'étoit autrefois une fille fort répandue dans ces ſortes d'avantures, & qui lui a ſuggeré toutes les deſcriptions agréables dont elle a l'imagination encore remplie.

8 *Fév.* 1763. On parle auſſi des *Contes* de Mlle. Uncy. Cette héroïne eſt remarquable, & il faut en faire l'hiſtoire en deux mots : elle a été élevée dès ſa plus tendre jeuneſſe par les ſoins de M. de Meyzieux, neveu de M. Duverney. Ce galant homme avoit coutume d'éduquer ainſi de jeunes perſonnes pour ſes plaiſirs. Celle-ci ne connoît point d'autres parens. L'heure étant venue, M. de Meyſieux lui témoigna ſes intentions : elle réſiſta, & le combat fut ſi vif & ſi opiniâtre que ſon protecteur la renvoya, l'expulſa ; & la Dlle. a depuis intenté un procès à ſon bienfaiteur pour avoir une légitime, une penſion au moins, &c. Elle a perdu.

11 *Février*. L'abbé de Caveyrac, ſi recherché depuis quelque tems pour quelques ouvrages en faveur des Jéſuites, qu'on lui attribue en tout ou en partie, & ſurtout pour *Mes Doutes*, eſt paſſé en Pologne, où, à la ſollicitation d'un grand Prince il a obtenu un Bénéfice. Il paſſe pour un Saint dans un certain monde. Il eſt bon de remarquer que ce même homme, ſi vendu aux Jéſuites aujourd'hui, a fait autrefois un livre diabolique contre le Pere

Girard. Il est vrai qu'il y fut forcé : son inten-
tion a toujours été de capter la bienveillance
de la Société. Il fut dans ce tems-là trouver les
Jésuites de Provence : "Mes Peres, leur dit-il,
,, voilà une fâcheuse affaire. Vous ne manquez
,, point de gens d'esprit pour vous défendre,
,, mais toute apologie sortant de chez vous sera
,, suspecte ; elle sera bien mieux placée dans
,, la bouche d'un étranger : je vous offre ma
,, plume, je suis dévoué à la Société, &c. ,,.
Les Jésuites redouterent une pareille proposi-
tion. Le Pere Girard étoit un Saint qui n'avoit
pas besoin d'apologie : le ciel, s'il le vouloit,
feroit des miracles pour le justifier, &c. L'en-
têtement fut si grand de la part des R. P. que
l'Abbé piqué vivement repliqua : " eh bien !
,, mes Peres, vous ne voulez pas de moi pour
,, défenseur : je vous déclare la guerre, & vous
,, verrez quel ennemi je puis étre ; &c. mais
,, je n'en demeurerai pas moins disposé à faire
,, la paix, car je veux être de vos amis, à
,, quelque prix que ce soit ,, : & il a réussi.

12 *Février* 1763. M. de Marivaux, de l'Académie Françoise, est mort aujourd'hui. Les
deux Théâtres se sont enrichis de ses productions, & plusieurs de ses Romans ingénieux
sont entre les mains de tout le monde. Il avoit
l'esprit fin & maniéré, beaucoup de délicatesse;
il étoit parvenu à sa 77e. année & ne faisoit
plus rien.

13 *Février.* Les deux spectacles de la *fausse
Gloire* & de la *Gloire véritable*, dont on
voit la description dans le discours de l'abbé
de Voisenon, ont donné l'idée d'une exécution
pittoresque pour les Fêtes qu'on doit donner à

la paix. D'abord s'élevera celui de la *fauſſe Gloire*, avec ſon inſcription & tous les attributs des Conquérants. Il ſubſiſtera peu, & s'écroulera bientôt, pour faire place au ſecond, qui durera toute la nuit.

Comme M. l'abbé de Voiſenon ſe nomme *Fuſée*, & qu'on pourroit trouver quelques alluſions piquantes à ſon genre d'eſprit, ſa famille s'eſt d'abord oppoſée à ce projet. Tout conſidéré, on eſtime qu'il lui feroit beaucoup d'honneur, & lui-même en eſt comblé.

15 *Février* 1763. M. d'Alembert s'eſt décidément refuſé aux inſtances de l'Impératrice des Ruſſies. Bien des gens croient qu'il auroit dû accepter, & que le gouvernement même auroit dû lui inſinuer l'utilité dont il nous auroit été dans cette cour. Mais M. d'Alembert a-t-il les talens néceſſaires pour l'éducation d'un Prince ? eſt-ce un politique, un homme fait pour vivre auprès des Rois ? C'eſt un Diogene, qu'il faut laiſſer dans ſon tonneau.

16 *Février. Théogene & Chariclée* eſt reculé. M. Collé, qui ne s'attendoit pas à un ſuccès auſſi complet, n'avoit pas trouvé mauvais que les comédiens ſe diſpoſaſſent à donner cette nouvelle tragédie; mais voyant la fureur du public, il n'a pas voulu la laiſſer rallentir, & a interpoſé l'autorité du Duc d'Orléans pour empêcher ſa piece d'être retirée : il a réuſſi.

Mlle. Clairon, qui devoit jouer le principal rôle, ne l'a point accepté : l'auteur eſt engoué de Mlle. Dubois, plus jolie que bonne actrice. Si cette piece réuſſit, l'auteur n'en devra point le ſuccès au preſtige du jeu de l'héroïne : elle eſt très-froide & très-ſervile.

H 5

17 *Février* 1763. On continue à parler du *Saül*
de M. de Voltaire, comme un tiſſu d'impiétés
rares, d'horreurs à faire dreſſer les cheveux.
Cette tragédie eſt toujours très-recherchée & très-
peu répandue ; elle ne court que manuſcrite.

Ce poëte infatigable varie ſans ceſſe ſes travaux. On parle de ſon *Oedipe* corrigé, dont il
a tout-à-fait retranché le rôle de *Philoctete*. Il a
retouché auſſi ſa *Marianne*.

18 *Février*. Rien de ſi raboteux, de ſi dur
à la lecture, que la piece de *Dupuy & Deſ-*
ronais. L'auteur y a noté toute la pantomime
des acteurs, & il paroît que ces obſervations,
loin d'avoir donné lieu au jeu des perſonages,
n'ont été faites, au contraire, que d'après eux.
L'épitre dédicatoire au Duc d'Orléans eſt du
plus mauvais goût & très-petitement écrite.

20 *Février*. Madame la Ducheſſe d'Aiguillon
ſe met ſur le rang des auteurs, elle a traduit
de l'Anglois des *Poéſies Erſes*, dont les Journaux
ont rendu un compte très-avantageux. Le Journal étranger en avoit parlé le premier ; celui
des Savans l'a fait enſuite, & s'étant ſervi des
mêmes réflexions & preſque du ſtyle du premier,
celui-ci réclame le plagiat & crie vivement au
larcin. Ce dégoût l'avoit preſque mis dans le
deſſein de diſcontinuer, cependant il prend une
nouvelle vigueur, & il va en paroître deux volumes pour continuer l'année derniere, qui n'eſt
pas encore à ſa fin.

21 *Février* 1763. La Poétique de M. Marmontel eſt ſous preſſe : ſes partiſans l'annoncent
ſuivant l'uſage, avec beaucoup d'éloges : il prê-
chera peut-être mieux par ſes préceptes que par
ſes ouvrages.

23 *Février* 1763. On a fait un mauvais couplet fur la Réforme & fur les Jéfuites :

> Capitaines, qu'on réforme,
> Et qui partout publiez
> Que c'eft injuftice énorme
> Qu'on vous ait ainfi rayés ;
> A tort de vous chacun crie ;
> Un coup plus inattendu
>   Nous pétrifie :
> *Jefus* lui-même a perdu
>   Sa Compagnie.

23 *Février*. M. l'Abbé de Radonvilliers,
Sous-précepteur des Enfans de France, s'eft mis
fur les rangs pour briguer la place vacante à
l'Académie Françoife par la mort de M. de
Marivaux. Un tel concurrent écarte tous les
candidats.

24 *Février*. On ne ceffe de s'évertuer pour
gagner de l'argent : il paroît un *Profpectus
d'une Gazette du Commerce*, inventée fans
doute à pareille fin. L'annonce en eft belle ; on
met les meilleures chofes du monde ; elle doit
être de la plus grande utilité. Il en paroîtra deux
par femaine : on en fera de deux fortes, pour
la ville & pour la province. Elles paroîtront au
1er. Avril 1763.

25 *Février*. On trouve dans la ville de Rheims
un livre fort rare, intitulé *Apologie des Jéfuites* ; on l'attribue à un jeune Pere de Nancy. Il
eft fort bien écrit : il ne paroît pas cependant
qu'il contienne des argumens plus victorieux
que tous les livres déjà faits en faveur de la
Société.

26 Fév. 1763. M. de Voltaire a écrit à M. d'A-
lembert pour le congratuler fur le courage qu'il
a eu de préférer la philofophie aux richeffes &
aux grandeurs dont vouloit le combler une grande Princeffe. La légéreté, la bonne plaifanterie, le fentiment pur & pénétrant caractérifent
cette nouvelle production. Il y parle des Jéfuites, de Mlle. Corneille, de l'Edition des Oeuvres de Pierre; il dit que les Graveurs conviennent que la foufcription eft ornée des noms
les plus brillans, mais que malheureufement les
noms des grands Seigneurs ne font pas des lettres de change.

17 *Février.* Mlle. Dangeville quitte fans
rémiffion le théâtre François : quoique préparés
depuis longtems à cette perte, elle fera longtems l'objet de nos regrets. On dit pour nous
confoler que Preville éleve Mlle. Luzi de l'O-
péra-comique : il efpere qu'elle remplacera quelque jour cette inimitable actrice. Il trouve à fa
jeune pupile le talent le plus décidé : il la prépare, il la difpofe, il la forme, & veut laiffer
mûrir le moment de fon début : il ne doute
pas qu'elle n'ait le fuccès le plus complet dès
cet inftant. Elle promettoit déjà beaucoup : elle
eft en bonnes mains. Voilà bien des motifs
d'efpérer : mais nous favons par malheur ce
que nous perdons, nous le fentons tous les
jours.

18 *Février.* Les Italiens ont donné aujour-
d'hui la premiere repréfentation du *Bucheron* ou
des *trois Souhaits*, comédie en trois actes mêlée d'ariettes. Les paroles font de M. Cuftet,
jeune homme qui entre en lice, & la mufique
de M. Philidor.

Ce drame a été bien reçu du public à tous
égards, la mufique furtout a fait une fenfation.
Quant à la fable, elle eft tirée du Conte de
Perrault, plus rapide, plus ferré, plus vif; elle
eft changée d'une façon plus convenable pour le
théâtre, mais moins plaifante.

28 *Fév.* 1763. M. le Marquis de Pompignan reparoît fur la fcene, au fujet d'un difcours prononcé dans l'églife d'une de fes terres par fon curé,
dans lequel ce Pafteur, en lui adreffant la parole, fait l'éloge de fes vertus, exalte la magnificence avec laquelle il a contribué à la réédi-
fication de la paroiffe. Ce difcours, cité avec
éloge par plufieurs Journaliftes, a donné matiere
à M. de Voltaire pour ridiculifer de nouveau M.
de Pompignan par trois petites miferes imprimées : *Relation d'un voyage de Fontainebleau.*
— Une *Lettre de l'Eclufe, acteur de l'ancien
Opéra-Comique* — & une *Chanfon.* Toutes médiocres que foient ces productions, elles en rappellent de fi fanglantes, que les amis de M. le
Franc ne peuvent qu'être fâchés de ces écrits,
d'autant plus que le public en général n'eft rien
moins que difpofé en fa faveur.

1 *Mars.* M. l'Abbé le Gendre, rival de M.
l'Abbé de Lattaignant dans le genre des chanfons, a réformé ainfi celle qu'on a déjà vue fur
la Réforme.

Sur l'air : *De tous les Capucins du monde.*

> Brave officier, bon militaire,
> La Réforme te défefpere,
> Que cela ne t'attrifte pas !
> Je veux que tu t'en glorifie ;
> Jéfus eft dans le même cas,
> On réforme fa Compagnie.

2 *Mars* 1763. Ce pays-ci ne tarit point en nouveautés. On propofe une feuille hebdomadaire
pour les livres fraîchement éclos, & l'on regarde cela comme très utile pour le public; il
jugera : on ne parlera que de ceux imprimés
avec permiſſion, & répandus ſous la protection
du gouvernement.

3 *Mars*. M. Framery, écolier du Pleſſis, âgé
de 17 ans & demi, vient de faire une petite
piece pour la Comédie Italienne, qu'il avoit
d'abord intitulée *la nouvelle Eve*. On lui a
conſeillé de ſubſtituer le titre de *Pandore*. Il
y a de jolies choſes, & elle promet du talent
dans un âge auſſi foible. Il étoit à craindre que
la Police ne lui fît beaucoup d'accrocs, comme
cela vient d'arriver.

4 *Mars*. *Arlequin*, *Valet de deux Maîtres*,
comédie Italienne en cinq actes de M. Goldoni.
On ne peut guere rendre compte de pareilles
pieces, écrites en langue étrangere & dont le
héros eſt Arlequin, qui varie ſes rôles & les rend à
ſa fantaiſie. On ne conçoit guères pourquoi les
Italiens ont penſionné de deux mille écus un
auteur qui ne leur eſt pas d'une plus grande utilité. On eſpéroit que le Sr. Goldoni monteroit
ſur la planche : apparemment que ſa qualité d'A-
vocat ne lui a pas permis cette incartade, ou
qu'il ne préſume pas aſſez de ſes talens.

5 *Mars*. M. de Saint-Foix, dans une Lettre
fort ingénieuſe, écrite à un prétendu peintre
qu'il ſuppoſe faire le portrait de Mlle. Dangeville, couvre ſous cette enveloppe délicate l'é-
loge le plus fin de cette inimitable actrice. Elle
ne pouvoit être mieux louée que par le chantre
des Graces.

5 *Mars* 1763. Il y a deux Lettres de M. de Voltaire à l'Abbé de Voifenon, remarquables par l'objet qu'il y traite. Ce grand homme voulant l'être exclufivement, y dégrade de la façon la plus baffe & plus injurieufe Corneille & Crébillon. Ces deux pieces avouées & fignées de lui, juftifient le libelle qu'on lui attribuoit à jufte titre contre le dernier, fous le titre d'*Eloge*.

6 *Mars*. Il paffe pour conftant que le Sr. Marin, Cenfeur de la Police, a été 24 heures à la Baftille pour avoir paffé les vers d'une piece faite par M. Dorat. On a fenti combien il étoit maladroit de le punir dans un pareil moment, que ce feroit afficher l'allufion qu'on vouloit éviter; en conféquence, avant que la chofe ait éclaté, on a élargi ce Cenfeur. La fuite juftifiera ce bruit, s'il eft vrai; dans quelques mois il fera obligé d'abdiquer la Cenfure.

7 *Mars*. On a joué à la Cour *le Devin de Village*. Quelques acteurs de la Comédie Italienne y ont chanté avec Geliotte, entr'autres Caillaud, qui a le bonheur de plaire au Roi. S. M. a les plus grandes bontés pour lui.

Mlle. Le Mierre, aujourd'hui Mad. Larrivée, ayant voulu chanter à ce divertiffement, a trouvé fa voix en défaut. On attribue cet évenement à un accident furvenu dans le voyage, elle eft groffe d'ailleurs.

7 *Mars*. L'Encyclopédie s'imprime actuellement, & l'on efpere voir finir ce monument immortel de l'efprit humain.

8 *Mars*. La fanté de Mlle. Clairon baiffe confidérablement; on craint fort de la perdre; elle laifferoit le Théatre François dans un grand

délabrement : elle va partir inceffamment pour aller confulter Tronchin à Geneve.

8 *Mars* 1763. On voit au Palais un Tableau trouvé chez les Jéfuites de Billon en Auvergne, qui attire la foule des curieux & des amateurs. Il eft très grand & contient plus de 200 figures : il repréfente un vaiffeau fort vafte, dans lequel font toutes fortes de perfonages, furtout beaucoup de moines & les différens généraux d'Ordres. L'infcription eft *Typus Religionis*. Un Jéfuite eft au gouvernail, qu'on reconnoît être St. Ignace. Un autre à l'avant du vaiffeau, paroît obferver la route. Le bâtiment cingle vers le Port du Salut, & laiffe derriere lui le monde, défigné fous tous les attributs qui en indiquent les pompes, les vanités & les fcandales. Différentes barques & chaloupes, où font des Cardinaux, des Rois, des Empereurs, cherchent à aborder le grand vaiffeau. On paroît leur tendre des amarres pour les recevoir ; mais on en écarte de certaines qui font indiquées contenir des hérétiques : on les tue à coups de fleche, & il paroît qu'*Henri* IV, dont on reconnoît la tête, eft renverfé d'un trait. On ne peut dire par quelle main il eft décoché, & l'on commente beaucoup fur cette effigie. On prétend que ce n'eft qu'une copie, & que l'original eft à Rome. En général, c'eft un barbouillage, une peinture d'hôtellerie. Les gens fenfés regardent toute cette allégorie comme une capucinade fort en vogue du tems de la ligue.

Il y a depuis quelques jours des défenfes févères de faire voir le tableau ; on l'a tranfporté au Noviciat.

9 *Mars* 1763. *Lettre de M. de Voltaire à M. d'Alembert.*

Ferney le 11 Février 1763.

Mon cher & illuftre confrere, il femble que fi quelques pédans ont attaqué en France la Philofophie, ils ne s'en font pas bien trouvés, & qu'elle a fait une alliance avec les Puiffances du Nord. Cette belle Lettre de l'Impératrice des Ruffies vous venge bien. Cela reffemble à la Lettre que Philippe écrivit à Ariftote, le jour de la naiffance d'Alexandre.

Je me fouviens que dans mon enfance je n'aurois pas imaginé qu'on écriroit de pareilles Lettres de Mofcou à un Académicien de Paris. Je fuis du tems de la Création, & voilà quatre femmes de fuite qui ont perfectionné en Ruffie ce qu'un grand homme y avoit commencé. Votre galanterie françoife doit quelques complimens au fexe féminin fur cette fingularité, dont l'hiftoire ne fournit aucun exemple. La belle Lettre que celle de Catherine ! Ni Ste. Catherine de Sienne, ni Ste. Catherine de Boulogne, ni Ste. Catherine d'Alexandrie, n'en auroient jamais écrit de pareilles : fi les Princeffes fe mettent à cultiver leur efprit, la Loi Salique n'aura pas beau jeu. Ne remarquez-vous pas que les grands hommes, les grands exemples, & les grandes leçons nous viennent du Nord ? Les Newton, les Loke, les Guftave, les Pierre le Grand & gens de cette efpece, ne furent point élevés à Rome dans le college de la Propagande.

J'ai parcouru ces jours paffés une groffe apo-

logie des Jéſuites pleine d'*Aos* & de *Pathos*:
on y a fait le dénombrement, des grands génies
qui illuſtrent notre ſiecle ; ils ſont tous Jéſuites : c'eſt, dit l'auteur, un *Chapelain*, un *Ban-
dury*, un *Buffier*, un *Desbillon*, un *Caſtel*,
un *Laborde*, un *Berruyer*, un *Pezenas*, un
Garnier, un *Simonet*, un *Rooth*, & enfin ce
Berthier, ajoute-t-on, qui a été ſi longtems
l'oracle des gens de lettres.

Je ſuis aſſez comme M. Chicaneau, je ne connois pas tous ces gens-là, excepté feu Berthier,
que j'ai cru mort ſur le chemin de Verſailles.
Mais enfin je ſuis ravi que la France ait encore
tant de grands hommes.

On dit auſſi que l'on compte parmi les ſublimes génies un M. *le Roi*, Prédicateur de
St. Euſtache, qui prêche contre les Philoſo-
phes avec l'éloquence du R. P. Garaſſe, Jé-
ſuite qui a écrit, il y a plus de cent ans, contre les eſprits-forts, en ſtyle bouffon & burleſ-
que. A vous parler ſérieuſement, je trouve que
ſi quelque choſe fait honneur à notre ſiecle,
ce ſont les trois *Factums* de Mrs. Mariette,
Beaumont & Loiſeau, en faveur de la famille
infortunée des *Calas*. Employer ainſi ſon tems,
ſa peine, ſon éloquence, ſon crédit, &, loin
de recevoir aucun ſalaire, procurer des ſecours
à des opprimés, c'eſt-là ce qui eſt véritable-
ment grand, & ce qui reſſemble plus au tems
des Cicérons & des Hortenſius, qu'à celui de
Buth, de Huth, & de Frere Berthier. Je m'em-
barraſſe fort peu du jugement qu'on rendra,
car, Dieu merci, l'Europe a déjà jugé, & je
ne connois de tribunal infaillible que celui des
honnêtes gens de différens pays, qui penſent

de même & composent, sans le savoir, un corps qui ne peut errer, parce qu'ils n'ont point l'esprit de corps.

Je ne sais ce que c'est que le petit libelle dont vous me parlez, où l'on me dit des injures à propos d'un *Examen de quelques pieces de Crébillon*. Je ne connois ni cet examen ni ces injures ; j'aurois trop à faire s'il falloit lire tous ces rogatons. *Pierre le Grand* & le *Grand Corneille* m'occupent assez. J'en suis malheureusement à *Pertharite*, & je marie la niece pour me consoler. Nous mettons dans le contrat qu'elle est cousine-germaine de *Chimene*, & qu'elle ne reconnoît pour ses parens ni *Grimoald* ni *Vinulphe*. Elle pourra bien avoir fait un enfant avant que l'édition soit achevée.

Beaucoup de grands Seigneurs ont souscrit très généreusement : les graveurs disent que leurs noms ne sont pas des lettres de change.

J'envoye à l'Académie l'*Heraclius* Espagnol, que j'ai traduit de Calderon, & qui est imprimé avec l'*Héraclius* François. Vous jugerez qu'il y a de tems en tems dans Calderon de très brillantes étincelles de génie.

Vous recevrez aussi bientôt une certaine *Histoire Générale*. Le genre humain y est peint cette fois-ci des trois quarts ; il ne l'étoit que de profil aux autres Editions : quoique je sois bien vieux, j'apprends tous les jours à le connoître. Adieu, mon très cher maître Philosophe ; je suis obligé de dicter, je deviens aveugle comme La Mothe : quand l'Abbé Trublet le saura, il trouvera mes vers meilleurs.

10 *Mars* 1763. Le Journal Encyclopédique est suspendu. Le Sr. Rousseau de Toulouse est

ici pour plaider fa caufe. Le Duc de Bouillon ayant eu avis que ledit Rouffeau vouloit quitter Bouillon, où ce Journal s'imprime, pour paffer à Manheim, chez l'Electeur Palatin, où il eft appelé, a fait faifir tous les papiers de cet auteur, & l'a mis hors d'état d'exécuter fon projet. Il demande à refter, & à r'avoir la liberté de continuer.

Il eft auffi queftion d'un *Journal de Jurifprudence*, à la tête duquel il vouloit fe mettre, & dont on a déjà vu le *Profpectus*.

11 *Mars* 1763. Favart a eu ordre du Gouvernement, c'eft-à-dire des Ducs de Choifeuil & de Praflin, de compofer une piece de théâtre pour la paix, qui fera jouée lors de la diftribution des denrées, & du feu de paille qui doit être fait inceffamment. On veut que cette comédie foit jouée aux François.

12 *Mars*. Caillaud eft dans la plus haute faveur auprès du Roi. Ce Monarque goûte fes talens & fon efprit : il eft admis aux petits appartemens pour divertir S. M.

L'Opéra n'eft point content de voir la Comédie Italienne admife à jouer ce qui la concerne devant le Roi. M. Villette & autres ont repréfenté *le Devin de Village*, dans lequel le feul Geliotte figuroit pour le premier fpectacle.

13 *Mars*. Le Divertiffement & la Comédie pour la Paix qui devoient être joués aujourd'hui, font renvoyés à demain. La piece qui devoit être intitulée *l'Antipathie vaincue*, eft nommée *l'Anglois à Bordeaux*. L'Ambaffadeur d'Angleterre a demandé ce changement. Au refte, le Sr. Favart l'a portée chez tous les Miniftres Etrangers, pour favoir s'ils n'y trou-

voient rien qui pût les bleffer. Ils en ont été très contens. Pour les flatter davantage, on a ordonné de jouer *Brutus*, tragédie de M. de Voltaire, où l'on fait qu'il y a un Eloge magnifique de la dignité des fonctions d'un Ambaffadeur.

14 Mars 1763. L'Anglois à Bordeaux a été reçu avec beaucoup d'applaudiffement. On y a trouvé de l'efprit infiniment, mais de l'efprit à la Voifenon, délicat, maniéré, précieux, revenant fouvent fur la mème penfée, qu'il décompofe & reproduit fous toutes fortes de faces. Cette piece, en un acte, ne peut figurer vis-à-vis du *François à Londres*. Celle-ci eft infiniment fupérieure. Traçons-en l'efquiffe en deux mots. Un Mylord eft prifonnier d'un François, qui a une fœur folle à l'excès ; il en devient amoureux : fon frere l'eft de la fille de l'Anglois ; il cherche tous les moyens de vaincre l'antipathie de celui-ci contre notre nation, & comme il refufe tous fes fervices, il intéreffe le valet de fon prifonnier à lui faire tenir une lettre de change de deux mille guinées de la part d'un de fes amis de Londres. Cet ami arrive pour époufer la fille du Mylord, qui lui étoit promife : il ne la trouve pas bien favorablement difpofée, il fe doute qu'elle a formé quelque inclination. Son pere furvient, remercie fon ami de fa lettre de change. Celui-ci n'y comprend rien. On éclaircit le fait : la générofité du François mife dans tout fon jour, pénetre l'un de reconnoiffance, l'autre d'admiration. Ce dernier fe trouve à fon tour lui avoir les obligations les plus grandes, puifqu'il lui doit la vie : on découvre qu'il aime la fille de l'Anglois, que celle-ci a du retour pour lui. Le nouvel arrivé la céde généreufement, & donne tout fon bien à ces amans. On reçoit dans l'inftant les nouvelles de la Paix : de-là un Divertiffement fort plat. On fait danfer toutes fortes de nations, jufqu'à des Negres ; puis on chante des couplets miférables.

Dans le courant de la piece on avoit amené un *vive le Roi !* Quelques voix dans le Parterre ont fait chorus : il n'a pas été général à beaucoup près.

Mlle. Dangeville, qui fe difpofoit à fe retirer, a contribué dans cette piece, par ordre du Gouvernement, qui la prend fort à cœur.

15 *Mars* 1763. *Benaker au fage & favant Abukibek.* Tel eft le titre de la XVe. Lettre des *Lettres Cabaliftiques* qu'on vient de réimprimer feule. Elle porte fur la deftruction de la Société, qu'elle paroît prophétifer de la maniere la plus judicieufe & la plus fenfible. Elle en détaille les motifs & les tire des mêmes raifons qu'ont fait valoir les différens Parlemens. Elle eft fort finguliere par les circonftances. L'editeur n'a pas manqué d'obferver que ces Lettres étoient du Marquis d'Argens, frere du Préfident d'Eguilles, actuellement décrété de prife de corps pour avoir foutenu, *per fas & nefas*, cette formidable Société.

16 *Mars.* M. l'abbé de Radonvilliers, Ex-Jéfuite, Sous-précepteur des Enfans de France, a été élu avant-hier de l'Académie Françoife.

16 *Mars.* On annonce auffi la retraite de Mlle. Gauffin. Cette perte du Théâtre François ne fera pas autant de fenfation que celle de Mlle. Dangeville.

17 *Mars* 1762. La feconde repréfentation de *l'Anglois à Bordeaux* , donnée hier , a eu le plus grand fuccès. On avoit demandé l'auteur dès la premiere repréfentation. Mlle. Hus s'étoit avancée fur le théâtre pour dire qu'il n'y étoit pas ; mais le public ne lui donnant pas le tems de s'expliquer, toutes les fois qu'elle ouvroit la bouche, elle s'étoit retirée. Bellecour lui avoit fuccédé, & ayant eu plus de patience, avoit fait entendre cette excufe au Parterre : *qu'il le nomme donc*, s'étoit-on écrié. L'acteur a répondu que c'étoit M. Favart. Aujourd'hui les clameurs ont recommencé. Le pauvre diable a été traîné par deux Comédiens fur le théâtre, & y a reçu malgré lui la bordée des applaudiffemens du public.

18 *Mars.* On annonce d'avance un Opéra de la compofition de M. de la Borde le Muficien, qui doit être joué à Choify le 6 Juin.

18 *Mars.* Les différens Spectacles ont demandé à jouer encore une femaine, comme la Comédie Italienne. Il paroît qu'ils ne réuffiront pas. L'Opéra, qui devoit donner *Armide* pour la Capitation, ne jouera d'extraordinaire que demain famedi la même piece.

19 *Mars.* Les François ont fait leur clôture aujourd'hui par *Tancrede.* C'étoit Mlle. Dubois qui faifoit le rôle de Mlle. Clairon : elle a eu beaucoup de partifans & a été finguliérement applaudie. On ne peut cependant fe diffimuler que c'eft un rôle au-deffus de fes forces : elle n'a pas affez d'ame pour le jouer en beaucoup d'endroits, encore moins affez de dignité. Quoique bien bâtie , elle a des bras ignobles & trop grands pour avoir un beau gefte : au refte, ce

qui décide la queſtion, c'eſt la tendreſſe affec-
tueuſe avec laquelle Mlle. Clairon l'a compli-
mentée & embraſſée; on en peut conclure qu'elle
l'a jugée hors d'état de pouvoir l'atteindre; ſa
jalouſie n'auroit pu y tenir, Mlle. Dubois ayant
déjà l'irrémiſſible défaut d'être jolie.

20 *Mars* 1763. Enfin les Italiens ont gagné
leur procès : ils s'étoient d'abord adreſſés à M.
l'Archevêque, qui leur avoit interdit de jouer.
Comme ce n'eſt point de ſon diſtrict, la Police
leur permet de paſſer outre. Ils ſe trouvent
ſubſtitués au privilege de l'Opéra Comique, à
condition qu'ils ne joueront que des pieces de
ce ſpectacle.

Le profit des repréſentations de cette ſemaine
ſe répartit ſur le champ entre les différens acteurs, en n'en déduiſant que les fraix.

21 *Mars.* Il ſe trouve à Paris un arriere petit-
fils de Racine par les femmes : comme il ne reſte
aucun mâle, que le dernier mort & ſon fils
avoient très-peu joui de leurs entrées, droit
héréditaire dans une famille auſſi illuſtre pour
le théâtre, que perſonne ne recueilloit cette
eſpece de ſucceſſion littéraire, ce jeune homme
a cru pouvoir ſe préſenter & attendre cette
grace du reſpect & de la reconnoiſſance des
Comédiens pour leur bienfaiteur. Leur procédé
noble en faveur de ſon couſin, de la petite-fille
de Corneille, de Crébillon, &c. lui étoient
garants de leur généroſité. Les hiſtrions ont dé-
menti en un inſtant toute la bonne opinion
qu'avoient conçu d'eux les gens qui ne connoiſ-
ſent pas les reſſorts du cœur humain. Comme
cette grace a été demandée ſourdement, qu'ils
n'ont pas eſpéré qu'elle fît un grand éclat, que
le

le faste & l'oftentation font ce qui les détermine
plus ou moins aux bonnes actions, ils ont refufé tout net les entrées à l'arriere petit-fils de
Racine; en ce que cette grace porteroit un
grand tort à leurs intérêts, ont-ils dit, étant
déjà trop multipliée. Leur ame vile & fordide
s'est montrée à découvert en cette occafion.

22 Mars 1763. On annonce déjà pour la rentrée une actrice miraculeufe, Mlle. de Ville-
neuve, petite-fille de la femme-de-chambre de
Mlle. Gauffin. Cela fait une affaire d'Etat. Elle
étoit engagée pour aller à Manheim chez l'Electeur Palatin; elle avoit reçu cent piftoles. Heureufement qu'on a fait part à l'abbé de Voifenon
de cette perte prochaine; il l'a voulue voir, l'a
faite déclamer, lui a trouvé les talens les plus
décidés; il eft parti fur le champ pour Verfailles, en a parlé à M. le Duc de Praflin, à M. le
Duc de Choifeuil, à Madame la Marquife; on
eft convenu qu'il l'ameneroit chez cette derniere,
qu'on la feroit jouer devant le Roi, en voilant
Sa Majefté, pour que la jeune perfonne n'en
fût pas éblouie. Cela s'eft exécuté avec le plus
grand fuccès. On a rendu les cent piftoles qu'elle
avoit touchées, & l'on s'attend inceffamment à
voir cette merveille

23 Mars. Le *Socrate* de Sauvigny, après
bien des contradictions, doit fe jouer à la rentrée. On avoit d'abord exigé qu'il fupprimât
une tirade contre Ariftophane, comme défignant
trop particuliérement le Sr. Paliffot. La Marquife de Villeroi avoit affuré l'auteur qu'il ne
feroit point repréfenté fans cela. Après bien des
pourparlers il a rayé à regret le morceau, où
ce méchant étoit particuliérement caractérifé.

Tome I. I

24 *Mars* 1763. *L'Anglois à Bordeaux* a été joué à la cour. Le Roi, la Reine & la famille Royale ont voulu voir l'auteur : en conséquence Favart s'y est rendu. Il a été accueilli avec beaucoup de bonté. Au moment où on l'a conduit chez la Marquise, elle lisoit un Conte de Marmontel, *la Bergere des Alpes* : cette grande Dame a exigé qu'il en fît une piece, ce qui sera exécuté.

L'abbé de Voisenon recueille indirectement tous les éloges donnés à l'autre : il s'en défend avec la plus grande modestie, mais l'esprit de la piece est trop marqué à son type pour le méconnoître.

25 *Mars.* On commence à répandre les bons mots des Enfans de France ; on en cite deux entr'autres qui décèlent leur maniere de penser.

Le Duc de Berry, en parlant, avoit lâché le mot *il pleuva.* " Ah ! quel barbarisme, [s'écria
,, le Comte de Provence] mon frere ; cela n'est
,, pas beau, un Prince doit savoir sa langue. ---
,, Et vous, mon frere [reprit l'ainé] vous de-
,, vriez retenir la vôtre ,,.

Le Duc de Chartres étant allé faire sa cour aux Enfans de France, il appeloit toujours M. le Duc de Berry, *Monsieur* : " mais, [dit ce
,, jeune Prince] Monsieur le Duc de Chartres,
,, vous me traitez bien cavaliérement ; ne de-
,, vriez-vous pas me donner du *Monseigneur*?
,, --- Non, [reprit vivement M. le Comte de
,, Provence] non, mon frere, il vaudroit mieux
,, qu'il dit *mon cousin* ,,.

26 *Mars.* M. l'Abbé de Radonvilliers a été reçu aujourd'hui. Rien de plus plat que son dis-

cours & de plus platement débité. Il a voulu
le réciter de mémoire : c'étoit une fuite d'é-
loges lourds & mal-adroits. Il n'y a que le pauvre Marivaux dont il a reftreint les louanges ,
attendu le genre pernicieux & condamnable dans
lequel il a écrit. C'eft quelque chofe d'affez
plaifant, que cet orateur fameux par fes Romans
& par fes Comédies , fe foit trouvé dans le cas
d'être panégyrifé par un Prêtre d'une part , &
par un Cardinal de l'autre , car c'eft le Cardinal
de Luynes qui avoit été Directeur. Il faut remarquer que cet auteur avoit été reçu par un
Archevêque , M. Languet , qui , au lieu de lui
donner le tribut d'encens ufité en pareil cas ,
l'avoit vivement tancé fur l'ufage dangereux de
fes talens. Le candidat ayant péroré , le Directeur ayant répondu , Meffieurs s'étant regardés
avec quelque confufion , ils ont levé le fiege ,
n'ayant rien de plus à dire. C'eft peut-être la
premiere fois que la falle n'a rétenti d'aucuns
battemens de mains. La féance a duré environ
une demi-heure.

27 *Mars* 1763. Hier s'eft fait la clôture des
Italiens avec la plus grande affluence. Il y avoit
du monde jufque dans le ceintre, où l'on louoit
les places 6 Livres 12 Sols. Ils ont fait 4600
Livres, recette inquie jufqu'alors.

Le compliment s'eft paffé en dialogues , en
vers & en chants : cela formoit un petit Drame
qui a duré longtems & très-fade pour les Spec-
tateurs, par la répétition fréquente des mêmes
éloges , des mêmes remercimens & des mêmes
fuppliques.

28 *Mars.* Il court dans-le monde des vers
faits par les officiers Irlandois des Régimens

que M. le Marquis de Brehant, Maréchal de Camp, étoit chargé de réformer à Valenciennes, comme Inspecteur. La singularité les fait mettre ici, ils lui ont été présentés le jour de St. Patrice :

Patrice que nous révérons
Comme notre premier apôtre,
Ainsi que vous, Brehant, nâquit chez les Bretons :
Le ciel vous a choisis pour être nos patrons,
Vous dans ce monde, & lui dans l'autre.

28 *Mars* 1763. M. Marmontel a eu l'honneur de présenter au Roi sa POETIQUE, *en trois volumes in-8°*. Cet ouvrage, que l'auteur annonce modestement ne pouvoir être fait que dans ce tems-ci & par-lui, n'est qu'une paraphrase de la *Poétique d'Horace* & de celle de *Boileau*. Nous en parlerons plus amplement quand nous aurons recueilli les divers avis des connoisseurs.

29 *Mars. Esprit, singularités & bons mots du Pere Castel.* Tel est le titre d'un ouvrage assez peu important, où l'on cite les différens apophtegmes & où l'on paraphrase les différens sentimens de ce Jésuite sur toutes les matieres. Le clavecin oculaire occupe une grande partie du volume : c'étoit en effet la plus importante singularité du personnage, fol d'ailleurs.

29 *Mars.* Il nous est tombé entre les mains une gazette manuscrite que le Sr. Freron envoye en Piémont & pour laquelle on lui donne cinquante Louis. C'est beaucoup dire que d'assurer qu'elle lui coûte encore moins à faire que ses feuilles, & qu'elle leur est inférieure. C'est une

rapfodie de tous les rogatons, contes populaires, hiftoriettes, nouvelles de Paris, digérée à la hâte & mal écrite. On affure qu'il l'envoye en différens Etats étrangers.

30 *Mars* 1763. M. le Duc de Bouillon a paru fe laiffer toucher par les fuppliques & foumiffions du Sieur Rouffeau de Touloufe ; il doit retourner dans fa Principauté pour y continuer fon Journal, dont S. A. avoit mis en poffeffion l'Abbé Méhegan. Il eft obligé de faire deux mille francs de penfion à ce dernier, & 100 piftoles à l'abbé Coyer. Il en coûte toujours quelque chofe pour déplaire aux Princes.

31 *Mars.* M. Dorat, en Philofophe, s'eft joint au Public pour trouver fa piece mauvaife ; il a fait à cette occafion une Epitre gentille. La voici : elle s'adreffe à un ami :

> Au milieu des plus grands revers
> Tu dis que le fage plaifante,
> Et qu'il verroit fans épouvante
> La ruine de l'univers.
>
> J'en fais mon compliment au fage ;
> Cette héroïque fermeté
> Eft bien digne de notre hommage,
> Je la refpecte en vérité ;
> Mais jamais ce trifte courage
> Par moi ne peut être imité.
> J'ai toute la foibleffe humaine ;
> Mon ame efclave de mes fens
> Ouvre toujours les deux battans
> Au plaifir, ainfi qu'à la peine.
> Ami, tu me vois confterné

I 3

D'avoir au grand jour de la fcene
Rifqué mon drame infortuné;
Oui, ma douleur eft fans feconde;
Et cependant, on le fait bien,
La chûte d'un drame n'eft rien
Auprès de la chûte du monde.
Je puis, dis-tu, me confoler
Entre les bras d'une maîtreffe.
Exilé des bords du Permeffe
C'eft à Paphos qu'il faut voler.
Ce ciel n'eft point exemt d'orages.
Déformais à l'abri des vents
Je veux contempler les naufrages.
Et des auteurs & des amants.
Irois-je plein d'une humeur noire
De Vénus attrifter la cour ?
C'eft bien affez, tu peux m'en croire,
D'être maltraité pour la gloire,
Sans l'être encore pour l'amour.
Mais quoi ! ton amitié me refte,
C'eft ma reffource & mon foutien;
Pilade dans le fein d'Orefte
Ne doit plus fe plaindre de rien,
La Gloire eft une enchantereffe
Qui ne remplit jamais un cœur;
L'Amour n'eft qu'un inftant d'ivreffe,
L'Amitié feule eft un bonheur.

1 *Avril* 1763. M. Cazot, Commiffaire de la
Marine, a voulu faire un poëme en profe dans

le goût de l'Ariofte , intitulé *Olivier*. Il roule fur l'ancienne Chevalerie , il eft auffi extravagant que l'*Orlando* ; mais eft-il compenfé par les beautés de toute efpece dont eft rempli le poëme Italien ? On croit y voir de l'allégorie.

2 Avril 1763. La gazette de France annonce pour le 13 Avril prochain l'ouverture d'une nouvelle Bibliotheque qui appartient à la ville. C'étoit ci-devant celle de M. Moreau , Procureur du Roi, de la ville, qui en étoit le poffeffeur ; il lui en a fait préfent. Elle eft placée à l'hôtel de Lamoignon , rue pavée. M. *Bonami* , de l'Académie des Infcriptions & Belles Lettres , en eft nommé Bibliothécaire.

3 Avril. Un malheur ne va jamais fans l'autre : M. Dorat ayant effuyé une difgrace au Parnaffe , elle a été fuivie d'une autre à Cythere. Mlle. Dubois l'a congédié auffi féchement que le Public. Ce Poëte aimable s'eft confolé de ce nouveau malheur par une Epitre auffi agréable que la premiere , elle s'adreffe encore à un ami.

De quel poids on eft foulagé
Lorfque l'on perd une maîtreffe !
Enfin, ami, le charme ceffe,
Je fuis heureux , j'ai mon congé.
Ris avec moi de ma difgrace,
Les regrets ne menent à rien.
Laïs ne laiffe aucune trace
Dans un cœur formé fur le tien.
Tout m'amufe & rien ne me lie.
Il faut pourtant en convenir ,

I 4

Laïs est jeune, elle est jolie :
C'est pour cela que je l'oublie.
On risque à s'en ressouvenir.
Que je hais ce front où respire
L'intéressante volupté,
Cet art de tromper, de séduire,
Si semblable à la vérité,
Et sa folie & sa gaité
Et les graces de son sourire.
Que je dédaigne, que je hais
Cette flottante chevelure
Qui sert de voile à ses attraits,
Ou bien qui leur sert de parure.
Ce sein qu'Amour fait embellir,
Qui s'enfle, s'éleve, ou s'abaisse
Au moindre souffle du désir,
Où la rose semble fleurir
Sous la bouche qui la caresse.
Ses caprices qui font des loix,
Ce feu dont son œil étincelle
Et les sons touchans de sa voix
Qui jure une ardeur éternelle
A cinquante amans à la fois !
Je la déteste je l'abhorre.
Mais c'est trop m'en entretenir,
Car à force de la haïr,
Je pourrois bien l'aimer encore.

4 *Avril* 1763. Mlle. Gaussin, qui n'avoit demandé sa retraite que pour se faire valoir,

l'ayant obtenue fans difficulté, a fait quelques démarches pour rentrer, fous prétexte du vuide qui alloit fe trouver à la comédie : elle a fait valoir fa bonne volonté, fon affection pour fes camarades, fon zele pour le public. M. le Duc de Duras lui a déclaré que ce qui étoit fait, étoit fait, qu'on fe pafferoit bien d'elle.

Le jeune Molé, quoiqu'il ne foit reçu à la comédie que depuis un an, a obtenu une part entiere, c'eft une faveur fignalée qu'on dit accordée à fes talens.

5 *Avril* 1763. On doit donner après Pâques *les Préjugés ou le Négociant* comédie en cinq actes, qui fera jouée au profit du Sr. Préville. La piece eft anonyme.

M. de Monlouvier, Gendarme de la Garde, vient de préfenter aux Comédiens une piece de caractere en cinq actes, intitulée *le Méfiant*. Cet aréopage n'a pas encore décidé de fon fort.

6 *Avril*. Entre 11 heures & midi le feu s'eft déclaré dans la Salle de l'Opéra, & a communiqué avec beaucoup de violence à la partie qui la lie au Palais Royal. En très-peu de tems l'incendie a été terrible : avant que les fecours aient pu être apportés, toute la falle & l'aîle de la premiere cour ont été embrafés. Il n'eft plus queftion d'Opéra. Le feu a pris par la faute des ouvriers, & s'eft perpétué par leur négligence à appeler du fecours ; il avoit pris dès huit heures du matin : ils ont voulu l'éteindre feuls, & n'y ont pu réuffir. Les portiers, qui ne doivent jamais quitter, étoient abfens.

Si le fait eft vrai, c'eft la ville qui doit en répondre & réparer tout le mal qui en a réfulté,

I 5

7 Avril 1763. M. Rouſſeau de Geneve travaille actuellement à un Mémoire pour la fille
du Premier Préſident de la Chambre des Comptes de Dôle, qui, à la veille d'être forcée à un
mariage qui lui répugnoit, a introduit ſécrette-
ment dans ſa chambre ſon amant, & a rendu
ſes pere & mere témoins, malgré eux, de ſon
mariage phyſique. Ce fait extraordinaire fournit beaucoup à l'éloquence libre & mâle de
l'orateur. Le Magiſtrat pourſuit criminellement
le jeune homme, officier, comme ſéducteur,
raviſſeur, voleur même, car il avoit de fauſſes
clefs, &c.

8 Avril. Le feu eſt éteint ou du moins ne
brûle plus que dans les fonds de l'Opéra;
mais toutes les machines ſont conſumées. Il
y a eu près de 2000 hommes employés à cet
incendie.

On ſpécule différemment ſur le ſort de ce
Spectacle; les uns le placent au Carouzel, d'autres au Louvre, d'autres au même lieu, en le
changeant de poſition; on ne ſait encore ni où
il jouera en attendant, ni quand on repréſentera.

9 Avril. Le Roi a fait écrire aux Directeurs
de l'Opéra que tous ceux qui ſont attachés à
ce ſpectacle, continueront à être appointés
comme ci-devant; que les penſions ſeront
exactement payées à l'ordinaire, avec ordre de
ſe tenir toujours en état de jouer. On aſſure
qu'on prendra le théâtre Italien trois jours de
la ſemaine, juſqu'à ce qu'on ait rétabli une
ſalle; celle des Thuileries ne pourroit ſervir ſans
qu'on y fit une grande dépenſe.

10 Avril. Mlle. Dubois, de la Comédie
Françoiſe, a paru aujourd'hui au Concert Spi-

rituel. On ne lui préfumoit pas affez de talens pour courir plufieurs carrieres à la fois. Quoi qu'il en foit , elle a chanté un *Ufque quo*. Elle a été extrêmement claquée & paffablement applaudie. Les connoiffeurs lui ont trouvé de la voix , quoiqu'un peu voilée , mais point d'art ni d'expreffion.

11 *Avril* 1763. *La Renommée Littéraire* , offufquant les divers libelliftes qui courent la même carriere , ces petits auteurs fe font remués & ont engagé le *Journal des Savans* à faire arrêter cet enfant bâtard. Il faut favoir que tous les autres doivent un tribut de cent écus à ce pere des Journaux. Mrs. le Brun n'avoient point payé , en conféquence on a fait faifie & arrêt entre les mains des imprimeurs.

12 *Avril*. M. le Duc d'Orléans a été hier à Verfailles demander au Roi que l'Opéra reftât au palais royal , offrant tout ce qui pourroit contribuer à l'agrément & à la fûreté de la falle. S. M. y a confenti. Ainfi ce fpectacle ne changera point d'emplacement. On doit acheter toutes les maifons , depuis le cul de fac jufques à la rue des Bons Enfans. L'amphithéâtre fera adoffé au palais Royal , & le théâtre répondra à la porte du cloître St. Honoré. Quatre iffues faciliteront les débouchés des quatre côtés ; deux par le Palais Royal , la troifieme par la rue des Bons Enfans , & la quatrieme par la rue St. Honoré.

M. le Duc d'Orléans , outre les aifances qu'il doit procurer , donnera pour fes Loges 100,000 Ecus.

13 *Avril*. L'Académie des Infcriptions &

Belles-Lettres a tenu aujourd'hui fa féance publique d'après Pâques.

Le Prix diftribué , M. le Beau , Secrétaire
perpétuel , a fait lecture de l'Eloge de M. Racine , fils du grand Racine.

M. Gibert a lu enfuite la premiere partie de
la préface de M. de Ste. Palaye fur le *Gloffaire
François*. Cette préface préfente des vues fort
étendues & fort utiles pour la Littérature , elle
a paru faire beaucoup de plaifir aux auditeurs.

M. l'abbé Barthelemi a lu une Differtation
*fur le Rapport des Langues Egyptienne ,
Phénicienne & Grecque*. Il a fait voir par les
fimilitudes des différens mots employés dans
ces diverfes langues , pour exprimer les mêmes
chofes à quelques terminaifons près , qu'elles
s'étoient formées les unes des autres. Les femmes mêmes ont été enchantées de cette lecture.

M. le Beau a lu pour M. le Comte de Caylus ,
*l'explication de deux paffages de Diodore de
Sicile , contenant la Defcription du Bucher
d'Epheftion , favori d'Alexandre , & celle du
Char qui tranfporta le Corps d'Alexandre à
Alexandrie*. M. le Comte de Caylus avoit pris
foin de faire graver une fuite de quatre Eftampes , qui repréfentent , d'après une infcription ,
ces deux monuments dans toutes leurs propor-
tions. Ces Eftampes , au nombre de 150 , ont
été diftribuées dans l'affemblée.

La féance a été terminée par la lecture d'un
Mémoire compofé par M. le Beau , le Profef-
feur d'Eloquence au College des Graffins , fur
les anciens Romans des Grecs.

Cinq heures & demie ayant fonné , Mrs. ont

levé la féance , comme des Ecoliers , & n'ont point laiffé achever M. le Beau.

14 *Avril* 1763. L'Académie Royale des Sciences a tenu aujourd'hui fon affemblée publique d'après Pâques.

L'annonce du prix de cette année qui regardoit la *Navigation* & en particulier *l'arrimage des vaiffeaux*, eft le premier article par où l'on ouvert la féance. L'Académie n'ayant pas trouvé de piece parmi celles qui lui ont été envoyées fur ce fujet , qui remplit fuffifamment fes vues , propofe encore le même fujet pour 1765.

M. de Fouchy, Secrétaire de l'Académie , a lu enfuite un détail raifonné fur les Defcriptions des Arts & Métiers , qu'elle donne au public , comme le moyen le plus capable de les perfectionner.

Quatre Mémoires de divers Académiens ont fuivi cette lecture.

Le premier , par M. Hellot, fur les matieres d'or & d'argent qui entrent dans le Commerce , pour différens ouvrages de bijouterie & dans les monnoyes , qu'il a favamment traité , & en chymifte.

M. Caffini a décrit dans le fecond tout ce qu'il a fait & obfervé en Allemagne par rapport à la prolongation de la Perpendiculaire au Méridien de Paris , depuis cette ville à celle de Vienne en Autriche , fur la longueur d'environ 300 lieues , avec des détails curieux, tant phyfiques & d'hiftoire naturelle , qu'aftronomiques. Il eft dommage que le tout foit affaifonné d'éloges fort faftidieux de tous les Princes d'Allemagne chez lefquels il a paffé , avec des retours d'amour - propre toujours rifibles pour les auditeurs.

M. de Vaucanfon a préfenté le modele & lu la defcription d'une Grive propre à tranfporter les fardeaux les plus pefants, par exemple de douze milliers, d'un bord du riviere ou du rivage d'un port dans un navire, ou du fond d'un navire au port.

Le quatrieme & dernier Mémoire, par M. Malouin, a été *l'hiftoire abrégée de l'art de faire du pain*, depuis les Egyptiens, les Grecs & les Romains, jufqu'aux Gaulois & aux François de nos jours. C'eft un détail très-curieux, où l'on voit qu'encore dans le fiecle paffé on difputoit fur la falubrité du pain levé ou non levé, & qu'il falloit un Arrêt du Parlement pour autorifer les boulangers en faveur du pain levé. Le fameux Gui Patin étoit pour le parti contraire.

15 *Avril* 1763. On vante le procédé honnête des Comédiens François à l'occafion de l'incendie de l'Opéra : ils ont député aux Directeurs pour offrir leur théâtre trois fois la femaine *gratis*. Il n'en a pas été de même des Italiens, & l'on eft fort furpris dans le monde de l'indulgence du Roi à leur égard dans cette circonfiance.

16 *Avril*. L'Opéra n'ayant pu s'arranger avec la Comédie Italienne, qui demandoit des dédommagemens confidérables, il a été décidé qu'en attendant que la falle projettée fût bâtie, il joueroit dans celle des Tuilleries, appelée la *Salle des Machines*. En conféquence on va travailler à en diminuer l'étendue, qui étoit un des principaux obftacles à la voix. On ne pren-

dra uniquement que le théâtre , plus long que toute la falle incendiée. On croit que ces travaux dureront environ trois mois , pendant lefquels on fera privé d'Opéra. Le Roi fera cette dépenfe.

17 *Avril* 1763. On voit à la Comédie Françoife un Acteur nouveau dans les *Danes* ; il fe nomme *Auger* : on en dit beaucoup de..bien , on lui trouve de la noblefſe , car il en faut partout , de l'intelligence & un mafque très-bon : c'eft un genre différent de Préville.

18 *Avril. Entretiens de Phocion fur le rapport de la Morale avec la Politique* : traduction de M. l'abbé Mably. On prétend que ce livre eft une image très-fenfible des événemens de nos jours. Il fait du bruit : il eft plein de principes fages , diffus en beaucoup d'endroits , d'un ftyle fimple , analogue aux vues faines & judicieufes de l'auteur. Il attribue cet ouvrage à Nicolès. On le préfume factice. C'eft un voile ingénieux que M. Mably emprunte pour dire des vérités falutaires.

19 *Avril.* On a donné aujourd'hui la premiere repréfentation du *Bienfait rendu* ou *du Marchand* , comédie en vers & en cinq actes. C'eft une fatyre amere & lourde de la Noblefſe & furtout des Grands Seigneurs. Un Négociant de Bordeaux a obligé en différentes fois un homme de condition , fon ami , au point que celui-ci fe trouve endetté de 100,000 écus. Ne pouvant en être payé , le marchand·qui a un peu de vanité dans la tête , imagine de faire époufer la fille de ce Seigneur à fon neveu , & d'éteindre une dette qui feroit une fource de procès. L'autre ne demande pas mieux que

de s'acquitter ainfi , mais fa femme, fon fils &
fa fille , répugnent à une alliance dont ils ne
connoiffent pas le motif. Pour les mettre à la
raifon , il faut le déclarer ; ils y donnent les
mains pour-lors. Le jeune homme amoureux
d'une autre perfonne voudroit fort fe dégager :
combats de différens côtés entre la vanité de
ces nobles , l'amour du neveu & l'arrogance du
créancier , qui menace toujours de redemander
fon argent fi le mariage n'a pas lieu. La piece
fe dénoue au moyen d'une rufe du jeune homme , qui fait prêter incognito la fomme au Seigneur pour qu'il foit maître de rembourfer : il
en profite avec la plus grande joye, fon orgueil
fe trouve à fon aife. Il n'y a que l'oncle qui
enrage , il fait des difficultés fur les papiers
qu'on lui préfente, il montre des foupçons : on
eft obligé de faire parler le Notaire, il déclare
que c'eft de fon neveu qu'ils viennent. Cet
arrangement n'entre point dans les vues du
marchand , & M. le Comte ne s'en tire que par
le refus abfolu que fait la jeune perfonne dont
étoit amoureux le neveu, de l'époufer, que fon
oncle n'ait remis pleinement la dette au Seigneur
à qui elle a des obligations perfonnelles. Notre
brutal fe fait tirer l'oreille , & ne cede qu'aux
inftances du pere de la fille , auquel il a lui-
même de très-grandes obligations. Ces procédés
généreux operent la conviction du Noble : il
finit par avouer que c'eft dans de pareils fentimens que gît la grandeur véritable.

La piece a une duplicité d'intrigue : les caracteres en font mal frappés, rentrant plufieurs
les uns dans les autres ; le feul qui foit foutenu
à un certain point eft celui de l'oncle. Préville

le joue supérieurement. Elle est en général mal écrite, avec dureté ; & les meilleures tirades, car il y en a, ont une teinte trop forte d'une amertume basse & ignoble.

20 *Avril* 1763. Hier on vint annoncer la piece pour la seconde représentation : quelques voix demanderent l'auteur. Le Sr. Bellecour répondit : *Messieurs, nous ne le connoissons point.*

Plusieurs personnes l'attribuent à Palissot. On croit y reconnoître sa froideur dans l'intrigue, sa touche dure & forte dans le style : d'autres veulent qu'elle soit de M. Helvetius ; d'autres de M. Saurin. On la donne plus sûrement à un M. Dampierre, financier.

21 *Avril.* Comme les réparations & l'arrangement qu'on se propose de faire au théâtre des machines pour le mettre en état de former une salle d'Opéra, dureront plusieurs mois, l'Académie Royale de Musique va donner des concerts François aux Tuilleries, dans le lieu où s'exécutoit le Concert Spirituel, on y chantera des morceaux détachés des scenes d'Opéra. Le premier Concert est indiqué au vendredi 29. On auroit dû prendre ce parti plutôt : comme les Acteurs & tous les gens attachés à l'Opéra sont payés à l'ordinaire, il n'en coûte aucune dépense que celle des bougies.

22 *Avril.* Les Comédiens Italiens ont donné aujourd'hui la premiere représentation d'*Appelle & Campuspe*, comédie en deux actes mêlée d'ariettes.

Alexandre ayant entre ses mains une Esclave nommée *Campuspe*, la plus belle personne de son siecle, voulut en faire tirer le portrait par Appelle. Celui-ci revoit en elle son ancienne

maîtreſſe : le pinceau lui tombe des mains. Reconnoiſſance énergique! Le Roi ſurvient & les
trouve très coupables envers lui. Son reſſenti-
ment éclate. Les deux amans lui avouent que
c'eſt une paſſion rallumée. La généroſité ſuc-
cede à l'indignation ; Alexandre la remet entre
les mains d'Appelle, & y renonce.

Ce ſujet très-beau & ſuſceptible d'une touche
noble, généreuſe & pathétique, eſt abſolument
dégradé entre les mains du Sr. Poinſinet. Tout
y eſt eſtropié, & elle a eſſuyé une chûte complette. Envain l'auteur avoit tâché de capter
la bienveillance du public par un compliment
préalable, auſſi plat que le reſte & auſſi ridicule.

La muſique eſt du Sr. Gibert, auteur de celle
du *grand Sultan* dans les *Sultanes*. Elle eſt foible dans cette piece, & n'a pu ſauver tout
l'ennui de ce méchant drame.

23 *Avril* 1763. De tems en tems on réveille
le public ſur l'édition annoncée de Corneille, on
aſſure qu'elle paroîtra décidément au mois de
Juin, du moins en partie. Bien des gens prétendent que M. de Voltaire a moins voulu donner une dot à Mlle. Corneille, que faire un libelle diffamatoire contre ſon ayeul : il a déja
jetté des pierres d'aitente de ſon ſyſtême en
pluſieurs occaſions.

24 *Avril.* Il nous tombe ſous la main, une
*Vie Angloiſe de Madame la Marquiſe de
Pompadour.* Elle eſt ancienne, puiſque les deux
premieres parties finiſſent en 1738. En général, elle paroit pleine d'anecdotes fauſſes &
rendues par un Etranger peu au fait de nos uſages.
Il y a des réflexions judicieuſes, quelquefois

trop ameres, pour ne rien dire de plus : mais c'eſt un Anglois qui écrit.

25 *Avril* 1763. La *Poétique* de M. Marmontel, que ſes partiſans avoient annoncée avec tant de faſte, ne prend pas univerſellement. Ils ſont obligés de convenir eux-mêmes qu'elle eſt inintelligible en quelques endroits. Il s'allonge ſur les choſes qui le méritent le moins, & rend minutieux les objets les plus importans par trop de diſcuſſion. On y remarque une affectation de déprimer Boileau & de louer quelques modernes académiciens, ſurtout M. Watelet. L'auteur dans ſes deſcriptions voudroît y mettre une harmonie travaillée qui doit être l'effet d'un goût inſenſible, plutôt que d'une recherche pénible. On y trouve partout ſa maniere ; & les choſes les plus ſuſceptibles du pathétique manquent leur effet ſous le pinceau d'un pareil peintre.

26 *Avril*. Les Demoiſelles Verriere, les Aſpaſies du ſiecle, ſe diſtinguent par des ſpectacles agréables qu'elles donnent chez elles ; elles y jouent avec le plus grand ſuccès, elles ont deux théâtres fort ornés & très fameux pour des particuliers, à la ville & à la campagne. M. Colardeau, jeune Poëte, a conſacré ſes talens en l'honneur de ces deux Divinités. On y joue entr'autres nouveautés de cet auteur *la Courtiſanne amoureuſe*, drame en deux actes en vers mêlé d'ariettes, qu'il a fait en faveur de l'aînée, vivement épriſe de cet auteur.

27 *Avril*. C'eſt un M. Jolivet, Médecin, qui eſt à la tête de la continuation du Journal de Trévoux : il ſe ſoutient dans l'état très-médiocre où il l'a mis ; il en rejette la faute

fur fes acolytes. De quelque part qu'elle vienne, cet ouvrage tombe & ne peut longtems fubfifter, fi quelque main habile ne lui rend fa dignité & fon mérite.

28. *Avril* 1763. M. Peffelier, auteur de quelques comédies pour les deux théâtres & d'autres ouvrages en vers & en profe, vient de mourir : il ne travailloit plus depuis longtems.

29 *Avril*. L'Académie Royale de Mufique a donné aujourd'hui fon premier concert à la falle du Concert Spirituel. L'affluence étoit immenfe. On l'a trouvé bien choifi. Les voix font les mêmes qu'à l'Opéra. Mefdemoifelles Arnoux, le Mierre & Dubois; Mrs. Gelin, Larrivée & Magnet y chantent. Il y a apparence que ce fpectacle prendra, furtout s'il est donné de loin en loin.

30 *Avril*. M. le Mierre entreprend l'*Idome-née*, déjà traité par Crébillon. Il choifit une autre route : il met en action ce que le premier n'avoit mis qu'en récit, &, dès le fecond acte il offre un tableau terrible de la rencontre du pere & du fils, après l'horrible vœu du héros grec.

1 *Mai*. Après bien des recherches & combinaifons il est décidé que la piece du *Bienfait rendu* ou *du Marchand*, est d'un M. de la Salle de Dampierre, Intéreffé dans les vivres & Directeur de la régie des cartes. Ce drame tout imparfait qu'il foit, a eu un demi-fuccès. On devoit le donner hier pour la derniere fois, mais comme les repréfentations font au profit de Préville, on les fera aller tant qu'on pourra c'est fon rôle feul qui foutient cette piece, tout le refte lui est facrifié.

M. l'Empereur, jouaillier, y eft dépeint très
au naturel, & le public l'a reconnu avec plaifir
dans un portrait qu'en fait le Négociant.

1 *Avril* 1763. Quoique le *Saül* de M. de Voltaire ne foit pas imprimé, les manufcrits s'en multi-
plient.

Ce drame eft dans le goût, pour la forme
conftitutive, du *François Second* du Préfident
Henault : il embraffe une partie de la vie de
Saül & tout le regne de David. Les actions ridicules ou cruelles de ces Princes y font rap-
prochées fous le jour le plus pittorefque. Si le
but de l'auteur a été de prouver que le dernier
furtout, fi fort felon le cœur de Dieu, le Pro-
phete-Roi, le Saint Prophete, étoit cependant
coupable de toutes fortes d'abominations, il a
réuffi. Au refte, nul coloris étranger ; c'eft le
fimple hiftorique de ces deux vies ; ce font le
ftyle & les figures de l'Ecriture Sainte.

3 *Mai.* Mlle. de Maifon-neuve, petite-
fille de la femme-de-chambre de Mlle. Gauffin,
celle dont on a déjà parlé, & dont l'Abbé de
Voifenon a décelé les talens, vient de débuter :
elle a de la naïveté, de l'intelligence & promet beaucoup : elle a été très bien accueillie
aujourd'hui, elle a joué dans la *Gouvernante*
& dans *Zenéide.* Dans la premiere piece, comme elle eft tête à tête avec fon amant, on vient
l'avertir de fe retirer : en fuyant, elle eft tombée dans la couliffe, & a laiffé voir fon derriere.
Madame Bellecour, ditte *Gogo*, foubrette, eft
venue très modeftement lui remettre fes juppes.
Le toùt s'eft paffé au contentement du public,
qui a fort fêté le cul de l'actrice, & la modefte
Gogo. La jeune perfonne n'a point été décon-

certée, elle eft rentrée peu après fur le théâtre.

4 *Avril* 1763. *L'Ody impie* de M. de Voltaire, qu'on avoit annoncée depuis longtems comme devant être jouée à la Comédie Françoife, paroît imprimé en pays étranger : il y a des notes où il attaque *l'Athalie* de Racine, & furtout le rôle du grand-prêtre. Nous en parlerons plus au long quand nous l'aurons lue.

5 *Avril.* Le projet de la Salle de l'Opéra n'eft point arrêté : on a repréfenté l'inconvénient qui réfulteroit du bruit des caroffes, fi l'on l'établiffoit dans la forme nouvelle : d'ailleurs les dépenfes font peur, & tout eft fufpendu. Ce qu'il y a de fâcheux, c'eft que celle qu'on conftruit aux Tuilleries ne fera pas prête auffitôt qu'on l'efpéroit.

6 *Mai.* Nous avons affifté aujourd'hui à la comédie chez Mlles. Verriere dans leur falle de Paris : elle eft très jolie, grande pour une falle particuliere, d'une belle hauteur & fort ornée. On y compte fept loges en baldaquin, galamment deffinées & bien étoffées. Il y a auffi des loges grillées pour les femmes qui ne veulent pas être vues.

On a donné *la Surprife d'amour*, de Marivaux, en trois actes; & *la Courtifanne amoureufe*, de M. Colardeau.

Dans la premiere piece Madame de la Mare, la cadette des deux fœurs, faifoit le rôle de la *Marquife* : l'autre, celui de *Soubrette*; M. le Baron de *van Swieten* celui du *Chevalier*; M. Colardeau repréfentoit le *Comte*; & M. d'Epinai, *Hortenfius* : le *Valet* étoit le Préfident de Salaberri. Le tout a été paffablement joué en général; mais les deux fœurs ont excellé, furtout la Comtesse ; elles seroient applaudies sur la scene françoise.

La musique de la seconde piece est de M. Dupin de Franceuil. La comédie est froide, & l'auteur n'a pas tiré tout le parti possible du sujet. La Courtisanne est trop langoureuse, & fait des avances peu décentes sur le théâtre, quoiqu'elles soient naturelles dans le Conte. Il y a des détails agréables. La piece est écrite élégamment & avec facilité. On y reconnoît une plume chaste, qui ne se permet pas la plus légere plaisanterie, quelques susceptibles qu'en fussent le sujet & le lieu. La musique est bonne, bien nourrie : on reproche à l'auteur des longueurs & beaucoup de réminiscences. L'aînée Verriere faisoit le rôle de la *Courtisanne* ; sa sœur la *Soubrette* ; Mlle. Villette une *Marchande de modes* ; le Jeune, l'*Amoureux* ; & la Ruette, le *Valet*. Ce spectacle fort amusant étoit soutenu d'un orchestre bon & nombreux : en un mot, rien n'y manque ; il y avoit fort bonne compagnie.

7 Mai 1763. M. Barthe vient d'essayer légérement ses forces dans un drame d'un acte, intitulé *l'Amateur*. Il a été présenté aux Comédiens, qui l'ont agréé. •

7 Mai. On vend sourdement une Lettre singuliere, d'un auteur toujours singulier : elle est intitulée *Lettre de J. J. Rousseau à Christophe de Beaumont.* Cet auteur y discute le Mandement de M. l'Archevêque, & défend son *Emile* avec sa force & sa chaleur ordinaire.

8 Mai. La nouvelle actrice continue à réussir au grand regret de beaucoup d'honnêtes gens auxquels elle appartient, comme les Trinquants,

les Meulans : il fera difficile d'arrêter cette vocation très décidée, & foutenue d'ailleurs, par
les brillantes efpérances que lui donne fon nouvel état.

9 *Mai* 1763. Les Comédiens François ont donné aujourd'hui la premiere repréfentation de *la
Mort de Socrate*, tragédie en trois actes & en
vers, dont on a déjà parlé. Ce fujet très froid
par lui-même, fe réduit à une accufation, à un
jugement & à un fupplice ; il a fallu fe fauver
par des morceaux de détail où l'auteur a réuffi.
Sa verfification paroît nerveufe : il y a des chofes fortement pleines, & le rôle de Socrate eft
très beau. Celui de la femme eft trop reffem-
blant pour le théâtre, les autres ne font pas affez dévelóppés, & furtout la converfion d'un de
fes accufateurs s'opere trop brufquement. Cette
tragédie n'a été reçue ni avec enthoufiafme, ni
avec dégoût : elle aura quelques repréfentations, & fi cela ne va pas plus loin, c'eft le défaut du fujet, & non de l'auteur.

10 *Mai.* Le Sr. Paliffot s'eft fait recueillir en trois volumes : on voit à la tête fon portrait.

Le livre a pour épigraphe : *Principibus pla-
cuiffe viris non ultima laus eft.* Tout annonce
dans ce recueil l'infolence & la fotte vanité de
l'auteur. Ce n'eft qu'un réchauffé de fes différens opufcules. La piece des *Philofophes* avec
tous fes agrémens occupe un volume entier : il
y a une note défignée contre l'auteur du *Socrate*, qu'on donne aujourd'hui ; il prétend qu'il
vouloit l'attaquer dans cette piece fous le nom
d'Ariftophane, & il tire avantage de fe voir ainfi
identifié avec le comique Grec.

11 *Mai.*

11 *Mai* 1763. Le *Socrate* a mieux réuffi aujour-
d'hui. L'auteur, fort docile aux cenfures du public, a réformé fa piece en quantité d'endroits,
& furtout dans le fecond acte qui étoit très
foible. Il a motivé davantage le répentir d'un
des accufateurs de ce grand homme ; il a fupprimé des longueurs à la mort : enfin la piece
a été plus unanimément applaudie.

12 *Mai.* L'Impératrice des Ruffies veut
abfolument puifer dans nos Philofophes un infti-
tuteur du Prince fon fils. Au refus de M. d'A-
lembert, on prétend que fon choix doit tomber
fur M. Marmontel, ou fur M. Saurin. Ces deux
perfonages ne feront vraifemblablement pas
auffi difficiles que M. d'Alembert.

13 *Mai. Plan d'éducation nationale par M.
de la Chalotais.* Ce Magiftrat infatigable, après
avoir fait voir la néceffité de profiter de la crife
actuelle pour réformer les études très-mauvaifes
aujourd'hui, vient de dépofer au Parlement de
Bretagne un ouvrage fur cette matiere ; il eft
dans les mêmes principes que l'auteur de *l'Education Publique.* Ils different dans les moyens
à employer : fans doute que les yeux fe deffille-
ront enfin, & qu'on opérera un changement fi
néceffaire. On ne fauroit qu'applaudir furtout,
la guerre conftante & raifonnée que M. de
la Chalotais ne ceffe d'exercer contre la gent
monacale.

14 *Mai.* M. Cofte va faire paroître inceffamment un ouvrage fur la *Poétique* de M. Marmontel, contre laquelle il y a beaucoup à dire.

15 *Mai.* Milord Maréchal, Gouverneur de
Neuchâtel, qui avoit accueilli fi généreufement
Rouffeau fous la protection du Roi de Pruffe,

Tome I.   K

étant rentré en grace & dans ſes biens par l'in-
tervention de ce Monarque, part inceſſamment
pour l'Ecoſſe: le moderne Diogene l'y accom-
pagne.

16 *Mai* 1763. M. Colardeau eſſaye de traduire
le Taſſe, ſans entendre l'original. Ses amis lui ont
conſeillé de laiſſer ſon ouvrage & de ne point
concourir avec M. Watelet, qui a entrepris la
même tâche. En conſéquence le jeune auteur
eſt allé chez l'académicien lui faire hommage de
ſa modeſtie & lui déclarer qu'il ne vouloit point
aller ſur ſes briſées. M. Watelet n'a point voulu
qu'il s'arrêtât pour lui ; au contraire, il l'a ex-
horté à pourſuivre ſon deſſein, à lui lire même
ce qu'il avoit fait de ſon ouvrage. Colardeau y
a conſenti : le Millionnaire a trouvé que ce n'é-
toit point l'original, a paru redouter peu cette
concurrence, a preſſé en conſéquence M. Colardeau de continuer : ,, c'eſt au public, a-t-il
,, dit, à nous juger, à décider qui l'emportera."
Belle & louable émulation.

17 *Mai.* Le ſecond volume de *l'Hiſtoire
de Pierre le Grand*, par M. de Voltaire, paroît
& termine la vie de ce grand Empereur. On n'en
eſt pas plus content que de l'autre. On trouve
cet ouvrage extrêmement croqué : on y voit
briller de tems en tems les étincelles du génie
de l'Hiſtorien de *Charles XII:* mais ce n'eſt que
par intervalles. D'ailleurs, il eſt comme les pré-
dicateurs, le Saint du jour eſt toujours le plus
grand chez lui : il avoit dans ſa premiere hiſtoire
fait ſervir le Czar de contraſte à la gloire de
Charles XII, aujourd'hui Charles XII ſert de
marche-pied au Czar.

18 *Mai.* La *Lettre de J. J. Rouſſeau, Cito-*

yen de Genève, *à Chriſtophe de Beaumont*, *Archevêque de Paris*, commence à tranſpirer. Nous venons de la lire : même ſimplicité, même force de logique, même énergie dans le ſtyle que dans ſes autres ouvrages. L'auteur donne à entendre qu'on riroit beaucoup de ſa façon de penſer noble & généreuſe, ſi l'on lui laiſſoit la liberté de détailler deux anecdotes qui ont donné lieu à la perſécution qu'il eſſuye. Il prétend en gros que c'eſt pour avoir refuſé de prêter ſa plume aux Janſéniſtes contre les Jéſuites ; que M. l'Archevêque a ſervi, dans cette occaſion, ſans le ſavoir, l'animoſité de leurs adverſaires communs. Il eſt ſurpris que n'ayant point fait de mal à M. de Beaumont ; ayant, au contraire, toujours exalté ſa fermeté, quoique mal employée, il en ſoit ainſi récompenſé ; il devoit s'attendre à un traitement plus doux ; & il refute enſuite le Mandement de M. l'Archevêque, en prouvant [dit-il] que partout où M. de Beaumont a attaqué ſon livre, il a mal raiſonné ; que partout où il a attaqué ſa perſonne, il l'a calomnié : il finit par aſſurer Monſeigneur de ſon très-profond reſpect.

19 *Mai* 1763. L'Opéra eſt à la veille de perdre une Danſeuſe vive, gaie & réjouiſſante : c'eſt Mlle. Allard. Un malheureux accident ſurvenu chez elle au Duc de Mazarin, la met dans le cas de quitter Paris & de demander ſa retraite. Ce Seigneur paſſionnément amoureux d'elle, l'entretenoit depuis fort longtems ; on a prétendu que cette Danſeuſe, ſuivant l'uſage, étoit peu fidele ; qu'un rival s'eſt trouvé chez elle, & que le malheureux Duc a eſſuyé un traitement peu digne d'un homme de ſa qualité : il a

la tête caffée. Voilà le fûr : du refte des propos
fans fin, des lamentations, des jérémiades de la
part de l'héroïne, des invectives, des horreurs
de la part de fes camarades femelles, & une
fermentation générale dans le public.

20 *Mai* 1763. Les Concerts des Tuilleries fe
foutiennent ; les mauvais plaifans ont dit que
c'étoit *de l'onguent pour la brûlure*. L'affluence
eft toujours la même. Mlle. Chevalier a chanté
aujourd'hui pour la premiere fois, & fon volume
de voix pleine & vafte a fait un grand effet dans
l'Acte de *Dardanus*, intitulé *la Magie*. Mlle.
le Mierre s'entend toujours avec plaifir. Mlle.
Arnoux joue plus qu'elle ne chante : fa voix
anéantie n'a pas affez de force pour le lieu ;
mais elle répare cela par une ame prodigieufe,
une expreffion de gefte & d'yeux qu'elle ne
peut contenir. Mlle. Dubois eft mieux qu'au
théâtre ; fon organe fonore, flexible & vigoureux, y produit une fenfation bien autre qu'à
l'Opéra. On ne s'apperçoit point de fon air
trifte & de fon œil de travers, comme fur la
fcene. Les voix des hommes font à-peu-près
au même point que fur le théâtre. Quant à
l'orcheftre, il eft infiniment fupérieur & exécute
à ravir.

21 *Mai*. Les preffes gémiffent fans interruption pour le compte de M. de Voltaire. Les
Cramer donnent une *Nouvelle Hiftoire générale* de cet auteur, très-augmentée, puifqu'elle
eft en 8 volumes. Quand l'âge n'auroit rien
ôté à cet auteur du brillant du ftyle & de l'agrément des réflexions, il n'eft pas poffible qu'il
ait la profondeur & furtout l'exactitude fur la

quelle eſt fondée la véracité, première qualité d'un hiſtorien.

22 *Mai* 1763. L'Opéra eſt menacé d'un très-grand délabrement. Larrivée & ſa femme, [Mlle. le Mierre] ont demandé leur retraite aux Direc-teurs & ceſſent de chanter au bout de ſix mois, ſi cela ne ſe raccommode pas. Ce couple d'hiſ-trions a pris des airs vis-à-vis de Rebel & de Francœur; ils ont trouvé mauvais qu'on eût renvoyé des Chœurs un de leurs protégés : ils ont parlé haut, même impertinemment. Ceux-ci s'en ſont plaints au Miniſtre : M. de St. Flo-rentin les a vertement réprimandés; il a traité, dit Larrivée, ſa femme comme une ſervante. En conséquence ces époux ſe ſont piqués au jeu & menacent le public d'une diſgrace. Mlle. le Mierre s'eſt déjà retirée du concert du Prince de Conti, qui lui donnoit mille écus, parce que S. A. S. n'avoit point envoyé prier à ſouper ſon mari, un jour qu'on l'avoit demandée.

24 *Mai.* Il faut ſe rappeler ce qui s'eſt paſſé à Genève touchant l'*Emile* de J. J. Rouſſeau. Voici la Lettre que ce moderne Diogene a écrite au premier Syndic, pour abdiquer le titre & la qualité qu'il a toujours affecté de prendre, de Citoyen de cette République.

„ Revenu du long étonnement où m'a jetté de la part du magnifique Conſeil le procédé que j'en devois le moins attendre, je prends enfin le parti que l'honneur & la raiſon me preſcri-vent, quelque cher qu'il en coûte à mon cœur".

„ Je vous déclare donc, Monſieur, & je vous prie de déclarer au magnifique Conſeil, que j'abdique à perpétuité mon droit de Bourgeoiſie & de Cité de la ville & république de Genève :

K 3

ayant rempli de mon mieux les devoirs attachés
à ce titre, fans jouir d'aucuns de fes avantages,
je ne crois point être en refte avec l'Etat en le
quittant. J'ai tâché d'honorer le nom de Gene-
vois : j'ai tendrement aimé mes compatriotes,
je n'ai rien oublié pour me faire aimer d'eux.
On ne fauroit plus mal réuffir. Je veux leur
complaire jufques dans leur haine : le dernier
facrifice qui me refte à faire, eft celui d'un nom
qui me fût cher. Mais, Monfieur, ma patrie en
me devenant étrangere, ne peut me devenir
indifférente : je lui refte attaché par un tendre
fouvenir, & je n'oublie d'elle que fes outrages.
Puiffe-t-elle profpérer toujours & voir augmenter
fa gloire ! puiffe-t-elle abonder en citoyens meilleurs & furtout plus heureux que moi !

,, Recevez, Monfieur, je vous fupplie, les
affurances de mon profond refpect ,,.

25 *Mai* 1763. M. de Chabanon n'eft point
encore confolé de fa difgrace littéraire, il en
eft atteint de vapeurs fombres : il eft allé ces
jours-ci voir M. Colardeau, fon intime ami,
de qui nous tenons l'anecdote ; il a paru dans
l'état le plus affreux du défefpoir ; il lui a lu
une *Epître fur les gens de Lettres*, qui fe
reffent du noir qu'il broye depuis longtems : fon
confrere y a trouvé de bonnes chofes, & a
remis par-là un peu de beaume dans le fang de
l'auteur.

26 *Mai*. La Lettre de J. J. Rouffeau au
premier Sindic de Genève, ayant été donnée
au magnifique Confeil, il y a eu plufieurs voix
pour févir contre l'auteur ; mais la pluralité a
été de faire tranfcrire la Lettre fur les regiftres

& d'octroyer la demande à l'auteur. Ainfi le voilà Cofmopolite.

27 *Mai* 1763. La piece du Chevalier Rochon de Chabannes, qui avoit pour titre *le Protecteur*, va être jouée inceffamment ; mais on a fait changer le titre en celui de *la Manie des Arts*, ou la *Matinée à la mode*. On a craint de bleffer trop vivement quelques Seigneurs , dont l'amour-propre auroit été offenfé : M. de Lauraguais furtout s'y pourra trouver très - bien peint. Il y a un fubalterne de Valet ou d'Intendant , qui rime affez au Sr. Corbie , & ce perfonage-là pourroit être dangereux.

28 *Mai*. Il paroît des vers fur la Statue Equeftre du Roi , de M. Germain ; ils avoient été foigneufement faits avec d'autres pour Madame la Marquife, & envoyés enfemble à l'héroïne. Ceux-ci devoient fervir de paffeport aux premiers. M. Germain n'eut point de réponfe : le defir d'imprimer l'aiguillonnoit : il en parle au Cenfeur de la Police , qui en réfere à M. de Sartine. Ce magiftrat ne veut rien prendre fur lui ; il va trouver Madame de Pompadour pour prendre fes ordres. Elle lui dit qu'on peut imprimer ceux fur la ftatue : qu'elle remercie fort l'auteur de ceux qui la concernent ; mais qu'elle defire qu'ils ne foient pas publiés. En conféquence ils font reftés dans le porte-feuille de M. Germain : ils étoient infiniment fupérieurs aux autres , ampoulés , gigantefques & n'ayant qu'un vain fafte de mots.

29 *Mai*. Nous venons de lire l'*Olympie* de M. de Voltaire , tragédie très - médiocre, d'un grand appareil de fpectacle. *Olympie* eft une fille d'Alexandre & de Statira. Elle ignore

fa naiffance ; elle a été élevée par Demetrius, fils d'Antipater, un des fucceffeurs d'Alexandre. Il veut l'époufer, mais avant il veut expier les iniquités dont il fe fent coupable, entr'autres la mort d'Alexandre, de Statira, &c. La cérémonie fe paffe dans le temple d'Ephefe. . . . . Celle qui doit préfenter Olympie, eft Statira, retirée-là & inconnue ; elle découvre qu'Olympie eft fa fille ; elle lui apprend qu'elle eft fur le point de donner fa main au meurtrier de fon pere & au fien . . . . elle recule d'horreur, elle eft d'autant plus malheureufe qu'elle l'aime. Antigone veut profiter de cette découverte pour l'obtenir, elle ne fe veut donner ni à l'un ni à l'autre. Les deux généraux fe propofent un duel, ils en font empêchés : on en vient à une bataille. Demetrius paroiffant le vainqueur, Statira fe tue. On prépare un bucher pour brûler fon corps : Olympie s'y jette : Demetrius meurt : Antigone eft au défefpoir, &c. On ne retrouve pas même dans cette rapfodie le brillant de la verfification de M. de Voltaire.

Un certain Colini qui la donne au public, apprend qu'elle a été jouée chez fon maître, l'Electeur Palatin, & qu'elle y a fait un grand effet. Il fe donne pour avoir été attaché autrefois à M. de Voltaire ; en reconnoiffance il fait imprimer cette tragédie.

30 *Mai* 1763. L'Acteur nouveau continue à donner au public les plus grandes efpérances. Il a été reçu aux grands appointemens. Sa jeuneffe, fa figure, agréable & très-fine, fa légéreté, fa foupleffe, en augmentent journellement le fuccès.

31 *Mai* 1763. *Richeffe de l'Etat.* C'eft une

feuille in-4°. qui fe diftribue gratis. Elle eft un tableau très-fuccinct des moyens de répartir fur les fujets du Roi une impofition perfonnelle, qui abforberoit toutes celles dont les diverfes mar- chandifes font chargées, augmenteroit de beau- coup les revenus de la couronne, mettroit le gouvernement à portée de fatisfaire à fes enga- gemens, & laifferoit au commerce une liberté effentielle à fon cours. Tel eft le plan qu'offre cet imprimé, qui femble réunir tous ces avanta- ges, & dans une forme fi fimple qu'on ne peut affez s'étonner fi le Miniftere ne l'adopte pas.

Au refte, il eft tiré de tous les Auteurs Pa- triotiques qui ont travaillé fur cette matiere, de M. de Boulainvilliers, de M. de Vauban, de M. de Mirabeau, &c. C'eft l'extrait de ces divers ouvrages réduit en 8 pages.

L'auteur de cette feuille eft M. Rouffel, Confeiller au Parlement.

1 *Juin* 1763. On a donné aujourd'hui la pre- miere repréfentation de *la Manie des Arts* ou de *la Matinée à la mode*, comédie en un acte & en profe, que nous avons déjà annoncée. C'eft une piece en fcenes à tiroir, fans intrigues & fans dénouement. C'eft un homme de condition qui a la fureur de favoir tout, de faire tout, & de protéger tout. Il a fous fes ordres des fubal- ternes de différens arts, difpofés à ployer fous fes caprices. Il s'enfuit des fcenes fort ridicules, & d'un bon comique. Après plufieurs allées & venues de cette efpece, on vient annoncer qu'on a fervi, & les Acteurs s'en vont. Cette fin n'a pas été du goût de tout le monde, & a effuyé beaucoup de critiques. Comme cette comédie avoit été applaudie jufques-là, elle a pourtant

K 5

paffé. L'auteur prétend qu'un acteur a fupprimé de fon chef un monologue qui devoit clôre la piece beaucoup mieux : c'eft à la feconde repré-fentation qu'on en jugera.

2 *Juin* 1763. On débite un bon mot de Mlle. Arnoux, très-fin & très-joli, mais dont nous doutons qu'elle ait les gants. Ces jours derniers Mlle. Veftris, Italienne de naiffance, & dont les goûts divers font très-connus, fe récrioit fur la nouvelle fécondité de Mlle Rey ; elle ne con-cevoit pas comment cette fille s'y laiffoit pren-dre fi facilement : *vous en parlez bien à votre aife*, répond l'actrice enjouée, *une fouris qui n'a qu'un trou eft bientôt prife*.

2 *Juin*. Le projet de la nouvelle falle d'O-péra eft enfin arrêté ; elle fera conftruite dans le goût de l'ancienne & au même emplacement, à quelque différence près pour la commodité des entrées & des iffues. C'eft à Marly qu'on a définitivement réglé cette importante opération, qui ne commencera pas fitôt.

Quant à la falle qu'on conftruit fur le **Théâ-tre** des Thuileries, elle ne fera prête que pour le mois d'Octobre.

3 *Juin*. Il paroît depuis quelques jours aux François une nouvelle Actrice dans les rôles de Soubrette : c'eft Mlle. *Luzzi*, fort annoncée depuis quelque tems, & que Préville formoit avec le plus grand foin. Elle n'a point trompé l'efpérance publique : elle a de la taille, de l'ai-fance, plus de fineffe que de naturel. Il faut **voir** comment elle fe foutiendra.

4 *Juin*. Le dénouement de *la Manie des Arts* n'a pas été plus heureux aujourd'hui. On apporte au Marquis, le héros de la piece, une

Lettre ; elle eft de l'auteur qui lui demande un dénouement. Il eft enchanté de cette confultation , il la lit tout haut. C'eft bien difficile ! dit le valet , le dénouement d'une matinée eft le diner , & l'on a fervi. Cette plaifanterie critique & indirecte de la furprife du public à la premiere repréfentation , eft mal-adroite. Par cette raifon , il faut que M. Rochon cherche encore de nouveau : il fe plaint que le Sr. Molé a eftropié auffi ce même monologue , qu'il avoit totalement paffé fous filence à la premiere repréfentation.

5 *Juin* 1763. On continue à s'entretenir de la Lettre de J. J. Rouffeau : en rendant juftice à la force du raifonnement , à l'énergie du ftyle de l'auteur , on ne le trouve pas ici plus exemt de contradiction que dans fes autres ouvrages. En difcutant exactement celui-ci on y fent des paralogifmes , qui induifent à juger qu'il n'eft pas intimément convaincu de tout ce qu'il dit pour conferver fon fyftéme de fingularité : il veut allier à fa façon de penfer , la plus libre & la plus indépendante , une forte de religion incompatible : il fe dit Chrétien , & il ne croit pas au péché originel : il rit de nos dogmes & de nos myfteres , il les appelle un *vrai galimathias* ; il n'adopte que notre morale : mais les Déiftes , les Athées même en font autant. On entrevoit que la fermeté du ci-devant Citoyen de Genève fe dément en quelque chofe ; tout courageux qu'il veut paroitre , il n'a ofé donner fa profeffion de foi , purement Socratique. Il eft plus hardi & plus fincere dans fon *Contrat Social.* On doit s'en tenir à cet ouvrage , pour apprécier fes vrais fentimens.

K 6

6 Juin 1763. On a trouvé ces jours-ci un placard affreux à la nouvelle ftatue de *Louis XV:* elle portoit cette infcription latine , *Statua Statuæ.* On a arrêté du monde & févi contre quelques gens qu'on foupçonnoit.

7 Juin. Caquet bon bec ou la Poule à ma tante ; Poëme en fept chants , par M. de Jonquieres , pere. Quoique Freron accorde quelques éloges à cet ouvrage , on peut le regarder comme au-deffous du médiocre.

9 Juin. On fe doutoit avec raifon que le Sr. Larrivée & fa femme mettroient de l'eau dans leur vin ; ils avoient débité qu'on leur offroit trente mille francs dans une cour étrangere. Quoi qu'il en foit , il paroit que leur morgue fe rabaiffe & qu'ils nous refteront.

10 Juin. Lettre de M. Paliffot à Mrs. les Comédiens François ordinaires du Roi.

Je vous préfente , Meffieurs , un Recueil de mes ouvrages : ceux que j'ai compofés pour le Théâtre vous appartiennent ; les autres font un gage de la reconnoiffance que je dois à vos talens. Je ne m'abufe point fur la valeur du préfent que je vous fais , mais je fuis bien aife de donner le premier un exemple qui peut contribuer à réalifer un projet que j'ai fait depuis longtems pour l'honneur de votre théâtre.

Il me femble , Meffieurs , qu'il vous manque une Bibliotheque Dramatique , & que vous êtes d'autant plus intéreffés à vous en procurer une , qu'elle contiendroit en quelque forte les archives de votre propre gloire. En effet , le théâtre ne vous doit-il pas le divin Moliere , & beaucoup d'autres auteurs juftement célébrés ? Je ne connois aucune Société Littéraire qui puiffe fe prévaloir d'avoir enrichi la Scene d'un auſſi grand nombre de productions diſtinguées.

Le projet auroit auſſi ſon utilité, même pour les gens de Lettres, qui pourroient puiſer dans cette Bibliotheque des reſſources qui ne ſont pas toujours à leur portée. Les fraix n'en ſeroient pas très-diſpendieux : car enfin cette collection n'eſt point immenſe, & tous les auteurs modernes ſe diſputeroient l'honneur de contribuer à cet établiſſement par un tribut de leurs ouvrages. C'eſt l'exemple que j'ai voulu donner, & qui vous prouvera du moins combien je ſuis ſenſible à la gloire des Arts, & particuliérement à la vôtre.

J'ai l'honneur d'être, &c.

Réponſe de Mrs. les Comédiens François à M. Paliſſot.

Monſieur,

Nous avons reçu avec plaiſir le recueil de vos ouvrages que vous nous avez envoyé lundi dernier. C'eſt une attention dont nous vous remercions tous. Vous avez raiſon de penſer que la Comédie Françoiſe devroit avoir une Bibliotheque. Il eſt vrai qu'il eſt bien extraordinaire que les ouvrages dramatiques ſoient entre les mains de tout le monde, & que nous n'en ayons pas la plus exacte Collection.

Nous avons eu depuis longtems la même idée, mais toujours ſans effet. Votre honnêteté, à laquelle nous ſommes ſenſibles, va preſſer l'exécution d'un projet avantageux & qui peut faire honneur à notre ſociété. Nous vous renouvellons encore nos remerciemens, & nous avons l'honneur d'être , &c. Le lundi 10 Mai 1763.

Nota. Cette Lettre eft fignée par les acteurs & actrices de la Comédie.

On laiffe réfléchir le Lecteur fur le ridicule de la Lettre & de la réponfe.

11 *Juin* 1763. On doit donner après-demain *Manco* , premier Ynca du Pérou , tragédie en cinq actes. C'eft une piece , dit-on , où l'homme fauvage eft perpétuellement en oppofition avec l'homme civil. C'eft le Syftéme de Rouffeau mis en action. Ce fujet très-beau ne peut gueres être le coup d'effai d'un nouveau candidat. Il eft à craindre qu'il ne foit manqué. L'auteur eft M. Le Blanc , peu connu quant à préfent.

12 *Juin. La richeffe de l'Etat* , qui ne s'étoit diftribuée jufqu'à préfent que fourdement & *gratis* , fe vend publiquement aujourd'hui. On prétend que le Contrôleur général a fuivi ce confeil pour faire tomber cette feuille , & mettre fin à la fermentation qu'elle occafionne. Les financiers font furieux contre ce projet : il paroît être , en général , le vœu de la nation.

13 *Juin.* Les Comédiens François ont joué aujourd'hui pour la premiere fois le *Manco* , dont on a parlé. C'eft une tragédie des plus mal faites. Il y a le rôle d'un fauvage qui pourroit être très-beau ; Il débite en vers tout ce que nous avons lu épars fur les rois , fur la liberté , fur les droits de l'homme , dans *l'Inégalité des conditions* , dans *Emile* , dans le *Contrat Social*. Le tiffu ne répond pas aux fublimes idées que fuggere un tel perfonnage. On découvre aifément que l'auteur a fait un

drame pour enchâsser les scenes où il traite ces grandes questions , & non les scenes pour le drame. Au moyen de cela elles ne sont point fondues avec le reste de la piece ; point d'assemblage régulier ; des discordances , des coûtures qui paroissent de tous côtés : quatre intérêts. Tel est le monstre dramatique dont nous parlons. Un Roi qu'on donne comme bon , & qui , pour rendre ses peuples heureux , a voulu se mettre à leur tête ; qui par le même zele pour le bonheur des sauvages *Zantis* , les a vaincus , enchaînés , &c. & veut les entretenir malgré eux sous sa domination. Un Sauvage , plein d'idées sublimes , qui , au moment où il reçoit la liberté de ce Prince généreux , conspire contre lui. Un Grand Prêtre désigné , après la mort de *Manco* , pour Souverain , & qui veut l'assassiner en reconnoissance. Enfin un Sauvage prétendu , ou du moins se croyant tel , qui a tout le fade , tout le langoureux de nos galans de la ville , qui , élevé , chéri , instruit pour la guerre par le chef des sauvages , manque tout-à-coup à ce qu'il doit à ce second pere , en faveur d'un Monarque étranger , qui a vaincu , détruit , enchaîné sa nation. Tels sont les persolages. En un mot , intérêt d'un roi qui cherche son fils , enlevé dès le berceau ; intérêt d'une nation qui veut conserver sa liberté contre l'oppression d'un vainqueur ; intérêt d'amour entre un sauvage prétendu & une princesse élevée à la cour ; intérêt en faveur d'un bon roi , qu'un prêtre , désigné son successeur par lui-même , veut assassiner.

Cette tragédie , généralement proscrite , étoit sur le point d'expirer de sa belle mort , quand un feul malheureux vers, applaudi d'abord pour fon ridicule, enfuite exalté par les fots, a relevé ce drame écrafé, en a fait la fortune. *Voilà l'homme civil, & voilà l'homme fauvage,* dit un fauvage qui vient d'arracher un poignard qu'un grand Prêtre levoit contre le fils du Roi. Tel a été le reffort qui a remonté cette piece deteftable.

Un courier eft allé fur le champ annoncer à la cour le fuccès de cette tragédie, défignée pour être jouée à Choify.

14 *Juin* 1763. On a donné hier à Choify un Opéra nouveau en trois actes, ayant pour titre, *Ifmene & Ifmenias,* paroles de M. Laujeon, mufique de M. de la Borde. On ne dit du bien ni du poëte ni du muficien. Les Ballets font la partie de ce fpectacle qui a été la plus exaltée. Géliotte a chanté, ainfi qu'un petit enfant de fept ans, qui a plu beaucoup au Roi, & S. M. a redemandé cet Opéra pour jeudi, en faveur de ce dernier.

14 *Juin.* Il paffe pour conftant que quatre auteurs ont mis la main à la tragédie du *Manco.* On les nomme tous.

Il n'eft plus étonnant qu'il y ait quatre intérêts, chacun y a mis le fien.

15 *Juin. Manco* a été joué à la cour aujourd'hui avec des changemens, entr'autres une fuppreffion de quatre à cinq cent vers. Comme cette piece contient des chofes très fortes contre la royauté, l'auteur a cru devoir adoucir cela par le quatrain fuivant, adreffé au Roi :

J'ai peint un Roi jufte, clément :

Digne par fes vertus d'une gloire immortelle :

Pouvois-je faire autrement ?

J'avois mon maître pour modele !

Le rôle de *Manco* a plu beaucoup au Roi.

17 *Juin* 1763. L'ouvrage de M. Rouffel eft arrêté d'avant-hier. Les courtifans qui favent empoifonner tout, ont fait valoir fon ouvrage pour aduler le Roi, & juftifier les impôts énormes dont le peuple eft chargé : „ Voilà, Sire, „ (ont-ils dit) un tableau par lequel la nation, „ de fon propre aveu, de fon confentement „ libre, offre à M. V. fept cent & tant de „ millions : V. M. n'en perçoit actuellement „ que trois cent ; de combien donc s'en „ faut-il encore que ce peuple, qui crie fi fort, „ ne paye à V. M. tout ce qu'il pourroit faire ? „ Ce fophifme a paru victorieux : enforte que le Parlement a cru devoir fouftraire un ouvrage dont on tire des conféquences fi effrayantes : on a parlé même de mettre l'auteur à la Baftille.

18 *Juin.* Le *Journal Etranger* ne pouvant plus fe foutenir, les auteurs ont cherché un meilleur moyen de gagner de l'argent ; ils ont inventé une *Gazette Littéraire*, qui embraffe l'immenfité du Globe. Ils n'avoient point affez de fecours pour donner un volume par mois ; ils offrent maintenant une feuille par femaine, & en outre un Supplément auffi fort que les quatre feuilles, pour fuffire à leur vafte projet. Ce n'eft qu'un droit de la Gazette de France, qu'ils veulent faire valoir, contenu dans fon pri-

vilege. Le zele, le défintéreffement, la critique
jufte & plus portée à l'éloge qu'à la fatyre,
préfideront à ce laborieux ouvrage. Il fe fera
fous les aufpices du Miniftre des Affaires Etrangeres, & Mrs. Arnaud & Suard fuivront cette
importante nomenclature ; en un mot, ils ne
vifent à rien moins qu'à faire tomber tous les
Journaux, à les abforber dans leur tourbillon :
ils ne font grace qu'au *Journal des Savans* &
au *Mercure.* La premiere feuille commencera
à paroître le premier mercredi de Juillet, &
ainfi de fuite.

19 *Juin* 1763. *Doutes modeftes fur la Richeffe
de l'Etat, ou Lettre écrite à l'Auteur de ce Syftême par un de fes confreres.* Tel eft le titre d'un
écrit in-4°. de 8 pages, petite impreffion, qui a
pour date le 13 Juin 1763. Il regne dans le tout
un fond de plaifanterie, d'ironie, toujours mal
placée dans un ouvrage qui traite de matieres
grâves, & d'objets intéreffant auffi effentiellement le bonheur des peuples. Les grands argumens de l'auteur font 1°. l'unité d'un impôt
qui n'établit aucune diftinction entre la Nobleffe, le Clergé & le Peuple : 2°. le montant
exceffif de ce même impôt qu'on regarde comme très commode & très avantageux, lorfqu'il
eft porté à plus du double de ceux qu'on leve
actuellement, même les fraix de Régie compris : 3°. la folle répartition qu'on en fait, de
façon qu'il paroîtroit que le Royaume feroit
compofé de plus de gens riches que de gens
mal aifés ; ce qui renverferoit tout l'ordre fuivi
jufqu'à préfent pour impofer les charges de
l'Etat.

20 *Juin.* On a fait aujourd'hui la céré-

monie de l'inauguration, qui a confifté à découvrir la Statue Équeftre de *Louis XV*, & tout
l'accompagnement de ce monument. Les quatre
figures ne font encore qu'en plâtre doré. Ce
font quatre Vertus : la *Force*, la *Paix*, la
Prudence, la *Juftice*, en forme de Caryatides,
qui foutiennent l'entablement du piedeftal.
Deux Bas-reliefs, l'un repréfentant le Roi dans
un char, couronné par la Victoire & conduit
par la Renommée à des peuples qui fe profter-
nent : dans l'autre, le Roi affis fur un trophée
donne la paix à fes peuples. Une Renommée la
publie avec une trompette de la main gauche ;
elle tient une palme de la main droite. On voit
dans le fond un homme & un cheval mort. On
critique fort cette inauguration des quatre Vertus. Eft-il dans la nature qu'on employe de ces
figures pour fupporter un grouppe équeftre ?
D'ailleurs leur attitude molle & délicate rend
mal la vigueur dont il auroit fallu les animer.
Les bas-reliefs font fimples. On voit d'un autre
côté cette infcription : *Ludovico XV, optimo
Principi, qui ad Scaldim, Mofam, Rhenum
Victor, pacem armis, pace & fuorum & Eu-
ropæ felicitatem quæfivit*. Et de l'autre celle-ci : *Hoc pietatis publicæ monumentum Præ-
fectus & Ædiles decreverunt anno* 1748 , *po-
fuerunt anno* 1763. On critique la criniere du
cheval, trop lourde, fon encolure forcée : on
trouve fa croupe bien. On admire la figure,
quoique peu reffemblante ; on prétend qu'il
faut l'envifager de profil.

Du refte, des pafquinades fans fin. On dit à
propos des quatre fœurs qui préfentent leur
derriere : *Baife mon cul, la paix fera faite* , &c.

21 *Juin* 1763. Les Comédiens François ont donné aujourd'hui la comédie *gratis* : ils ont joué le *galant Mercure* & les *Trois Coufine*. Mlle. Clairon & Mlle. Dubois fe font préfentées fur le théâtre entre les deux pieces, & ont fait voler de l'argent vers le peuple, en lui criant : *vive le Roi !*

Vive le Roi & Mlle. Clairon ! Vive le Roi & Mlle. Dubois ! a répondu cette pauvre populace enchantée. On trouve l'action des deux reines comiques de la derniere infolence.

22 *Juin.* Le feu d'artifice qu'on a tiré aujourd'hui & qui devoit avoir le plus grand fuccès a manqué abfolument. Cela contribue à faire regretter encore davantage le projet du Sr. *Dimin.* Cet homme de génie avoit un modéle qu'on a pu voir, par lequel il repréfentoit d'abord le Temple de la Difcorde avec tous fes attributs : ce qui donne lieu à tout l'artifice poffible, à un feu d'enfer, à des volcans immenfes. La Déeffe s'embrafoit elle-même, confumoit fon Palais ; & fur fes débris s'élevoit celui de la Paix, de la plus grande magnificence, avec un feu doux & majeftueux, fuivi d'une illumination étincelante. Cette idée très-poétique, qu'on a débité avoir été fuggérée par le Poëme de l'Abbé de Voifenon, avoit été enfantée avant ; & c'eft par hazard que l'orateur & l'architecte fe font rencontrés dans leur plan ; ce qui les démontre tous deux hommes de génie & d'une imagination brillante.

23 *Juin.* Il eft queftion de rejouer *l'Anglois à Bordeaux*, pour couronner toutes les fêtes & mettre le dernier fceau à la joie publique. Mlle. Dangeville, quoique retirée du Théâtre,

doit reparoître en cette occafion, & concourir en ce qui la concerne à la fatisfaction générale.

Le Sr. Veftris s'eft plaint que l'Académie de danfe fut la feule négligée en cette occafion : il a demandé à déployer fes talens ; en confé-quence il a compofé le Ballet annoncé dans la comédie dont on vient de parler, il doit s'e-xécuter avec l'élite de l'Opéra.

24 *Juin* 1763. L'Inoculation, fur laquelle on a tant écrit, eft à la veille d'être profcrite. Le 1L de ce mois le Parlement a rendu un Arrêt pro-vifoire qui, fans fuivre à la lettre les conclufions des gens du Roi, ordonne les précautions les plus féveres pour employer cette pratique. Il eft queftion d'avoir l'avis des Facultés de Mé-decine & de Théologie, avant de ftatuer défi-nitivement. On regarde cette marche, comme ten-dant d'une façon fûre, quoique plus éloignée, à la deftruction du fyftéme des Inoculateurs. On pré-tend que des Médecins ont excité le Parlement en cette occafion ; ainfi il n'eft aucun doute que leur avis fera très contraire à l'introduction de la nouvelle méthode. Quant à la Faculté de Théologie, il fuffit que ce foit une nouveauté pour être réputée condamnable : ,, Où êtes-vous, illuftre La Condamine ! pour oppofer votre bouclier à une conjuration générale ? ,, Ce grand défenfeur de l'Inoculation eft malheu-reufement en Angleterre.

25 *Juin*. M. de Bougainville, ancien Se-crétaire perpétuel de l'Académie des Belles Let-tres & de l'Académie Françoife, eft mort afth-matique. Cette perte peu importante fera faci-lement réparée : *Colas vivoit, Colas eft mort.*

26 *Juin*. Le divertiffement compofé par le

Sr. Veftris, qui doit être exécuté demain à la Comédie Françoife, eft amené naturellement à la
fuite de *l'Anglois à Bordeaux.* On lui a laiffé
la faculté de choifir dans le Ballet du Roi les
fujets qui lui conviendroient le mieux. On
s'imagine bien que l'Orcheftre fera changé &
fortifié par celui de l'Académie Royale de mufique. La fureur eft extrême pour ce genre de
fpectacle tranfpofé de fcene. Toutes les loges
font retenues pour trois fois.

27 *Juin* 1763. Le fpectacle François s'eft ouvert
aujourd'hui par un compliment au fujet de
Mlle. Dangeville, auffi fuperflu que ridicule:
c'eft le Sr. Molé qui l'a débité. Cette actrice a
reparu dans *l'Anglois à Bordeaux,* avec des applaudiffemens intariffables. Cette piece n'eft
pourtant pas à beaucoup près fon triomphe,
fon rôle eft fort peu de chofe.

Le Ballet a tant repréfenté de chofes qu'on
n'y a rien compris. Il s'ouvre par un vol à vuide:
Minerve eft cenfée defcendre & préluder par un
chant très médiocre. Mlle. Dubois a exécuté ce
rôle, on ne peut pas plus mal. Au fond du
théâtre paroît une tour; Apollon frappe, elle
tombe, & l'on voit la Statue Equeftre du Roi.
Puis viennent des danfeurs de toutes efpeces &
de toute nation, qui s'entremélent, s'embraf-
fent & s'accordent de la meilleure foi du monde.
Le tout eft terminé par un pas de onze. Le Sr.
Veftris fait Apollon. On a fort applaudi à l'e-
xécution. Quant au deffein, il ne part pas à
beaucoup près d'un homme de génie.

28 *Juin.* On affure que l'Abbé de Prades,
qui avoit été difgracié par le Roi de Pruffe, & dé-
tenu prifonnier depuis plufieurs années à Mag-

ſtdebourg, eſt rentré en grace, & que même il
aura l'adminiſtration de l'Evêché de Breſlau. On
mande que la Lettre, que ce Monarque lui a
écrite, commence par ces mots : *quoique votre
conduite avec moi ne ſoit pas nette, je veux
vous rappeler, & vous permettre de revenir
auprès de moi, &c.*

28 *Juin* 1763. Le Sr. de Grandval ayant ſoupé
ces jours-ci avec Mlle. Dangeville, lui a adreſſé
les vers ſuivans au nom d'un Jardinier :

> Je voudrois bien ici vous traiter entre nous
> De la même façon que je traite mes choux ;
> Le public, j'en ſuis ſûr, me feroit bonne mine,
> Pour lui plaire voici comment je m'y prendrois :
> Au théâtre françois je vous arroſerois
> Tant de fois, qu'à la fin vous prendriez racine.

29 *Juin. Couplets adreſſés à Madame Favart.*
Air : *quand la Bergere vient des champs.*

> Quand je dirai que vos attraits
> De l'Amour ne ſont que les traits,
> Que vous êtes ce même Amour,
>> C'eſt chanſonnette
>> Qu'on vous répete
>> Cent fois le jour.

> Irai-je, fade Taconet, (*a*)
> Pour vous aſſortir un Bouquet,

_____

(*a*) Souffleur de l'Opéra Comique, auteur de l'almanach chantant, où il chante M. & Mad. Favart.

Defirer d'être Zéphir ?
 C'eft vain langage ;
 Sot perfiflage,
 N'eft point defir.

Quand fur la lyre de Guerin (*a*)
Promenant une foible main
J'effaye à former quelques fons,
 Soudain je penfe
 Que l'imprudence
 Fit des chanfons.

Comment donc faire en pareil càs ?
Il faut fonger à vos appas.
D'eux feuls je veux fuivre la loi.
 Je vois Juftine : (*b*)
 Mufe badine ,
 Infpirez - moi.

Je vais dire tout fimplement
Qu'on eft poëte en vous voyant,
Qu'on eft amant auprès de vous :
 Suis-je le vôtre ?
 Dieux ! l'un & l'autre
 Sont votre Epoux.

29 Juin.

(*a*) M. Guerin, auteur ingénieux & facile de différens couplets, inférés dans quelques pieces de M. & Mad. Favart.

(*b*) Mad. Favart fe nomme Juftine.

29 *Juin* 1763. On a fait une tragédie de l'aventure de Malagrida. On y rappelle la malheureuse catastrophe de Portugal : elle forme le sujet de l'intrigue. Ce drame assez mal ourdi a le mérite d'une versification assez bien faite. On n'en dit point l'auteur. Il est en trois actes.

30 *Juin. Systême d'impositions & de liquidations des Dettes de l'Etat , par M. le Chev. de Forbin , officier de la Marine.* Ce livre , qui tend à réduire tous les impôts à un seul , sur le pain & la viande , paroît d'abord absurde & injuste. On trouve à la lecture que c'est l'ouvrage d'un homme profond & qui a travaillé d'après les grands principes de la Législation : au moins l'auteur rend - il son plan assez plausible , pour avoir besoin d'une refutation très - savante. Ce livre est plein d'une philosophie judicieuse & raisonnée.

30 *Juin.* On prétend que M. l'Evêque d'Orléans [Jésuite] se met sur les rangs pour succéder à la place de l'Académie Françoise , vacante par la mort de M. de Bougainville.

1 *Juillet.* La *Gazette Littéraire* de l'Europe, qui devoit commencer le premier mercredi du mois , est suspendue. Le *Journal des Savans* s'oppose formellement à cette nouveauté. L'intérêt est le mobile du procès pendant au Conseil. Cet ouvrage périodique rend peu par lui-même ; mais comme pere des Journaux il a le droit de percevoir une rétribution de tous les Journaux subalternes qui veulent s'élever : ils ne peuvent paroître que sous ses auspices. La *Gazette Littéraire* a pour objet d'anéantir cette foule de Scriblers. En conséquence plus de triuts au *Journal des Savans ;* le peu qu'il fait

Tome I. L

par lui-même pourroit tout au plus le foutenir: M. le Duc de Choifeuil protege celui-ci; le Duc de Praflin eft pour la *Gazette : fub judice lis eft.*

2 *Juillet* 1763. Les Italiens doivent donner lundi les *Fêtes de la paix*, divertiffement du Sr. Favart, dont la mufique fera de Philidor. La fcene doit fe paffer dans la place ou plaine de *Louis XV*, toujours avec la ftatue.

2 *Juillet. Entendons-nous, ou Rêve d'un vieux Notaire.* Cette facétie eft d'un homme qui paroît prendre la balance entre l'auteur de *la Richeffe de l'Etat* & fes adverfaires: il en conclut qu'il n'y a rien de plus fage ni de plus falutaire dans la crife actuelle que les Edits. En ne convenant point de fa conclufion, en laiffant à part fes raifonnemens très-frêles & peu forts de logique, on ne peut difconvenir que cet ouvrage ne foit écrit avec une légereté, une fineffe, une gaîté, dignes des plus grands maîtres en pareil genre. On n'en nomme pas encore l'auteur.

3 *Juillet.* M. de la Condamine ayant été filouté à Londres dans fon auberge, a fait de cette mifere un événement important, par un *Appel à la Nation Angloife*, qu'il a jugé à propos de faire inférer dans les Gazettes. Rien de plus fol que cette piece: l'auteur y met cette nation au-deffous des Sauvages & des Barbares chez lefquels il a voyagé. Il eft à craindre qu'il ne lui en refte un ridicule ineffaçable.

4 *Juillet.* Les *Fêtes de la paix* données aujourd'hui aux Italiens, font déteftables. C'eft un drame à fcenes à tiroir. Le théâtre s'ouvre par deux hayes de foldats, repouffant la foule qui voudroit déborder dans la place: furvient le Roi

d'Armes & fes Hérauts. Le premier publie la
paix en chantant : il finit par ordonner à la garde de laiffer entrer tout le monde ; il eft naturel,
dit-il, que les enfans approchent de leur pere.
Il s'en va, les foldats fe retirent, la place refte
vuide. Si l'on ne connoiffoit le zele de l'auteur,
on regarderoit cette abfurdité comme une épigramme très-déplacée & même puniffable. Arrive
fucceffivement un maitre de penfion avec fes
élèves, qui crache du latin : puis une grifette,
que tient un abbé fous le bras : de-là une fatyre
fur les oreilles du petit collet, &c. C'eft une
galerie continuelle de perfonnages de tous états,
difant des chanfons fort plattes & fort ennuyeu-
fes. On ne peut, en un mot, rien voir de plus
miférable : nulle faillie, nulle gaîté. On ne fera
point à Favart le tort d'imputer cette piece-ci
à l'abbé de Voifenon.

5 *Juillet* 1763. Depuis *la Richeffe de l'Etat*,
on feroit une Bibliotheque, très-légere il eft
vrai, mais fort nombreufe, des écrits fans fin
auxquels ce rêve patriotique donne lieu chaque
jour. Le gouvernement, en laiffant paroître
indiftinctement tout ce qu'écrivent fur cette
matiere les habiles & les ignorans, les bons
citoyens & les mauvais, les plaifans & les rai-
fonneurs, a pour but, fans doute, que tout fe
perde indiftinctement dans ce déluge immenfe,
& que fes ouvrages feuls puiffent furnager.

6 *Juillet*. M. de Crébillon continue à donner
des Romans fous toutes fortes de forme, il
vient d'en produire un en maniere de dialogues,
intitulé *les hazards du coin du feu*. Ce font des
avantures plus que communes, fous un titre
heuf, des penfées très-ordurieres & déguifées

ſous des propos rompus, entortillés : du jargon,
en un mot, & des impertinences. Voilà le
livre décompoſé.

7 *Juillet* 1763. Malgré la proſcription générale, *les Fêtes de la Paix* ont reparu aujour-
d'hui. Favart a fait entendre qu'il n'avoit donné
que ſon brouillon : c'eſt à préſent la piece au
net. Depuis quelque tems les auteurs ont abuſé
de l'indulgence du public, au point de paroître
ainſi en robe de chambre à ſes yeux, pour eſ-
ſayer s'il voudra bien le ſouffrir, ſauf à faire
leur toilette enſuite. Quoi qu'il en ſoit, au
moyen de beaucoup de retranchemens & de
quelques inverſions, cette piece eſt reſſuſcitée
& la Thalie du Sr. Favart ſe tient aujourd'hui
ſur ſes deux brodequins. Bien des gens préſu-
ment qu'elle a été relevée par l'abbé de Voiſenon. Quoi qu'il ait affecté de nier conſtamment
qu'il ait eu aucune part *à l'Anglais à Bordeaux*,
ſes amis de cœur ont découvert qu'il avoit pourtant été piqué de l'impudence de quelques Jour-
naliſtes à ſoutenir qu'elle étoit en entier de
Favart ; il l'a malicieuſement voulu laiſſer marcher ſeul cette fois-ci : l'horrible culbute qu'il
a faite, a vengé l'abbé aſſez dignement : il a
bien voulu lui prêter ſon appui pour rendre ce
drame un peu ſupportable, il eſt trop vicieux
radicalement.

8 *Juillet.* Le Sr. Favart a obtenu de la cour
1000 Liv. de penſion pour avoir fait la piece
de *l'Anglais à Bordeaux.* C'eſt encore l'abbé
de Voiſenon qui a ſollicité cette faveur pour ſon
protégé. Son activité en cette occaſion, bien
oppoſée à ſon caractère d'indolence, confirme
de plus en plus le bruit accrédité parmi les gens

de lettres, qu'il eft le vrai colorifte de cette piece.

9 *Juillet* 1763. *Zelis au bain*, *Poëme en* 4 *chants*. Cette bagatelle, qu'on attribue à un jeune homme de vingt ans, n'eft précieufe ni par le fond, ni par l'invention du fujet : mais elle eft délicatement écrite, elle eft d'un coloris frais, d'un pinceau tendre, facile & gracieux : elle eft de M. le Marquis de Pezay.

10 *Juillet*. Les Anglois ont fait imprimer une *Réponfe à l'Appel de M. de la Condamine*, où fon incartade eft traitée ainfi qu'elle le mérite. Tout le monde a regardé cette démarche de ce François comme une extravagance.

11 *Juillet*. M. le Comte de Lauraguais, connu par différentes folies en plufieurs genres & furtout par la manie d'être auteur, a pris l'Inoculation fous fa protection. En conféquence il a fait un Mémoire où il traite l'Arrêt du Parlement des qualifications les plus indécentes, fans parler de fes écarts fur la religion & de quantité de plaifanteries qu'il dirige contre les différens corps qui doivent connoître de cette matiere. Le 2 de ce mois il a effayé de lire ce Mémoire à l'affemblée de l'Académie des Sciences, dont il eft membre ; fes confreres n'ont pu tolérer les indécences dont il eft plein : ils l'ont arrêté au bout de quelques phrafes & lui ont témoigné leur répugnance à entendre la fuite : ils en ont fait même un refus abfolu. M. de Lauraguais, mécontent de ne pouvoir donner à fon ouvrage la publicité qu'il defire, en a envoyé des copies aux Miniftres & à différentes perfonnes de la cour ; ce qui pourroit lui être funefte. Ce même Mémoire a été relu le 6. Ce n'eft plus qu'une differtation toute fimple en faveur de l'Inocula-

tion; & l'Académie n'a point héfité à la faire
figner par fon Secrétaire. C'eft dans cet état
qu'il eft imprimé.

13 *Juillet* 1763. J. J. Rouffeau, qui devoit
fuivre Milord Maréchal en Ecoffe, n'y paffera
point; il refte dans les environs de Neuchâtel,
à Môtiers, où il eft depuis fa fortie de France.

13 *Juillet*. On voit dans le *Mercure* de Juillet
la traduction d'une partie du fecond chant de
de la *Pharfale*, par M. Marmontel : elle eft
précédée d'une Lettre qui fait, fuivant l'ufage,
l'éloge du héros & du panégyrifte, c'eft-à-dire,
de l'auteur & du traducteur. Nous trouvons
cette traduction en profe maniérée, embaraffée
& lourde. Nous doutons qu'elle donne beaucoup
de goût pour l'original.

14 *Juillet*. Le procès que le *Journal des
Savans* a intenté aux auteurs du projet de la
Gazette Littéraire, a excité une grande ferment-
ation à la cour : M. le Duc de Praflin, comme
Miniftre des Affaires Etrangeres, protege la der-
niere; l'ancien a pour lui M. le Duc de Choifeuil.
Les deux Miniftres prennent la chofe fort à
cœur, & la cour fe divife. M. l'Abbé de Voi-
fenon, qui fent combien cette méfintelligence
peut faire de tort aux Lettres, eft parti pour
Compiegne : le crédit qu'il a auprès de ces deux
Ducs, lui fait efpérer de pouvoir les rapprocher.

15 *Juillet*. Tout le monde fait que M. de la
Poupeliniere vifoit à la célébrité d'auteur; on
connoiffoit de lui des comédies, des romans,
des chanfons; &c. mais on a découvert depuis
quelques jours un ouvrage de fa façon qui,
quoiqu'imprimé, n'avoit point paru; c'eft un
livre intitulé *les mœurs du fiecle*, en *Dialogues*.

Il eſt dans le goût du *Portier des Chartreux*. Ce vieux paillard s'eſt délecté à faire cette œuvre licentieuſe. Il n'y en a que trois exemplaires exiſtans. Ils étoient ſous les ſcellés. Un d'eux eſt orné d'eſtampes en très-grand nombre : elles ſont relatives au ſujet, faites exprès & gravées avec le plus grand ſoin. Il en eſt qui ont beaucoup de figures, toutes très-finies. Enfin on eſtime cet ouvrage, tant pour ſa rareté que pour le nombre & la perfection des tableaux, plus de vingt mille écus.

Lorſqu'on fit cette découverte, Mlle. de Vandi, une des héritieres, fit un cri effroyable & dit qu'il falloit jetter au feu cette production diabolique. Le Commiſſaire lui repréſenta qu'elle ne pouvoit diſpoſer ſeule de cet ouvrage, qu'il falloit le concours des autres héritiers ; qu'il eſtimoit convenable de le remettre ſous les ſcellés juſqu'à ce qu'on eût pris un parti : ce qui fut fait. Ce Commiſſaire a rendu compte de cet événement à M. le Lieutenant Général de Police, qui l'a renvoyé à M. de St. Florentin. Le Miniſtre a expédié un ordre du Roi, qui lui enjoint de s'emparer de cet ouvrage pour S. M; ce qui a été fait.

16 *Juillet* 1763. M. le Comte de Lauraguais a été arrêté hier, & conduit ce matin par ordre du Roi à la citadelle de Metz.

Ce Seigneur a lu le ſix de ce mois un Mémoire ſur l'Inoculation à l'aſſemblée de l'Académie des Sciences, dont il eſt membre pour la méchanique. Dans cet ouvrage il improuve l'Arrét du Parlement ſur cette matiere, & défend l'Inoculation, qu'il ſoumet à ſes calculs. Il ne s'eſt pas borné à cette lecture, il a envoyé

ce Mémoire à M. de St. Florentin, avec une
Lettre pour l'engager à le mettre fous les yeux
du Roi. Tout cela n'eût été rien, s'il n'eut affecté de répandre cet ouvrage avec deux Lettres différentes, à M. le Comte de Biffy & à
M. le Comte de Noailles. Cet éclat fcandaleux
a obligé le Roi de punir le Comte de Lauraguais de la licence avec laquelle il a parlé dans
fes Lettres particulieres de la Faculté de Théologie, du Parlement, & de quelques perfonnes
de la cour.

17 *Juillet* 1763. On vante beaucoup une *Let-*
tre Paftorale de M. l'Archevêque de Lyon : elle
eft adreffée au Clergé Séculier & Régulier & à
tous les Fideles de fon Diocefe : elle eft datée
de Paris le 30 Juin dernier. Elle roule fur des
difcuffions furvenues entre les différens corps de
la ville relativement aux R. P. de l'Oratoire. Ces
Meffieurs ont remplacé les Jéfuites dans les
fonctions de l'éducation publique.

Cette Lettre eft écrite avec nobleffe & onction, elle eft dans un ftyle vraiment pastoral,
digne, en un mot, des premiers fiecles de l'é-
glife. M. l'Archevêque y rend un compte modeste de fa conduite dans toute cette affaire ;
il y témoigne combien il eft pénétré de n'avoir
pas eu le fuffrage de fes ouailles, dont il jaloufe
l'eftime, la confiance & l'amitié. Ce phénomene
épifcopal contrafte merveilleufement avec la
morgue & le defpotifme qui regnent dans la
plupart des ouvrages de Noffeigneurs modernes
du Clergé.

18 *Juillet*. Les Lettres de M. de Lauraguais
fervent à l'inftruction de fon procès littéraire :
on les rapportera à mefure qu'elles fe préfen-

teront, fans prétendre les citer comme des morceaux précieux par le goût, l'efprit, ou le ftyle qui y regnent.

Lettre de M. le Comte de Lauraguais à M. le Comte de St. Florentin, en lui envoyant fon Mémoire fur l'Inoculation pour être mis fous les yeux du Roi.

J'ai cru devoir, Monfieur le Comte, vous engager à donner au Roi un Mémoire que j'ai fait fur l'Inoculation : vous avez protégé tant de voyages entrepris par les Académiciens du Roi, pour déterminer la figure de la terre, qu'il m'a paru, j'ofe le dire, impoffible que vous ne priffiez pas un intérét bien vif à ce qui intéreffe l'exiftence des habitans, la confervation du Roi particuliérement, & celle de fes fujets.

Par quelle fatalité notre nation a-t-elle toujours combattu contre des vérités dont les autres jouiffent déjà ? C'eft une chofe bien extraordinaire & bien douloureufe à contempler que le moment, où la perfection des beaux arts éleve un monument au Roi, que celui où les Magiftrats font affez éclairés pour rejetter les refus des facremens, foit en même tems celui où les Magiftrats confultent les ignorans Docteurs fur la probabilité phyfique de l'Inoculation, changée par l'expérience dans le moyen de conferver les créatures de Dieu, après leur avoir impofé filence en Théologie ? Le Requifitoire eft digne de la barbarie du fiecle de Louis le jeune ; mais comme Louis XIV créa l'Académie pour conferver au moins les lumieres acquifes, & que fes membres doivent lutter contre les œuvres nouvelles, j'ai cru devoir faire

L 5

Ce Mémoire que je vous prie de préſenter au
Roi, & n'ai pas cru que les tracaſſeries qu'il
me fera, les cris qu'il excitera, les ridicules
dont on voudra me couvrir, duſſent m'arrêter.
Je connois tous les quinze-vingt du monde,
mais parce que leur routine leur a fait connoître
des ſentiers, je ne crois pas que ce ſoit un
bonheur d'avoir les yeux au bout d'un bâton,
& j'aime mieux contempler le jour de la place
où je reſte immobile, que de marcher dans une
nuit éternelle. Enfin, Monſieur, quoique je ne
ſois pas Médecin, & que j'aye écrit ſur l'Inoculation, quoique je ne demande point de penſion, & que je déſiraſſe que mes confreres tou-
chaſſent celles qu'ils ont méritées, malgré que
mon Mémoire ſoit fort-ennuyeux, ſi vous pro-
tégez l'Inoculation contre les préjugés & les
fripons, vous ſerez certainement l'homme qui
méritera davantage d'inſpirer les ſentimens avec
leſquels j'ai l'honneur d'être très parfaitement,&c.

19 *Juillet* 1763. On a imprimé depuis quelques jours une Lettre de J. J. Rouſſeau de Geneve, qui contient ſa renonciation à la ſociété
civile, & ſes adieux aux hommes. C'eſt une déclamation des plus vives contre l'eſpece humaine, qu'il taxe de tous les vices, & qu'il aban-
bandonne à ſes mœurs corrompues. Libre par la
proſcription qu'on a faite de ſa perſonne, il ſe
regarde comme ſans maître & ſans patrie. Il y
déclare qu'il préfere les forêts aux villes infec-
tées d'hommes cruels, barbares, méchans par
principes, inhumains par éducation, injuſtes
par des loix qu'ont dicté la tyrannie. On ſeroit
preſque tenté de croire que cette Lettre n'eſt
point de Rouſſeau, tant elle eſt extraordinaire;

que c'eft une plaifanterie de quelqu'un qui a voulu l'imiter : mais le ftyle foutenu qui y regne, toujours mâle, toujours nerveux, ne laiffe prefqu'aucun doute que l'ouvrage ne foit de ce moderne Diogene.

20 *Juillet* 1763. *Lettre de M. le Comte de Lauraguais à M. le Comte de Biffy, en lui envoyant copie de la Lettre écrite à M. le Comte de St. Florentin.*

Voilà, Monfieur le Comte, la copie de la Lettre que vous m'avez demandée, & que je crois moins indigne du fujet qu'elle traite, depuis que vous l'avez applaudie. Vous me demandez auffi mon Mémoire : il faudra bien qu'il paroiffe, car j'avoue qu'il peut me juftifier de beaucoup d'imputations qu'on répand fourdement. Je voudrois bien qu'il fit moins de bruit & plus d'effet. Je fuis refté dans le filence, tant que les chofes font reftées dans le cercle où la force de l'opinion les meut : mais M. Omer de Fleury m'a forcé de parler.

L'Académie a trouvé mauvais, c'eft-à-dire M. du Hamel du Monceau & M. le Camus ont trouvé mauvais, que j'appelaffe le Fleury au requifitoire *Omer de Fleury* ; mais ils ont été affez contens des raifons qui m'ont forcé à l'appeler ainfi : j'ai cité l'hiftoire des quatre fils d'Aymon, l'ufage où nous étions de ne point appeler notre Secrétaire fimplement M. de Fouchy, ou Grand Jean, mais Grand Jean de Fouchy, comme il figne lui-même ; qu'enfin Mrs. de Fleury étoient trois freres, qu'en leur fuppofant à tous trois autant d'efprit & de talens, il valoit mieux les défigner par leur nom diftinctif que de leur donner des fobriquets, ainfi que le monde avoit confacré ceux de *Choifeuil* *le Merle* & de *Mailly la Bête*. D'ailleurs je leur ai dit qu'ayant écrit comme Sœur du Pot, s'ils me cherchoient querelle, il faudroit qu'ils me citaffent devant les Freres de la Charité : ils ont paru fatisfaits ; & cela me donne l'efpé-rance de ne pas choquer MM. Cependant, malgré la conviction où je fuis que je démon-trerai avec la derniere évidence que le requifi-toire eft digne de toute cenfure, je viens d'a-voir une idée qui me défole, & fi vous penfez, comme moi, je fuis au défefpoir. N'imaginez-vous pas que M. Omer de Fleury, ainfi que le Parlement, ont dit, il faut bien effayer à quoi la Faculté de Théologie peut être bonne : nous la faifons déjà taire en Théologie, voyons fi l'on peut l'écouter en Phyfique ; & fi elle radote fur l'Inoculation, ainfi que fur les Sacremens, nous lui défendrons d'ouvrir à jamais la bouche que pour la Confécration ; ce qui ne tire point à conféquence. S'ils ont penfé cela, je me pen-drois d'en avoir fufpendu l'effet par mes raifon-nemens. Bon jour, Monfieur le Comte.

21 Juillet 1763. *Lettre de M. le Comte de* *Lauraguais à M. le Comte de Noailles, le 8* *Juillet* 1763.

J'eus le bonheur, comme vous favez, Mon-fieur, de vous rencontrer hier : vous alliez monter dans votre caroffe, je crus être caché dans la foule des pauvres qui l'entouroient, mais vos yeux me diftinguerent, parce que vo-tre main aime à foulager leur mifere. Vous me reconnûtes après trois ans, vous vîtes la joie fe répandre fur mon vifage, vous la fîtes paffer dans mon cœur en m'embraffant. Vous joigni-

tes à vos bontés pour moi des reproches obli-
geans, & fi vous vous moquâtes de moi en me
difant que vous faviez que je ne venois point
chez vous, parce que j'étois fûr que vous vien-
driez chez moi fi je le voulois, je n'ai pu m'en
fâcher ; je reftois dans la confufion. Elle eût été
bien plus grande, fi j'avois deviné que je puffe
être aujourd'hui dans le cas de recourir à vous.

Voilà mon hiftoire, & vous l'apprendrez à
peu près par les trois copies de Lettres que
j'ai l'honneur de vous envoyer. Lifez d'abord
celle à M. de St. Florentin, enfuite celle à M.
de Biffy, enfin la feconde que j'ai écrite encore
à M. de St. Florentin ; vous verrez les motifs
& les raifons qui m'ont déterminé à la démarche que j'ai faite. Souffrez, puifque j'eus l'honneur de vous voir hier, & que le pécheur tou-
cha l'habit du jufte, qu'il vous parle morale.
Nos fautes excitent votre charité chrétienne, &
dans le monde pervers les fureurs humaines.
A peine ma Lettre au Comte de Biffy a-t-elle
été écrite, qu'on m'en parla : enfin j'apprends hier qu'on crie au blafphême : je craignis
d'avoir offenfé quelqu'un, puifque je voyois
qu'on parloit de venger Dieu ; je relus ma Lettre, je cherchois au moins quelques indifcré-
tions. Faites-moi donc découvrir mes fautes,
Monfieur le Comte, car je n'y ai rien trouvé
de blâmable. Vouloir que mon Mémoire fît du
bien, au lieu d'éclat, vous paroît fûrement honnête. C'eft ce fentiment qui vous faifoit déro-
ber à l'Armée tous les momens que vous ne de-
viez pas à fon exemple, pour donner au Roi les
plus fecrets avis du plus fidele de fes fujets. Mes
raifons pour appeler le Fleury au Requifitoire

Omer de Fleury, font excellentes. Me puniroit-on pour n'avoir pas dit la meilleure de toutes, c'eft que c'eft fon nom? Le monde eft donc bien jufte, puifqu'il eft fi févere. Dire à l'Académie qu'on écrit comme une garde-malade, ne peut offenfer que les Médecins qui raifonneroient comme cela. J'ai dit que je démontrerois que le requifitoire eft digne de toute cenfure, & je l'ai déjà fait. Mais tandis qu'on me menaçoit de M. Omer de Fleury, je me fuis fenti indigné contre lui; il m'attaqueroit lui, quand je devrois demander fa tête au Parlement, c'eft-à-dire aux chambres affemblées, pour avoir engagé la Grand'Chambre à la profcription de nos races futures, pendant qu'il faut que toutes les Chambres foient affemblées pour juger un fimple gentilhomme; j'ai dit, je ne le crains pas, mais je vous demande que faut-il faire?

Enfin, quant aux vues que je ne fais que prêter évidemment à M. Omer de Fleury, & à la Grand'Chambre, c'eft que j'avoue qu'il me parût toujours très défirable que les miniftres des autels s'y confacraffent paifiblement. Me puniroit-on parce que je fuppofe qu'un bon prêtre pourroit dire la meffe fans que cela tire à conféquence? Se réferve-t-on encore le droit de me perfécuter en chafuble?

Quoi qu'il en foit, je ne fais comment on a trouvé tout cela, mais on m'a dit que la Reine crioit contre moi. Je me jette à vos pieds, & bénis vos grandeurs, parce que j'admire l'ufage que vous en faites: parlez à Madame la Comteffe de Noailles, daignez me parler, & je vous entendrai comme elle, car hier j'ai fenti que

vos baifers feroient revivre un mort, vous êtes
fait pour tous les miracles.

22 *Juillet* 1763. Il fe répand des *Remontran-*
ces du Parlement de Rouen du 16 Juillet 1763,
au fujet des Edits & de la Déclaration enrégiftrée au Lit de Juftice dernier. Elles font de
l'éloquence la plus mâle, la plus onctueufe &
la plus vraie. Ce morceau, joint à celles de
Paris, antérieures & poftérieures à ce même
Lit de Juftice, paroiffent avoir réuni tout ce
que le zele patriotique dirigé par le refpect &
la foumiffion dùs au Souverain, peuvent enfanter de plus beau, de plus folide & de plus
touchant.

23 *Juillet*. Les Italiens ont donné aujour-
d'hui la premiere repréfentation des *Deux Chaf-*
feurs & la Laitiere, fables dialoguées &
mêlées d'ariettes. La mufique eft de Duni; les
paroles d'Anfeaume.

On regardoit cette nouveauté comme fi peu
de chofe, qu'on ne l'avoit point affichée : elle a
pris avec fuccès, à la faveur de la mufique qui
fait tout paffer à cet heureux Théâtre. Comme
il n'avoit point de département fixe, il eft devenu l'égoût des autres, il n'eft point d'abfurdité qui ne puiffe y être admife.

24 *Juillet*. On a découvert parmi les livres
de la Bibliothéque du College de Louis le Grand
un manufcrit in-folio, noté & paraphé par M.
d'Argenfon, Lieutenant Général de Police, contenant un détail d'une confpiration formée par
les Jéfuites & l'Archevêque de Paris, du Harlay,
contre les jours de Louis XIV. Cette confpiration avoit été découverte par l'Abbé *Blache*,
& voici ce qu'on en fait.

Cet Abbé Blache étoit de Grenoble, avoit d'abord entré dans les Ordres, vint à Paris, Aumônier des Religieuses de la Ville-l'Evêque.

Quand il eut découvert la conspiration en question, il consulta trois Jésuites pour savoir ce qu'il devoit faire. On sait le nom de deux, le P. *Dupuis* & le P. *Guilleret*. Leur réponse fut qu'il falloit laisser agir la Providence, & qu'il n'étoit point obligé à révélation. Peu satisfait de cette décision, il consulta séparément le Prieur de l'Abbaye de St. Germain-des-Prez, & celui des Blancs Manteaux ; ils furent du sentiment contraire. En conséquence il fit parvenir à M. le Tellier, lors Chancelier, un Mémoire détaillé, contenant tout ce qu'il savoit de la conspiration prétendue. Il pria le Chancelier de ne pas lui faire de réponse directement, pour ne point l'exposer à la vengeance secrette des auteurs du complot ; mais pour sa tranquillité & pour certitude que sa Lettre & ses instructions avoient été remises, il pria le Chancelier de faire mettre une Lettre rouge initiale à la Gazette de France le 31 Décembre 1683. Ce qui a été exécuté. Cette lettre majuscule G est grise dans toutes les autres Gazettes.

Cette année le *Cabinet des Parfums* fut détruit. Le détail portoit, que c'étoit-là, & par le moyen des odeurs, qu'on devoit faire périr Louis XIV.

On motive cette conspiration par ce qui s'étoit passé en 1680. Le Clergé venoit de publier les quatre fameux articles auxquels le Roi avoit donné toute l'authenticité, en les faisant enré-

giftrer dans toutes fes Cours & obligeant tous
les Profeffeurs de Théologie de les enfeigner.
Cet acte de vigueur brouilla la cour de France
avec le Régime, & la paix ne fut faite que par
la révocation de l'Edit de Nantes, que Madame
de Maintenon, à la follicitation des Jéfuites,
obtint de la foibleffe de Louis XIV.

Quoi qu'il en foit, en 1704 l'Abbé Blache
fut arrêté en vertu d'une Lettre de Cachet &
mis à la Baftille, où il eft mort. Le jour de fon
emprifonnement le Lieutenant Général de Police, Commiffaire en cette partie, dreffa un
procès verbal, contenant inventaire des papiers
de l'Abbé Blache. Ces papiers furent rangés par
cotte & paraphés par M. d'Argenfon, & c'eft
parmi ces papiers que s'eft trouvé le manufcrit
en queftion. Il a été dépofé au Greffe le 14
Juillet, par Mrs. les Commiffaires du Parlement, chargés de ce qui concerne le college
de Louis le Grand & autres maifons des Jéfuites à Paris.

25 *Juillet* 1763. *Additions à l'Effai fur l'hiftoire générale & les mœurs des nations, depuis
Charlemagne jufqu'à nos jours.* Telle eft la
fuite de *l'Hiftoire Univerfelle* de M. de Voltaire. C'eft un croquis très-informe de tout ce
qui s'eft paffé jufqu'à la paix derniere; il veut
tout embraffer, n'approfondit rien, & traite
tous les événemens de la maniere la plus va-
gue, la moins circonftanciée & fouvent la plus
erronnée.

26 *Juillet.* On a trouvé au college de Louis
le Grand une médaille frappée du tems de
la Ligue [1590] repréfentant le Cardinal de
Bourbon, élu Roi fous le nom de Charles X,

par les factieux, à la tête desquels étoient le
Jésuites. On a trouvé aussi le coin qui a servi
frapper les médailles de ce tems-là : cette derniere piece est surtout très-curieuse.

27 *Juillet* 1763. Samedi 23 a été joué pour la
douzieme & derniere fois *l'Anglois à Bordeaux*
non par satiété, mais pour que les Acteurs
n'oublient pas les autres pieces. On a terminé
également la Pantomime, exécutée par le Ballet
du Roi.

28 *Juillet*. Pour completter la Collection
des Lettres de M. de Lauraguais, il faudroit e
avoir encore deux de ce Seigneur à M. de S.
Florentin. On en a assez vu pour connoître so
genre d'esprit & s'instruire à fonds du procès
Il suffit d'ajouter que dans la troisieme à ce
Ministre, écrite après la réception de la Lettre
de Cachet, il marque qu'il a reçu les ordres du
Roi avec toute la soumission d'un sujet ; que
si cependant il lui est permis de faire ses très-
humbles représentations, il observera qu'il et li
desiré que les ordres de S. M. lui eussent été
signifiés dans une forme plus légale.

29 *Juillet*. Le Parlement a rendu un Arrêt
le 22 de ce mois, au sujet de la Bibliotheque
léguée par M. le Président du Harlay au college
des Jésuites, à la charge de la rendre publique
[ce qu'ils n'ont pas fait-]. Il ordonne que, vu
la difficulté, l'impossibilité même, de distrai
des autres livres ceux-là qui n'ont aucune ma
que de distinction, on s'en rapportera au verb
de la remise qui en fut faite aux Jésuites, suivar
lequel cette Bibliotheque est évaluée à 25,00
Livres. En conséquence, on commencera pa
prélever cette somme sur la vente. Elle do

être employée à fonder deux Bourfes, dont M. le Prince de Tingry, héritier de la maifon de Harlay, aura la nomination.

31 *Juillet* 1763. Le Sr. de Bure, fils, a commencé de nous donner un catalogue de livres rares en tout genre. Le premier volume roule fur la Théologie. Ce projet eft louable ; il peut être très-utile aux Littérateurs, & furtout aux Bibliographes. L'effai qui paroît, n'eft pas à fon point de perfection à beaucoup près. Il faudroit, à de très - vaftes connoiffances de la Librairie, joindre une fineffe de tact, un goût exquis, incompatibles avec la préfente érudition.

31 *Juillet*. Mlle. Dumefnil a joué dans *Medée*, ces jours-ci, avec tant d'enthoufiafme de la part du public, que Mlle. Clairon s'en eft allarmée. Elle ne devoit reprendre qu'à Fontainebleau : elle n'a pu voir fans jaloufie le triomphe de fa rivale ; elle fe difpofe à paroître inceffamment.

2 *Août*. Rouffeau écrit à un de fes amis qu'il y a une grande fermentation à Genève fur fon compte : les citoyens ne font point contens de la conduite du magnifique Confeil, & peut-être fera-t-on forcé de réintégrer ce membre dans tous fes droits, privileges, &c. Il faudroit voir comment cet illuftre mifantrope fe comportera dans cette occafion : c'eft ici la pierre de touche de fa modeftie, il eft à craindre qu'il ne dévoile un orgueil dont on le croit paîtri.

3 *Août* 1763. Extrait d'un fermon prêché à Ste. Marguerite, fauxbourg St. Antoine, le Mercredi 20 Juillet, par M. l'abbé Labbat, Prêtre habitué de St. Euftache.

Nemo vos decipiat per philosophiam & in . .
nem fallaciam. . . . .

. . . . Dans les regnes précédens les Prince.
marquoient leur religion en protégeant les mi.
niftres de l'églife. . . . Les Magiftrats perfécutent
l'innocent & oppriment la religion. . . . . Le
efprits fe foutiennent par une modération force.
& une politique momentanée. . . . . . Tôt ou tar.
la révolution éclatera dans un royaume où le
fceptre & l'encenfoir s'entre-choquent fans cesse.
La crife eft violente & la révolution ne peu.
être que trop prochaine.

Le prêtre, auteur du fermon, a été décré.
de prife de corps par le Châtelet.

4 *Août*. On attribue à M. de Voltaire la fa.
ble fuivante fur l'expulfion des Jéfuites :

Les renards & les loups un jour étoient en guerre.
Les moutons refpiroient ; les bergers imprudens,
Chafferent par arrêt les renards de nos champs :
Les loups vont défoler la terre.
Les bergers, foit dit entre nous,
Ne pourroient-ils pas bien s'entendre avec les loups ?

5 *Août* 1763. On ne peut s'empêcher de rir.
en voyant le complot général des Journalifte.
pour faire accroire au Public que *l'Anglois*
Bordeaux eft du Sr. Favart. Fréron, dans l.
19e. feuille, rompt une lance en faveur de c.
parodifte. Plus ces Meffieurs s'acharnent & fe
réuniffent à foutenir ce paradoxe, plus le public.
connoiffeur reconnoît une impulfion fecrette &
puiffante qui les a forcés à parler ainfi contre leur
propre fentiment.

6 *Août*. On donne manufcrits quelques mo.

...aux détachés du Mémoire de M. le Comte
...e Lauraguais, avec cette addition. On l'a dans
...oute son originalité :

Omer de Fleury dit, &c. Mrs. comme je suis
...hargé par état de vous propofer des thefes de
...édecine, & qu'il s'agit de diffiper des nuages
...ni affoibliffent la fécurité & de fouhaiter une
...olution à des craintes, votre fageffe qui préfide
...à vos démarches, affurera un nouveau poids à
...ce que votre autorité pourra régler fur le fait de
...l'Inoculation, qui fe préfente naturellement
...fous deux afpects. . . . .

Page 3. Et comme dans la petite vérole ordinaire on s'en remet ordinairement à la prudence
des malades & des médecins, vous fentez bien
que dans l'Inoculation, où la tête eft beaucoup
plus libre, il ne faut s'en remettre à la prudence
de perfonne.

Page 4. Mais comme ce qui peut intéreffer la
religion, ne regarde en aucune maniere le bien
public, & que le bien public ne regarde pas la
religion, il faut confulter la Sorbonne, qui par
état eft chargée de décider quand un Chrétien
doit être faigné & purgé ; & la Faculté de Médecine, chargée par état de favoir fi l'Inoculation eft permife par le Droit Canon.

Ainfi, Mrs., vous qui êtes les meilleurs Médecins & les meilleurs Théologiens de l'Europe,
vous devez rendre un Arrêt fur la petite vérole, ainfi que vous en avez rendu un fur les
Catégories d'Ariftote, fur la *Circulation du
Sang*, fur l'*Emétique* & fur le *Quinquina*.

On fait que vous vous entendez par état à
toutes ces chofes, comme en finances. Puifque l'Inoculation, Mrs., réuffit dans toutes les

nations voifines qui l'ont effayée, puifqu'elle a
fauvé la vie à des nations qui raifonnent, il eft
jufte que vous profcriviez cette pratique,
attendu qu'elle n'eft pas enrégiftrée ; & pour
y parvenir vous employerez la décifion de la
Sorbonne, qui vous dira que Saint-Auguftin
n'a pas connu l'Inoculation ; & la Faculté de
Paris, qui eft toujours de l'avis des médecins
étrangers.

Surtout, Mrs., ne donnez point un tems fixe
aux falutaires & facrées Facultés pour décider,
parce que l'Inoculation de la petite vérole fera
toujours profcrite en attendant.

A l'égard de la fœur aînée de la petite, Mrs.
des Enquêtes font exhortés à examiner fcrupu-
leufement les pillules de Keyfer, tant pour le
bien public, que pour le bien particulier des
jeunes Meffieurs qui en ont befoin par état.

La Sorbonne ayant donné fon Décret fur
cette matiere théologique, nous efpérons que
vous ordonnerez la peine de mort [que les
Facultés de Médecine & de Théologie ont
ordonnée quelquefois dans de moindres cas]
contre les enfans de nos Princes inoculés fans
votre permiffion, & autre quiconque révoquera
en doute votre fageffe & votre impartialité
reconnue.

7 *Août* 1763. Le célebre Cochin a gravé le
fameux tableau trouvé à Billon en Auvergne, &
dont on a déjà parlé. Cette eftampe fe vend
publiquement : elle rend parfaitement l'original
& en donne une beaucoup plus grande idée qu'il
ne mérite. La compofition en eft immenfe, &
d'une allégorie foutenue. On y critique entre
autres le paffage : *non colluctatio nobis adver-*

...us carnem & fanguinem, fed adverfus reges & principes. Il auroit fallu ajouter *tenebrarum*, mot qui pourroit avoir été omis exprès.

Le compte rendu le 15 Juillet 1763, par le réfident Rolland, de ce tableau, en donne une explication fort détaillée : il ne fait pas difficulté d'infinuer qu'on eft tenté de prendre pour la tête d'Henri IV, celle qui eft détachée & renverfée dans le bâteau, ayant pour infcription *Heretici infultantes.*

10 *Août* 1763. *Lettre de M. le Comte de Lau-aguais à M. de St. Florentin, à la reception de la Lettre de cachet du 15 Juillet 1763.*

Je viens, Monfieur, de recevoir les ordres du Roi ; je les ai reçu avec tout le refpect que tout fujet doit à fon maître, mais auffi avec le courage qui me rend peut-être digne d'être le fujet du meilleur des Rois. Vous pouvez juger, Monfieur, dans ce moment, de mon exiftence toute entiere : croyez que je n'ai pas rifqué le repos de ma vie pour faire rire les fots, crier les caillettes, fcandalifer les honnêtes gens du monde & défefpérer les prêtres : j'efpérois conferver à la France près de 50,000 hommes, qui meurent tous les ans de la petite vérole : j'efpérois empêcher leur profcription probable, en faifant frémir le Parlement du requifitoire qui préparoit cette affreufe profcription. Songez donc, Monfieur, & je vous le dis avec attendriffement, qu'il meurt à Paris tous les ans 20,000 hommes, que cette ville eft à-peu-près la vingtieme partie du Royaume, que les morts fe montent à 400,000 hommes, que fur huit morts il y en a au moins un qui meurt de la petite vérole ; il y en a donc 50,000 qui font

enlevés par cette maladie ; & que l'avantage de
l'inoculation étant de 300 contre 1 , elle con-
serveroit 59834 personnes à l'Etat.

Je n'ai pas commis le crime, Monsieur, de
me croire criminel , pour avoir employé tous
les moyens qui pourroient rendre ce requisitoire
odieux & méprisable. Je ne redoutois pas même
d'être cité au Parlement. S'il m'avoit condamné,
en me plaignant de l'abus des loix , j'eusse
adoré leur justice : je n'ai que la douleur de
lui être dérobé , c'est le seul sentiment qui
mêle quelqu'amertume à l'obéissance que je
dois au Roi.

J'ai rassuré le pauvre homme que vous m'avez
envoyé: il me croyoit apparemment coupable;
d'ailleurs comme il avoit peut-être ses affaires
& moi les miennes, & qu'enfin je n'aime pas
les complimens, pour le tranquilliser je lui ai
dit que j'allois vous écrire , & lui ai donné ma
parole que nous partirions cette nuit ensemble.

10 *Août* 1763. *Lettre d'un Philosophe à un
autre Philosophe de ses amis.* Je m'afflige avec
tout autre , Monsieur le Comte , de ce qui vous
arrive ; mais j'en ris avec vous. La prison ne
vous inquiete pas. Votre ame est toujours égale
& tranquille , à Metz comme à Paris. Le public
malin n'en croit rien : il se moque de vous , &
prétend que vos Lettres à M. de St. Florentin,
à M. de Bissy & à M. de Noailles , sont de la
mauvaise plaisanterie , sans goût , sans style , &
que vous n'écrivez pas mieux en vers qu'en
prose ; ce sont-là ses propres termes.

Si vous étiez, Monsieur le Comte , de ces
gens bouffis d'orgueil qui prétendent que tout
ce qu'ils font soit bien , je me garderois bien
d'avoir

d'avoir tant de franchife ; mais je vous connois,
vous êtes Philofophe, la critique du public vous
touche peu , je fais que vous voulez bien
écrire : on le voit affez. Cela fuffit. On vous
reproche furtout de courir après l'efprit, fans
pouvoir l'attraper : ce n'eft donc pas votre faute,
voilà ce qui vous juftifie.

Aujourd'hui on ne juge des chofes que par les
apparences, on ne veut pas fe donner la peine
d'approfondir les motifs qui font agir. L'homme
eft comme cela, qu'y faire ? Vous ne lui ôte-
riez pas de la tète que vous voulez faire parler
de vous, à quelque prix que ce foit : on dit
tout haut à qui veut l'entendre que vos deffeins
in petto étoient que M. le Procureur général vous
dénonçât au Parlement, pour être jugé les
Chambres affemblées, afin que la chofe fit plus
d'éclat, & que tout le monde parlât de vous
comme d'un martyr.

Voyez, Monfieur le Comte, comme on vous
prête de la mifere, de la petiteffe : qu'on connoît mal le fage ! c'eft bien de ces fadaifes dont
il s'occupe, il aime le grand, le fublime.

Le public ingrat ignore les peines que vous
vous êtes données pour trouver de la Porcelaine
qui allât fur le feu ; combien de chofes auffi
importantes n'avez - vous pas tentées qui n'ont
pas mieux réuffi ? Ce n'eft pas que vous ayez
épargné l'argent affurément ; mais le tems de ces
découvertes n'étoit pas venu : la poftérité recon-
noîtra vos fervices ; l'homme de mérite n'eft
jamais jugé ce qu'il vaut de fon vivant. C'eft
ce qui fait, Monfieur le Comte, qu'on vous
tourne en ridicule, qu'on fe moque de vos talens & de votre efprit : on vous blâme auffi d'a-

voir quitté le fervice : quand vous ferez mort
on ne parlera plus de tout cela , & vos cendres
repoferont en paix.

Cette Lettre eft de M. le Duc de Pequigny à
M. le Comte de Lauraguais.

11 *Août* 1763. *L'Apologie des Jéfuites con-*
vaincue d'attentat contre les loix divines &
humaines. Trois parties. Cet ouvrage, attribué
à M. de Montclar , Procureur général du Parlement de Provence , réfume de nouveau tout
ce qu'on a dit de plus fpécieux en faveur des
Jéfuites , renverfe , détruit, pulvérife tout l'é-
chaffaudage de leurs défenfeurs ; il finit par
attaquer fpécialement *l'Apologie des Jéfuites*
de Nancy , & ne laiffe rien à défirer fur l'éclair-
ciffement de cette matiere. Le livre eft écrit
d'une façon nerveufe , concife & atterrante.

14 *Août.* On débite imprimé un portrait de
M. de Voltaire de 200 vers environ : il paroît
que c'eft quelqu'un qui fous le voile de l'éloge
a prétendu tourner en ridicule ce grand homme,
quoique Fréron paroiffe le donner comme d'un
louangeur de bonne foi. Voici le début :

> Je chante un mortel exigu
> Et dont le frêle individu
> N'a prefque point de confiftance ;
> Mais s'il n'a ni hanche ni cu ,
> S'il eft auffi fec qu'un pendu ,
> Le ciel le fit en récompenfe
> D'efprit abondamment pourvu.

Après avoir détaillé les qualités de cet homme
univerfel , l'auteur finit ainfi :

Quand on jouit de l'avantage
De réunir tant de tréfors,
Il eft permis pour fon ufage,
De n'avoir qu'un petit vifage,
Point de mollet & peu de corps.

On attribue cet écrit à M. de la Viéville.

16 *Août* 1763. Les Ecrits fur *la Richeffe de l'Etat*, pour ou contre, ne tariffent pas. On diftingue dans le grand nombre de ces brochures *la Balance égale ; ou la jufte impofition des droits du Roi*. L'auteur y préfente un plan d'adminiftration très-féduifant, & qui femble approcher du vrai point tant défiré. Il improuve le projet qui a donné lieu à tous les autres, en démontre les défauts, & y fupplée par le fien, tous les autres tendant à la deftruction des finances.

16 *Août. Coup d'œil d'un Citoyen : Ouvrage en trois parties, du Sr. Forbonnais ;* qui a fait, il y a déjà du tems, le livre intitulé *Confidérations fur les finances*, livre très-eftimé en pareilles matieres. On prétend que M. le Contrôleur général a pris de l'ombrage contre cet auteur fyftématique, furtout à l'occafion des liaifons qu'il a depuis quelque tems avec M. le Duc de Choifeuil ; il a recherché le péché originel de fes liaifons avec M. de Silhouette : enfin ce citoyen zélé, fans être abfolument exilé, a été confeillé de s'expulfer & d'aller dans fes terres.

17 *Août*. Le *Saül* de M. de Voltaire, malgré la défenfe & la févérité {de la Police, eft imprimé. On y trouve peu de changemens. Les avis font fort partagés : les uns trouvent cet ouvrage déteftable, & dans le fond & dans la

forme ; ils en reprouvent le ſtyle emphatique
& ſimple tour à tour ; les autres le regardent
comme un chef-d'œuvre d'impiété , mais en
même tems comme un ouvrage pittoreſque &
philoſophique.

18 *Août* 1763. On parle de donner l'hôtel de
Conti à la Comédie Françoiſe & de faire de la
vieille Salle un magaſin d'éleves. Ce ſeroit une
Ecole d'Académie de déclamation. Ce projet,
ſuggéré par Mlle. Clairon , reprend faveur. Cette
grande actrice gémit toujours de ſe voir ſous les
cenſures de l'Egliſe , elle renouvelle ſes efforts
pour ſecouer ces indignes anathêmes : par le
titre d'*Académie de Déclamation* , elle éluderoit
ces peines canoniques.

20 *Août*. La Faculté de Médecine ne voulant
rien faire avec précipitation , ramaſſe avec ſoin
tous les faits relatifs à la matiere dont le Parlement l'a chargée. Elle a écrit dans les cours étrangeres , pour avoir de toutes parts les notions les
plus ſûres & les plus multipliées ſur l'Inoculation : *Interea patitur Juſtus* , c'eſt-à-dire , que
cette utile pratique reſte proſcrite ; ce que M. le
Comte de Lauraguais avoit prévu & ce dont il
ſe plaignoit ſi fort.

20 *Août*. M. de la Harpe , connu par
différentes Héroïdes dont Fréron a enrichi ſes
feuilles , entre dans la lice dramatique. La premiere tragédie que doivent donner les François ,
eſt ſon *Warwik*. Mlle. Clairon ne doit pas jouer
dans cette piece.

24 *Août*. Il paroît une magnifique édition
des *Poéſies Sacrées de M. le Franc de Pompignan* , ornée de toutes les graces typographiques & de la magnificence du burin de M.

Cochin. Cet auteur, tant miſtifié, tant baffoué
par M. de Voltaire, a cependant un mérite
ſpécifique : il y a dans ſes Odes des ſtrophes
dignes de Rouſſeau ; ſes diſcours tirés des
livres ſapientiaux ſont pleins d'une philoſophie
ſublime, enrichie d'une poéſie vive, nerveuſe
& pittoreſque.

25 *Août* 1763. Aujourd'hui M. l'Abbé Rouſſeau a prononcé devant Mrs. de l'Académie Françoiſe le panégyrique de St. Louis. Le Pere Ely-
ſée, auſſi fameux prédicateur, a fait le même
panégyrique devant Mrs. des Académies des
Sciences & des Inſcriptions.

Cette après-midi on a adjugé le prix d'Eloquence à M. Thomas, cet athlette invincible,
couronné tant de fois qu'on ne peut nombrer
ſes victoires. Le ſujet étoit l'*Eloge de Sully*. Mrs.
Saurin, Duclos & Watelet, ſe ſont relevés ſuc-
ceſſivement pour achever la lecture de ce long
ouvrage. On a été ſurpris du ton dogmatique
& libre qui y regne. Pluſieurs endroits ſont une
ſatyre amere de l'Adminiſtration actuelle ; mais
le moyen de louer un tel Miniſtre, ſans critiquer ceux qui ne lui reſſemblent pas ! La
Séance a fini ſéchement, M. d'Alembert, qui eſt
en poſſeſſion d'égayer l'Académie par quelque
carricature du jour, étant encore auprès du Roi
de Pruſſe.

26 *Août*. Hier s'eſt fait l'ouverture du
Sallon avec toute l'affluence poſſible. On ſait
qu'on y expoſe les différens ouvrages que les
Peintres, Sculpteurs & Graveurs de l'Académie
veulent y envoyer. La collection de cette année
continue à donner une idée de l'Ecole Françoiſe, la ſeule aujourd'hui de l'Europe. Il ſem-

ble que le public se soit porté plus volontiers en foule vers le tableau de M. Vanloo, représentant les *trois Graces enchaînées de fleurs par l'Amour*. Le coloris en est des plus brillant, il est nourri de peinture. On a trouvé les figures un peu flamandes, on les eut désiré plus sveltes. La *Chasteté de Joseph*, par M. Deshayes, attire beaucoup d'attention. Les *Marines* de M. Vernet, *les quatre parties du Jour*, & en général tous ses tableaux sont recherchés des amateurs. *La piété filiale* de M. Greuze se considere avec la plus grande admiration. Enfin *le Promethée* en marbre de M. Adam, *le Pigmalion* de M. Falconnet, emportent les suffrages en cette partie.

27 *Août* 1763. On a placé hier au Sallon le portrait du Roi en Tapisserie, d'après le tableau original de M. Louis Michel Vanloo, exposé en 1761. Cet ouvrage est de la plus grande magnificence pour l'exécution. Il faut être prévenu pour ne pas s'y méprendre. S. M. y est en pied avec tous les attributs de la royauté. Les ombres, les nuances, les teintes, les dégradations y sont de la précision la plus correcte. On diroit que l'on a d'abord tissu le cannevas de la forme la plus fine & la plus serrée, & qu'on l'a peint ensuite. C'est de M. Audray.

28 *Août*. *Requête de la Veuve Calas au Roi* : en vers. Ce morceau, plein de poésie & de pathétique, est de très-bonne main ; on n'en dit pas l'auteur.

29 *Août*. On répand dans le public une estampe, gravée il y a plusieurs années, mais qui étoit restée dans le plus grand secret ; elle

a été faite d'après la *Colonne Médicis*. Elle repréfente l'extérieur de cet ouvrage, & la coupe intérieure eft perpendiculaire. Dans un coin du tableau on voit l'Ignorance en bonnet d'âne, qui amene à fa fuite des pionniers & autres ouvriers, prêts à démolir. Au pied de la Colonne fe trouvent des Sauvages, qui fe difpofent à la défendre. Ils fupportent les armes de M. de Bignon, alors Prevôt des Marchands. On fait que ce fut M. de Bachaumont qui s'oppofa pour lors à cette barbarie, ayant acheté le monument. Cette gravure, conféquemment très-injurieufe au Prévôt des Marchands, avoit été fupprimée : elle reparoît depuis peu, à l'occafion des travaux qu'on fait dans l'hôtel de Soiffons.

30 Août 1763. Le difcours de M. Thomas continue à faire grand bruit. On affure qu'on en avoit fupprimé déjà plufieurs phrafes avant la lecture. On trouve qu'on n'a pas tout retranché ; on cite la devife qu'il avoit donnée : *ô utinam !* On n'a pas voulu la laiffer imprimer.

31 Août. Catéchifme de l'honnête homme, ou Dialogue entre un Caloyer & un honnête homme, traduit du Grec vulgaire par J. J. R. D. G.

Tel eft le titre d'une très-petite brochure fort rare. Il paroît qu'on veut la mettre fur le compte de Rouffeau : bien des gens la donnent à M. de Voltaire. Les perfonnes un peu inftruites ne l'imputent ni à l'un ni à l'autre. On prétend que cet ouvrage n'eft que le précis mis en dialogue d'un plus ancien, connu de tous les gens de Lettres, attribué à St. Evremond, quoi qu'il y ait bien de l'apparence qu'il n'en foit pas. On a lieu de le foupçonner du Roi de Pruffe, où peut-être de la Métrie, mort à la cour de ce Prince. Quoi qu'il en foit de la génération de cet écrit peu répandu, mais fort recherché, il eft du nombre de ceux qui n'auroient jamais dû voir le jour : malheureufement il eft imprimé & conféquemment indélébile.

1 *Septembre* 1763. La Littérature effuye des modes, ainfi que tout le refte : depuis quelque tems les génies fe font tendus vers la Finance & la Politique : les calamités de l'Etat ont fait naître des écrits vigoureux, prefque dignes des beaux jours des républiques d'Athenes & de Rome. On y voit la liberté palpitante rendre fes derniers foupirs avec la plus grande énergie. On fent bien que nous voulons parler des belles Remontrances que nos divers Parlemens ne ceffent de faire en ces tems orageux : celles de Bordeaux ne font point inférieures à celles de Paris & de Rouen, elles enchériffent même, & n'approchent point encore, à ce qu'on affure, de celles de Grenoble.

2 *Septembre.* L'ouvrage de M. Thomas fait un bruit du diable à la cour : les Fermiers Généraux furtout s'en plaignent. Malgré les re- tranchemens qu'on affure y avoir été faits par l'Académie, on y trouve encore des chofes trop fortes pour des tems où l'adulation & la mol- leffe ont énervé toute la vigueur des ames. On eft furpris qu'un homme attaché à un Miniftre ait parlé avec tant d'amertume de l'Adminiftra- tion moderne. Ce langage feroit honneur au maître, s'il l'avoit entendu.

3 *Septembre.* On crie plufieurs Arrêts du Confeil, qui fuppriment les beaux écrits dont

on a parlé. Il semble qu'on veuille interdire aux Parlemens la liberté de faire imprimer ces grands morceaux d'éloquence, propres à transmettre dans les mains particulieres les sentimens mâles & généreux des vrais patriotes. Celui contre Bordeaux est adroit, en ce qu'il donne cet écrit, & les autres comme propres à décourager les peuples ; & c'est sur ce motif qu'il est fait une défense générale aux Imprimeurs de France de dévoiler ainsi les secrets de la Cour & des Parlemens, sans son approbation. Cet écrit, comme Littéraire, est attribué au Sieur *Moreau*, appelé l'Avocat des Finances.

4 *Septembre* 1763. Depuis quelques jours, Mlle. Dumesnil & Mlle. Clairon ont joué en présence l'une de l'autre dans *Heraclius* & dans *Rodogune*. La premiere l'a sans contredit emporté, & le public, quelqu'idolâtre qu'il soit de la derniere, ne s'est point mépris sur la différence qu'il faut mettre entre ces deux rivales.

5 *Septembre*. On annonce la *Marianne* de M. de Voltaire comme refondue en grande partie ; il y a un rôle tout nouveau.

5 *Septembre*. M. l'Abbé Yvon, ce fameux proscrit comme complice & auteur de la these de l'Abbé de Prades, revenu depuis quelque tems en ce pays avoit annoncé qu'il faisoit un ouvrage capable de surprendre. Il paroit cet ouvrage, & il étonne en effet, non par la maniere dont il est traité, mais par son but extraordinaire dans un pareil homme : c'est une *Réponse à la Lettre de J. J. Rousseau à Christophe de Beaumont, Archevêque de Paris*. On est tout-à-fait émerveillé de voir un Apôtre de

M 5

l'Athéifme tourner cafaque, & fervir de bouclier à M. de Beaumont.

Il ne paroit encore que la premiere partie de
cet ouvrage ; il doit contenir quinze Lettres ;
elle renferme une préface fort longue, fuivant
l'ufage de ce verbeux métaphyficien, & la premiere Lettre ; c'eft-à-dire que, pour réfuter une
brochure très-mince, ce champion volumineux
fe difpofe à donner au public une fuite de trois
ou quatre volumes in-12. Quant au ftyle, perfonne n'ofera le mettre en paralelle avec la
plume brûlante de Rouffeau.

6 *Septembre* 1763. L'Académie des Sciences
diftribue le programme d'un fujet propofé par
un citoyen zélé *fur la meilleure maniere d'é-
clairer une grande ville, en embraffant autant
qu'il fera poffible la fûreté, la durée & l'é-
conomie.* On y développe plufieurs points à
confiderer, qui rendent cette queftion plus com-
pliquée qu'elle ne paroît au premier coup d'œil.
Les ouvrages doivent être envoyés avant le premier Janvier 1765.

Le prix eft une fomme de cent piftoles, qui
a été dépofée par le citoyen zélé. On fait que
c'eft M. de Sartines, aujourd'hui Lieutenant Général de Police dans cette capitale.

7 *Septembre.* On a repris aujourd'hui *Marianne* avec les changemens qui ont paru néceffaires, difoit l'affiche. Le concours n'a pas été
nombreux, comme il l'eft aux pieces de M. de
Voltaire, & tout cet appareil n'a point fait,
ainfi qu'on l'efpéroit, la fenfation d'une piece
nouvelle. Les innovations fe réduifent au rôle
de *Varus*, auquel on en a fubftitué un autre.
Il fe trouve dans la même pofition, & dit à peu

près les mêmes chofes & les mêmes vers. Beaucoup de fpectateurs ont regretté de grandes
beautés de détail fupprimées dans les changemens faits à cette tragédie.

8 *Septembre* 1763. La *Gazette Littéraire* n'a
point encore paru, elle eft toujours fufpendue
par l'oppofition formée en vertu du privilege du
Journal des Savans. L'affaire portée au Confeil
devoit être jugée à Compiegne, mais elle n'a
pu l'être, les parties intéreffées ayant demandé
du tems pour produire réciproquement leurs
titres.

9 *Septembre. Les Remontrances de Grenoble*
annoncées comme un chef d'œuvre de liberté
& d'énergie, font ici de la plus grande rareté
& ne fe vendent point. Nous venons de les
lire, elles foutiennent la réputation qu'elles
ont; &, comme on l'a dit, les Cicéron, les
Demofthene, les grands orateurs des anciennes
républiques, fe trouveront revivre dans un fi bel
ouvrage.

10 *Septembre*. La Salle de l'Opéra n'eft point
encore prête; on prétend que ce fera pour le
retour de Fontainebleau, c'eft-à-dire pour la
fin de Novembre. On eft indigné que dans une
capitale on travaille auffi lentement à fatisfaire
les plaifirs du public.

11 *Septembre*. M. de Voltaire avertit dans
toutes les gazettes, dans tous les ouvrages périodiques, que fon édition de Corneille eft
prête; qu'il ne tiendra point à lui qu'elle ne
paroiffe; mais que les gravures ne font point
finies, que ce fera pour l'année prochaine. Il eft
étonnant que depuis que le public eft dupe des
foufcriptions, il y donne encore.

M. de Voltaire profite de l'occasion pour faire une nouvelle protestation contre tout ce qui paroît sous son nom. Il déclare que les Cramer seuls ont droit d'imprimer ses ouvrages, & qu'il n'avoue que ce qui sort de leur imprimerie.

12 *Septembre* 1763. Le Sr. Moreau continue à se décrier, en prêtant sa plume d'une façon vile & méprisable. On lui met sur le corps différentes *Lettres du Chancelier aux Cours Souveraines*, entr'autres celles au Parlement de Bordeaux & de Grenoble. Ces pieces, comme littéraires, [& c'est le seul point de vue sous lequel nous les envisageons] sont pleines d'un amas de phrases boursouflées & puériles : on y remarque même un ton de persiflage indécent dans la bouche du grave Magistrat qu'on fait parler. Le tout est assaisonné d'une amertume qui sent l'auteur accoutumé à écrire des satyres, & non le personage suprême qui tempere, qui calme les esprits trop exaltés.

13. *Septembre. Profession de Foi Philosophique.* C'est le titre d'une brochure légere, où l'on cherche à tourner en ridicule les ouvrages de M. Rousseau. Il est fort aisé de le faire, rien ne prêtant plus à la parodie que le sublime, soit en style, soit en action, soit en morale. On ne peut se dispenser de rendre justice à l'esprit & à la bonne plaisanterie de l'auteur. On n'en dit pas le nom ; mais c'est un des meilleurs ouvrages faits contre l'immortel Rousseau ; il est plein des égards & des considérations qu'on doit au grand homme.

14. *Septembre.* M. Saurin vient de produire ce qui suit :

AU ROI.

Pour ton infcription, *Louis*, on s'évertue.
Qu'eft-il befoin d'efprit ? Notre cœur t'a nommé ;
Qu'on mette en lettres d'or au bas de ta Statue :

LOUIS LE BIEN-AIMÉ.

15 *Septembre* 1763. Il a débuté ces jours-ci aux Italiens une Actrice d'un ordre fupérieur : elle eft faite pour remplacer Mad. Favart, & elle la furpaffe déjà. Elle n'a pas un organe bien étendu, mais de la gentilleffe dans la voix ; elle fe diftingue par une grande aifance fur le théâtre, par une intelligence très-rare dans une débutante. Elle eft reçue, mais ne doit commencer à jouer qu'à Pâques. Elle va s'exercer en province, d'ici à ce tems-là. Elle fe nomme Mlle. *Beaupré*.

18 *Septembre. Les quatre Saifons*, ou *les Georgiques Françoifes*, par *M. le Cardinal de Bernis*. C'eft le Pendant des *quatre Parties du Jour* : même délicateffe, mêmes graces, même imagination riante & facile ; trop de profufion encore d'images, des richeffes poétiques, mais peu de philofophie ; en un mot, la Mufe de M. de Bernis n'eft pas moins agréable fous fa calotte rouge qu'en petit rabat. Cet ouvrage a l'air d'un larcin d'ami, par les fautes typographiques de l'imprimé. On critique également le titre des *Georgiques Françoifes*, qu'on attribue à l'éditeur.

19 *Septembre*. On doit donner inceffamment *Blanche & Guifcard*, tragédie imitée librement de l'Anglois, par M. Saurin, de l'Acadé-

mie Françoife. Ce fujet eft tiré de *Gilblas* [2e. vol. chap. 4 , intitulé *le mariage de vengeance*] M. Saurin avoit déjà lu le premier acte à une affemblée publique de l'Académie, & il n'avoit point été goûté. Le dénouement femble furtout devoir donner beaucoup de tablature. Un mari fait mettre l'épée à la main au Roi ; il tombe, & fa femme s'approchant pour lui donner du fecours, il la poignarde, la jugeant infidele. Cet inftrument long, dont il faut que le moribond fe ferve avec graces & vigueur, a beaucoup intrigué : on verra comment fera exécuté le coup de théâtre. Les Comédiens, grands partifans du coftume, ont été au cabinet des eftampes pour l'habillement des Siciliens de ce tems-là. Il s'eft trouvé peu pitorrefque & peu théâtral ; il a fallu y fuppléer, en fe rapprochant davantage des tems modernes.

M. le Chevalier de la Morliere publie qu'il avoit déjà traité ce même fujet : le public doit être fâché de ne pas voir du tragique de fa façon.

20 *Septembre* 1763. Il court dans le monde une Lettre manufcrite à M. J. J. Rouffeau. On l'attribue à une Dame, qui joint aux graces de la figure & de la jeuneffe, celles de l'efprit & de la belle littérature. Elle rétorque ingénieufement contre cet écrivain quelques expreffions, quelques façons de penfer de cet auteur, qui, ifolées, paroiffent fort ridicules ou fort impertinentes. Cette plaifanterie trop longue ne peut être placée ici.

21 *Septembre*. Le Pere Cerutti, Jéfuite, âgé de 24 ans, le fameux auteur de leur *Apologie*, eft à Paris en Abbé. Il part pour Avignon,

il travaille à une continuation de son ouvrage. Ses premieres visites ont été chez Mrs. d'Alembert & Duclos ; ce qui a fait dire plaisamment à ce dernier , qu'on n'avoit rien à craindre de ce Jésuite , que cette double visite valoit une abjuration.

23 *Septembre. Clovis , Poëme.* C'est le même plan de Desmarets , allongé de plusieurs chants ; il est en vers de dix syllabes. On sent qu'il est traité d'une façon moins grâve. L'*Orlando furioso* paroît avoir été le modele de l'auteur , modele qu'il n'a pas attrapé à beaucoup près. Il a parodié Desmarets , comme Voltaire a parodié Chapelain. Il n'est pas plus heureux dans cette imitation. Il y a pourtant de la facilité & du pittoresque dans sa versification.

24 *Septembre.* M. de Lauraguais ayant écrit à M. de Voltaire pour lui faire part de son séjour à la citadelle de Metz , cet auteur a pris la chose en plaisantant. Il paroît ignorer dans sa réponse les motifs de la détention de ce Seigneur , il le suppose en ce poste comme honoré de la confiance du Roi , il le félicite & ne doute pas que S. M. n'ait reconnu ses talens , en les récompensant aussi honorablement. C'est un persiflage aussi indécent que facile à faire.

25 *Septembre.* M. de Sauvigny nous a lu la tirade contre Palissot qui devoit être insérée dans le *Socrate.* Ce morceau contre le moderne Aristophane , est nerveux , & peint à merveille ce scélérat. Il est fâcheux que la police ait couvert de son égide ce vil personage.

26 *Septembre.* Les Comédiens François ont donné aujourd'hui la premiere représentation

de *Blanche & Guifcard*, tragédie de M. Saurin, imitée librement de l'Anglois, eft - il dit
fur l'affiche. Ce drame eft vicieux dans fes caracteres & dans fa contexture ; il paroît d'abord
prêter beaucoup par fa cataftrophe fanglante
& par la violence des paffions où fe trouvent
les acteurs ; mais l'inftabilité de caracteres,
petits & grands, dans la même action, les rend
impropres à la fcene. On peut voir le fujet
dans Gilblas, qui a été littérairement imité.
Il fe paffe une reconnoiffance dès le premier
acte, ce qui eft contre toutes les lettres dramatiques.

Le coup d'épée que le Connétable donne à fa
femme, quoique couché fur le plancher, eft
merveilleufement exécuté. Bellecour le pouffe
avec toute la grace poffible. Mlle. Clairon n'a
pas joué avec le même fuccès qu'à l'ordinaire.
Elle fait *Blanche*. L'auteur a fupprimé le rôle
de *Conftance*, plus théâtral, & qui auroit pu
faire un grand effet.

27 *Septembre* 1763. M. de Bullionde, Capitaine des Carabiniers, Chevalier de St. Louis, eft
mort depuis quelque tems ; il n'avoit que 22 ans.
Son effai dans la Littérature, la *Pétriffée*, quoique des plus médiocres, mérite qu'on jette
quelques fleurs fur fon tombeau.

29 *Septembre*. On affure que Fontainebleau fera très - brillant pour les fêtes, que le
Palais de Diamans eft changé & doit être infiniment plus beau.

L'*Idomenée* de M. le Mierre doit être joué à
la cour pour la première fois, & ne paroîtra
point à Paris avant ; on l'annonce d'avance
comme un drame de la plus grande beauté pour

les fituations : fi la piece réuffit , il eft d'étiquette qu'on faffe à l'auteur une gratification de deux mille écus.

30 *Septembre* 1763. Il eft beaucoup queftion de l'édition de Tacite , à laquelle on travaille fous les aufpices de l'abbé Brothier , ci-devant Jéfuite. Ce Savant très - eftimé en cette partie a reftitué les paffages tronqués de l'hiftorien latin. On affure que c'eft de la plus grande beauté , & dans le vrai goût de l'original. Les Anglois furtout en font grand cas & attendent avec impatience cette production. Cet abbé Brothier eft regardé comme ayant travaillé en tout ou en grande partie à deux parties de *l'Appel à la Raifon.*

1 *Octobre.* Garrick , ce fameux acteur & directeur d'un des théâtres de Londres , eft à Paris depuis quelque tems. Il eft venu à nos fpectacles , il a fait connoiffance avec nos acteurs , fur lefquels il ne s'explique point que vaguement & avec des louanges qui indiquent des reftrictions. On prétend que Mlle. Clairon avoit pris des leçons de lui pour la piece de M. Saurin , auquel cas elle n'a point fait honneur à fon maître. Cette tragédie eft fans contredit celle où elle a le plus mal joué depuis longtems.

2 *Octobre. Théâtre de M. Favart , ou Recueil de Comédies , Parodies , Opéra - Comiques , avec les Airs , Rondes & Vaudevilles notés dans chaque Piece.* Cet ouvrage , en huit volumes , contient une infinité de drames de toute efpece. On en connoît plufieurs qui ont eu un très-grand fuccès. Il paroit que les opéra-comiques font le vrai genre de ce parodifte gai & naturel. Quiconque lira ce mêlange , y trou-

vera une touche bien différente de celle de
l'auteur des *Sultanes*, d'*Annette & Lubin*, &
tout recemment de *l'Anglois à Bordeaux*. On
a mis plufieurs pieces fous le nom de Madame
Favart : il eft à préfumer qu'elle n'y a qu'une
très-légere part.

3 *Octobre*. *Blanche & Guiscard* a fini après
la troifieme Repréfentation. Pour confoler l'a-
mour-propre de l'auteur, les Comédiens avoient
affiché le famedi 10 Décembre que cette piece
feroit jouée pour la derniere fois , à caufe du
voyage de Fontainebleau.

Les Concerts François font fufpendus pendant
le féjour de la cour à Fontainebleau. Il eft bien
à craindre qu'on ne foit obligé de les reprendre
au retour ; la Salle qu'on fait aux Thuilleries
pour l'Opéra, ne fera vaifemblablement pas en
état d'y jouer. On découvre à chaque inftant
de nouvelles chofes à faire , foit pour la fûreté
du fervice de ce fpectacle, foit pour les commo-
dités & pour l'agrément du public. C'eft le Sr.
Souflot qui y préfide , & cet ouvrage ainfi mor-
celé en détail ne lui fait point honneur : il devoit embraffer d'un coup d'œil l'enfemble de ce
qu'il avoit à faire.

7 *Octobre*. On a donné aux Italiens le 27 fep-
tembre, la premiere repréfentation d'une piéce
nouvelle , intitulée *les amours d'Arlequin &
de Cornelie*. Ce drame , très-goûté , quoiqu'Italien , eft de M. Goldoni. On ne fauroit croire
combien, dans un fujet fi fimple , il y a de
vraies beautés : les incidens en font très-multi-
pliés , ils s'enchaînent tous & fortent naturellement les uns des autres. Le pathétique &
le comique font tellement fondus enfemble dans

cette piece, qu'ils ne font point difparate. Mlle.
Cornélie y brille par le fentiment.

8 *Octobre* 1763. *Lettre de l'homme civil à
l'homme fauvage.* Cette fage production eft de M.
Marin, Cenfeur Royal. Il a voulu faire quelques
efforts pour repouffer les dangereux fophifmes
du Philofophe de Genève; & cet athlete eftimable mérite en cela des éloges. A-t-il réuffi?
Il convient lui-même que c'eft le pot de terre
contre le pot de fer. Pourquoi donc vouloir
être brifé?

9 *Octobre.* Il commence à fe répandre un in-
12. en billot, intitulé *l'Aretin.* Il a pour
épigraphe *Parve, nec invideo, fine ine, liber,
ibis in ignem.* On peut fur cette étiquette
juger de ce qu'il contient. C'eft un ouvrage
dans le goût de Rabelais, un amphigouri, où
il fe trouve des chofes excellentes; il indique
beaucoup de connoiffances & même d'érudition
de la part de fon auteur. En général, c'eft
un homme qui en veut beaucoup à l'Ecriture
Sainte, & qui parodie les différentes hiftoires
des livres facrés d'une façon à les tourner en
ridicule aux yeux de ceux qui ne connoîtroient
pas le contre-poifon. Auffi prétend-on que ce
livre eft d'un Ex-Mathurin. On l'avoit attribué à M. de Voltaire.

10 *Octobre.* Le poëme épique de M. d'Arnaud, fur *Pierre Premier,* fe trouve dans une
fâcheufe concurrence: M. Thomas, malheureufement pour lui, traite le même fujet. Il n'y
a pas d'apparence que le moderne *Jérémie*
puiffe tenir devant un pareil adverfaire: au refte,
le public jugera.

11. *Octobre.* On vient de recueillir en 4

volumes in 8. les Oeuvres du Roi de Pologne
Staniflas, fous le titre d'*Oeuvres du Philofophe
Bienfaifant*. On lit dans la préface un portrait
de ce Monarque, qui eft une efpece d'hiftorique de fa vie, par M. le Chevalier de Po-
lignac. Cet ouvrage ne peut que faire honneur
au Roi dont il porte le nom : tout y eft très
eftimable, à ne le regarder que comme les
productions d'un citoyen, & l'on ne peut lui
refufer des éloges en n'y confidérant que
l'homme de Lettres. Dans les obfervations fur
le gouvernement de Pologne on lit : ,, nous
,, n'avons que trop fouvent fujet de nous
,, plaindre du choix que nous avons fait de
,, nos Rois. A peine avons-nous élevé nos
,, Rois fur nos têtes, qu'ils tâchent de nous
,, écrafer ; ils voudroient anéantir tout ce qui
,, a contribué à les mettre fur le trône ''.
C'eft un Roi qui parle.

12 *Octobre*. Vers attribués à M. de Voltaire
fur la ftatue du Roi, faite par M. Pigale pour
la ville de Rheims :

Efclaves profternés fous un Roi conquérant,
   De vos pleurs arrofez la terre :
Citoyens ! levez-vous fous un Roi bienfaifant :
   Enfans ! connoiffez votre pere.

13 *Octobre*. On fait un conte affez plaifant
pour donner matiere à une comédie : en conféquence nous allons en donner l'extrait. On rapporte qu'à Roye le Lieutenant-Général faifoit
la cour à une Demoifelle qui paroiffoit agréer
fon hommage ; un Officier fe mit fur les rangs,
il ne put effacer le robin. Dans un accès de

rage il le tire à part, il lui déclare qu'il faut cesser ses assiduités auprès de la Demoiselle, ou se déterminer à se battre. Le Magistrat, homme de cœur, lui répond que rien n'est capable de l'intimider : il accepte le défi. Tous deux rendus au champ de bataille, le robin annonce qu'il ne sait point se battre à l'épée, mais qu'il a apporté des pistolets. Il en fait voir deux, donne à choisir au militaire, lui présente ensuite de quoi charger le sien. La préparation faite il continue d'offrir généreusement à son rival de tirer le premier. Il tire : le robin tombe : l'officier le croit mort, va prendre la poste & part. Quelque tems après il rencontre quelqu'un de l'endroit, qui lui demande : ,, ce qu'il étoit devenu ? ,, pourquoi il étoit parti sans dire mot ? — Vous ,, ne savez pas mon affaire, replique l'officier ,, surpris ; c'est moi qui ai tué votre Lieutenant-,, Général. — Vous n'y pensez pas, repart en ,, riant le quidam : il est plein de vie, il vient ,, d'épouser Mlle. une telle ''.... Coup de foudre pour le militaire : il reconnoît combien il a été dupe ; il finit par en rire & par avouer son étourderie. Le fait est que le Magistrat lui avoit présenté des balles artificielles, au moyen de quoi le pistolet n'étoit que chargé à poudre ; il avoit fait le mort, se doutant bien de l'évasion de l'autre, &c.

14 *Octobre* 1763. Il se répand un mot de Madame la Marquise sur le tableau des *Graces* de M. Vanloo, qui désole ce grand artiste. L'illustre protectrice étoit au Sallon. Celui-ci l'escortoit. Quelqu'un dit à Madame de Pompadour qui paroissoit négliger le tableau de Vanloo : ,, Madame, vous ne faites pas attention à ces

,, *Graces* : — çà, des *Graces* ! dit dédaigneufe-
,, ment la Virtuofe; çà, des *Graces !* ” & fait
en même-tems une pirouette pour aller plus loin
voir les citrons de Javotte. L'artifte humilié
s'approche humblement, & lui dit : ,, Madame,
,, je les referai ”.

16 *Octobre* 1763. Epitre à Lucinde, par un Sage.

> Oui: c'eft Lucinde (*a*) que j'ai vue:
> C'eft ainfi qu'elle eut foupiré;
> Oui, c'eft bien cette ame ingénue,
> Qui s'épanouit par degré :
> Enfin, c'eft la nature même,
> Dans toi c'eft elle que l'on aime;
> Tu dictes fes plus douces loix :
> Dans tes regards elle refpire,
> Sur ta bouche elle vient fourire,
> Elle s'exprime par ta voix.
> Qu'elle foit toujours ton modele :
> Elle eft la mere des fuccès;
> Pour reconnoître fes bienfaits,
> Sois toujours naïve comme elle.
> Sa beauté dédaigne le fard.
> Suis l'exemple qu'elle te donne :
> La fimple fleur qui la couronne,
> Vaut tous les preftiges de l'art.
> De mille fons l'effain frivole

(*a*) Mlle. Doligny, qui a joué le rôle de *Lucinde*
dans *l'Oracle.*

Viendra bientôt groffir ta cour :
Ah ! crains leur encens qui s'envole
Auffi vîte que leur amour !
Leurs cœurs reffemblent à leur tête ;
Garde-toi de ces féduƈteurs :
Ils t'écriroient fur leurs tablettes,
Et puis iroient tromper ailleurs.

Je fais, fi tu voulois m'en croire,
Celui qu'il te faudroit choifir :
Il eft amoureux de la gloire,
Très-indulgent pour le plaifir :
Il fuit le fafte & l'étalage :
En un mot, cet amant, c'eft moi....
Tu t'offenfes de mon hommage !
Il eft indifcret, je le vois.
Un Mentor déplaît à ton âge.
Flore n'aime que le printems
Lucinde ! tu n'as pas vingt ans,
Et j'ai le malheur d'être fage.

17 *Octobre* 1763. C'eft M. de Sartine qui a la Librairie. Le Sr. Marin eft choifi pour le Secrétaire. On parle de donner à ce Lieutenant Général de Police un Confeiller au Châtelet fous fes ordres, les grandes occupations de ce Magiftrat ne pouvant fuffire à une partie auffi étendue.

18 *Octobre*. Annonce tirée d'une Gazette de Londres du 23 Septembre. " Il eft arrivé dans " cette ville un François célebre par plufieurs " excellens ouvrages philofophiques. Il fe

,, nomme M. de Vergy : l'objet de fon voyage
,, en Angleterre eft de voir des hommes ,,.

Dans la Gazette fuivante M. de Vergy a fait
inférer cette réponfe.

,, M. de Vergy eft fort fenfible à l'honneur
,, qu'on lui fait de le mettre dans les papiers
,, publics. Il ne mérite pas certainement une
,, diftinction auffi flatteufe ; mais il prie Mrs.
,, les Anglois de croire qu'il eft autant d'hommes
,, à Paris qu'à Londres, dans le fens philofo-
,, phique que le gazetier paroît avoir voulu
,, attacher à ce mot, & qu'il 'n'eft pas venu
,, ici dans l'efprit ridicule de trouver l'huma-
,, nité plus parfaite. Sans mépris & fans en-
,, thoufiafme pour tout être, portant un grand
,, ou un petit chapeau, un turban ou un bon-
,, net quarré, il eft perfuadé que tout eft au
,, mieux & même le petit orgueil qui prétend
,, à la fupériorité ,,.

Quel eft ce M. de Vergy, François célèbre
par d'excellens ouvrages philofophiques ? C'eft
un problème à réfoudre. Le ton modefte de fa
réponfe donne lieu de croire qu'il auroit réformé cette erreur du gazetier, fi c'en eut été
une : d'un autre côté, on ne connoît point ici
aucun auteur de traités philofophiques, nommé
Vergy. Eft-ce un nom fuppofé d'un homme de
Lettres plus connu ? C'eft le point de la queftion.

19 *Octobre* 1763. M. Thomas, Secrétaire de
M. le Duc de Praslin, connu par fes triomphes
académiques & furtout par fon *Eloge de Sully*,
vient d'être nommé Secrétaire interprête des
Cantons Suiffes pour le Roi. Il doit cette grace
à M. de Praslin, qui a cherché à l'attacher au
gouvernement,

gouvernemēnt , pour lever l'obſtacle qu'on lui oppoſoit , & mettre cet homme de lettres en état d'être adopté pour membre de l'Académie , ſi l'occaſion s'en préſente.

L'Académie ne reçoit point dans ſon ſein des gens qui ont un ſervice particulier auprès des Grands , à moins que ce ne ſoit chez les Princes.

20 *Octobre. Vers des Lorrains au Roi Sta-niſlas , à l'occaſion du trône de Pologne vacant par la mort du Roi Electeur de Saxe :*

> Peuple ami de la liberté ,
> Qui dans un Roi ne chériſſez qu'un Sage,
> Venez à Stanislas rendre un troiſieme hommage ,
> C'eſt le rendre à l'Humanité.
> Mais , ô vous Stanislas ! vous des Rois le modele ,
> A votre propre loi ſeriez-vous infidele ?
> Vous regnez ſur nos cœurs , que voulez-vous de plus ?
> La monarchie univerſelle
> N'eſt que l'empire des vertus.

21 *Octobre.* M. l'Abbé Boulet de Vauxelles a fait hier en Sorbonne un ſermon , ſuivant l'uſage , à l'occaſion de la fête de Ste. Urſule : il a pris l'incrédulité pour matiere de ſon diſ-cours ; il a démontré que la foi ſe retiroit de la France, il a prétendu que nos malheurs en tout genre ne le prouvoient que trop , il a pris occa-ſion de-là pour en faire un tableau des plus triſtes & des plus véhemens. On regarde ce diſ-cours, bien fait dans ſon genre, comme une déclamation également indigne & de l'orateur citoyen & de l'orateur chrétien. On prétend qu'il

Tome I.   N

feroit repréhenfible à beaucoup d'égards fous ces deux points de vue.

22 *Octobre* 1763. M. de Voltaire ne laiffe paffer aucune occafion de draper M. de Pompignan : il publie un Quatrain à l'occafion des traductions de Jérémie que vient de donner au public ce magiftrat poëte :

> Savez-vous pourquoi Jérémie
> A tant pleuré durant fa vie ?
> C'eft qu'alors il prophétifoit,
> Que Pompignan le traduiroit.

23 *Octobre*. M. l'Abbé Cannieres Deslandes a fait auffi un *Eloge de Sully*, qui a concouru avec celui de M. Thomas. Il a mis à la tête de fon difcours un avertiffement préliminaire. Là-deffus, bavardage peu honorable & qui prévient mal. Ses notes font plus philofophiques qu'hif-toriques, & fentent fouvent la déclamation. Son ftyle eft incorrect, lâche, diffus, fon expreffion impropre.

25 *Octobre*. On parle beaucoup de l'O-péra de *Scanderberg*, exécuté à Fontainebleau le 22 de ce mois avec la plus grande magnificence. La décoration de la mofquée furpaffe tout ce qu'on en peut dire, les colonnes en font garnies de diamans & font un effet des plus furprenans. On prétend que c'eft en petit l'imitation de celle de Ste. Sophie. Ce drame eft connu pour être de M. de la Motte. Mais il ne l'a-voit pas fini. Le cinquieme acte étoit d'une main étrangere, lorfqu'il fut joué en 1735. Ce même acte a été changé en paroles & en mufique : on a également ajouté des morceaux

de chant & de fymphonie dans le corps de l'ouvrage.

27 *Octobre* 1763. On vient d'imprimer dans le plus grand détail tout ce qui s'eft paffé au fujet des Edits & déclarations. On y rend compte de la conduite qu'ont tenu ceux qui ont été chargés de veiller à leur enrégiftrement. Le rédacteur s'eft particuliérement appéfanti fur M. Dumefnil & M. de Fitz-James, fur lefquels il fe permet beaucoup de licence. On les accable de farcafmes, d'épigrammes, de chanfons; on leur reproche leur naiffance, que l'on dégrade au dernier point.

28 *Octobre.* M. de Hume, ce Philofophe Anglois fi connu dans la République des Lettres, vient d'arriver à Paris; il eft Secrétaire intime du Lord Hereford, Ambaffadeur d'Angleterre en France.

29 *Octobre.* Mlle. Bieron nous donne un fpectacle des plus curieux & des plus intéreffans. Cette fille, auffi active qu'induftrieufe, s'eft depuis plufieurs années appliquée à l'anatomie d'une façon fi intelligente, qu'elle en exécute des modeles de la plus grande perfection. Elle emploie toutes fortes de matieres, à mefure qu'elle les trouve plus propres à faire illufion & à rendre dans toute leur vérité les diverfes parties qu'elle veut figurer. De tels ouvrages pourroient être fort utiles pour plufieurs opérations, & cette habile ouvriere devroit être encouragée par le Gouvernement.

30 *Octobre.* Les comédiens François repettent actuellement le *Comte de Warwik*, tragédie de M. de la Harpe, jeune auteur connu par quelques héroïdes, & dont on nous donne

N 2

les plus grandes efpérances. S'il réuffit, il aura
d'autant plus de mérite, que ce fujet a déjà été
manqué par M. de Cahuzac.

31 *Octobre. Vers de M. de Voltaire à l'Impératrice des Ruffies.*

Dieux ! qui m'ôtez les yeux & les oreilles,
Rendez-les moi : je pars au même inftant !
Heureux qui voit vos auguftes merveilles,
O *Catherine* ! heureux qui vous entend.
Plaire & régner c'eft-là votre talent,
Mais le premier me touche davantage.
Par votre efprit vous étonnez le Sage,
Il cefferoit de l'être en vous voyant.

1 *Novembre* 1763. M. Marmontel ayant mis
en drame fon Comte de *la Bergere des Alpes*,
& M. de la Borde en ayant fait la mufique,
ces Mrs. ont préfenté leur ouvrage aux Italiens.
Les comédiens prévenus par le Sr. Favart qu'il
travailloit pour eux à la même piece, ont refufé
cette nouveauté, qui d'ailleurs ne leur a pas
paru d'une bonté fupérieure.

2 *Novembre.* M. le Chevalier de la Morliere travaille à une Suite de l'hiftoire du Théâtre, depuis 1720 jufqu'à nos jours : il peut
tirer un grand parti de ce morceau intéreffant.

2 *Novembre.* On connoît actuellement l'auteur du poëme de *Zelis au Bain.* C'eft décidément M. de Pezay, officier de Dragons,
jeune homme qui a de l'aifance, de la verfification, du coloris, mais qui ratte les jouiffances.

3 *Novembre.* L'*Idomenée* de M. le Mierre
devoit être joué à Fontainebleau, mais cet au-

teur a éludé cet honneur : il doit paſſer à Paris après le *Warwick* de M. de la Harpe : il a voulu être neuf pour la capitale.

4 *Novembre* 1763. Le catalogue de la Maiſon Profeſſe paroît : il contient plus de ſept mille articles , ſans compter une infinité de livres dépareillés. La Bibliotheque de M. Huet & celle de Menage , avoient été fondues dans celle-la.

5 *Novembre. Lettres ſur l'origine de la No-bleſſe Françoiſe , par M. le Chevalier d'Arcq ,* cet auteur eſt connu pour être fils naturel de M. le Comte de Touloufe. Il difcute les trois Syſ-têmes , du Comte de Boulainvillier , de l'Abbé Dubos , & de M. le Préſident de Montefquieu : il établit le ſien , qui tend à conclure que la Nobleſſe n'eſt qu'une conceſſion de nos Rois , &c. il le développe avec clarté , avec élégance & érudition.

6 *Novembre.* Il s'éleve un orage terrible contre M. Thomas : M. Veron de Forbonnais réclame ſes dépouilles ; il accufe cet orateur d'avoir pillé de la façon la moins honnête ſon livre *des Recherches & Confid'rations ſur les finances de France.* Il prétend que la troiſieme partie du difcours de M. Thomas , & la meilleure ſans contredit , eſt en entier extraite de ſon ouvrage , qu'il a rétréci & rapetaſſé étrange-ment ; il y a non-feulement puifé ſon plan, mais encore ſes penfées , & quelquefois ſes expreſſions. On voit dans la feuille 3 de *l'Année Littéraire* un long détail ſur ce plagiat. Cette découverte diminue de beaucoup la haute idée que certaines gens avoient des connoiſſances profondes de M. Thomas ; on ſe met en garde contre lui , & l'on craint qu'il n'ait déjà fait

N 3

des larcins plus adroits, qu'on découvrira peut-être un jour. L'Académie Françoise doit être piquée qu'on lui en ait impofé à ce point, & M. Thomas doit craindre que cette mefaventure ne l'exclue de fa prétention à cette Compagnie.

7 *Novembre* 1763. On a donné aujourd'hui la piece du *Comte de Warwick*. Ce héros célebre joue un grand rôle dans les querelles fameufes des maifons de Lancaftre & de York, connues fous le nom de la *Rofe rouge* & de la *Rofe blanche*. Le drame a fait la plus grande fenfation : on y remarque une conduite fage. Un de fes plus grands mérites, c'eft d'être éloigné de toutes les tragédies modernes. La fimplicité de de fa conduite s'étend au ftyle qui n'a rien de cette bouffiffure fi à la mode. Mlle. Dumefnil fait le rôle de *Marguerite d'Anjou*, avec un fuccès qui doit exciter la jaloufie de fa rivale. Elle n'y joue point. Il y a tout à efpérer d'un auteur qui, à 23 ans, fait un ouvrage auffi bien conduit. Il ne faut pas diffimuler pourtant que Shakefpear eft un dangereux adverfaire pour ce jeune homme, & qu'on voit une infinité de réminifcences dans fon drame. Nous en parlerons plus amplement.

8 *Novembre.* Nous allons configner ici trois anecdotes concernant M. le Chevalier de la Morliere : elles peuvent fournir des traits très-piquants pour le Dramatique, & d'ailleurs cet ouvrage étant des efpeces de *Mémoires pour fervir à l'Hiftoire des Gens de Lettres*, la vérité nous oblige de tout dire, à charge & à décharge.

M. de la Morliere eft un excellent comédien :

il y a quelques années qu'étant retourné à Rouen, où il avoit un tailleur pour créancier, celui-ci le rencontre, l'aborde, lui demande fa dette. Le Chevalier le regarde avec indignation, lui baragouine de l'allemand, au point d'en impofer à cet homme, qui lui demande pardon & s'en va.

Le Chevalier continue fon rôle de Baron Allemand, s'introduit chez un Confeiller du Parlement, féduit fa fille & lui fait un enfant, lui promettant de l'époufer. La groffeffe reconnue, le Confeiller eft obligé de confentir au mariage. Dans cet intervalle le Chevalier fait écrire par un de fes amis de Paris au pere, qu'il fe défie d'un certain Baron Allemand, qui n'eft autre chofe que *la Morliere*. Etonnement du Confeiller, qui fe met en garde. Les couches fe font fourdement, & fous quelque prétexte on renvoie le prétendant. Celui-ci continue fes affiduités auprès de la fille, qui veut à toute force l'époufer. Dans cet intervalle il fe préfente un parti qu'on propofe au pere : il accepte, mais ne peut déterminer fa fille. La Morliere tient bon, fe prefente toujours pour tenir fa parole, & fait arriver Lettres fur Lettres qui confirment que c'eft un impofteur, qu'on craigne tout de lui, qu'il eft homme à deshonorer une fille & à le publier ; qu'il faut éconduire un pareil fcélérat à prix d'argent. Le pere le tire à part, lui déclare qu'il lui donnera dix mille francs, s'il veut fe défifter, tenir le fecret & laiffer faire le mariage de fa fille. Il éloigne bien loin la propofition : dix mille francs à un homme comme lui ! Bref, on lui en offre trente, qu'il accepte & déloge.

L'autre tour du même homme eſt à l'égard d'une femme mariée, qu'il ſéduit également, qu'il engage à quitter ſon mari, marchand à la place Maubert, à lui voler tout ce qu'elle trouvera, pour vivre heureuſe avec lui. Elle accepte tout : le jour pris elle part, après avoir pillé tout ce qu'elle peut, ſe rend dans une allée où eſt un jeune homme, ami de la Morliere, qu'elle ſavoit devoir l'attendre. Elle monte dans un fiacre, elle eſt conduite dans un quartier iſolé, où elle eſt introduite dans un appartement : Morliere prend l'argent, ſous prétexte de le ſerrer, ſort, en laiſſant la femme avec le jeune homme, va chez le mari, lui conte ce qu'il a vu & ce qu'il ſait du prétendu enlèvement, lui dit qu'il voie s'il n'a point été volé. Cela ſe reconnoît bien vîte. Alors il déclare qu'il va le conduire où eſt ſa femme : ce qu'il exécute. Le jeune homme eſt empriſonné comme complice du vol. La Morliere triomphe, & ſe trouve hors de toute atteinte.

9 *Novembre* 1763. En applaudiſſant à l'ouvrage de M. de la Harpe, on donne lieu de rechercher ſa vie & ſes mœurs : on en fait un portrait affreux ; c'eſt déjà un monſtre d'ingratitude & de noirceur, ſi l'on croit tout ce qu'on en dit : il faut prendre garde que la jalouſie des talens ne cherche à ſe venger ſur le caractere.

Mlle. Clairon, à la pique particuliere qu'elle a contre l'auteur, d'avoir fait une piece où elle ne devoit pas jouer, joint une jalouſie prodigieuſe contre ſa rivale ; elle réjaillit ſur le jeune homme : elle accrédite, elle favoriſe, elle répand tant qu'elle peut les mauvais bruits qui courent ſur le compte du dernier.

10 *Novembre* 1763. M. l'Evêque du Puy ne cesse de s'élever contre la philosophie moderne avec plus de mission que son frere. Il est à craindre qu'il n'ait pas plus de succès. Il attaque courageusement & avec force plusieurs de nos auteurs vivans & même morts; il en veut spécialement à M. Rousseau de Genève. *Estime des Sciences Naturelles*, *Esprit de Doute*, *Tolérantisme*, *Patriotisme*, voilà les qualités que M. l'Evêque du Puy attribue à la Philosophie moderne, & qu'il prétend refuter dans son Instruction Pastorale. Cet ouvrage est traité supérieurement dans son espece, il est d'un homme instruit & pénétré de son état.

11 *Novembre*. On répand un bon mot qu'on attribue à M. le Duc d'Ayen. Sans en discuter le mérite intrinséque, il donne une idée de la tournure d'esprit des courtisans. C'est à l'occasion du Vice-Chancelier; lorsqu'on lui en donna la nouvelle: *je ne vois*, dit-il, *dans tout cela qu'un Vice de plus dans l'Etat.*

11 *Novembre*. L'Assemblée publique de l'Académie Royale des Sciences s'est tenue aujourd'hui.

M. de Fouchy, Secrétaire, a lu l'*Eloge de M. Hales*, célèbre Physicien de la Société Royale de Londres & membre de l'Académie des Sciences de Paris en qualité d'Associé Etranger.

Cette lecture a été suivie de celle d'un Mémoire de M. de Montalembert, sur une *maniere de changer les cheminées en poëles, sans perdre aucun de leurs ornemens & avec une épargne très considérable de bois.* Ces poëles pourront aussi être convertis facilement en cheminées, avec la même épargne, & surtout sans la fumée.

M. Adanſon a lu un ſecond Mémoire ſur la *végétation des Plantes*, & une exacte recher-che du degré de chaleur qu'elle exige, ſuivant la ſaiſon, la nature des Plantes & le climat.

La ſéance a été terminée par la lecture d'une Préface ou d'un Diſcours Préliminaire à l'Art de l'Horlogerie, dont M. le Roy a été chargé par l'Académie.

14 *Novembre* 1763. Les vers ſuivans ſont d'un jeune auteur anonyme : ils méritent d'être ex-ceptés du fatras des Scriblers.

*Le toucher juſtifié, à Mlle. ***.*

Pourquoi me grondez-vous, quand votre collerette
Rend mon œil attentif & ma main inquiette ?
Ah ! répondez, Climene, & parlez ſans détour,
Le reſpect vous plaît-il aux dépens de l'amour ?
Lorſque dans nos jardins je vois la fleur nouvelle,
J'y porte, en ſouriant, un regard curieux ;
Mais je reſſentirois une peine cruelle,
S'il ne m'étoit permis que d'y porter les yeux :
Ma main veut y toucher & quand ſur chaque feuille
Le deſir innocent a promené mes doigts,
Son parfum me ſéduit, il faut que je la cueille :
Ainſi pour un plaiſir j'en ai trois à la fois.

Tel eſt l'ordre de la Nature,
Elle nous a fait naître avec des ſens jaloux.
Vous, qui les enchantez, prévenez le murmure,
Ou n'en flattez aucun, ou contentez-les tous.

15 *Novembre.* L'Académie Royale des Inſ-criptions a tenu aujourd'hui ſa ſéance publi-

que d'après la St. Martin : elle a déclaré que M.
Schmidt avoit remporté le prix propofé pour cette année : c'eft pour la huitieme fois qu'il eft couronné.

M. le Beau a lu l'*Eloge de M. de Bougainville*, dans lequel il a inféré une partie
d'une tragédie que cet Académicien avoit compofée. Le fujet étoit *la mort de Philippe, pere
d'Alexandre*. On affure que cette piece eft finie
& qu'elle paroîtra quelque jour. Cette tirade a
paru belle : mais qu'eft-ce qu'une tirade ?

M. Anquetil a lu un Mémoire fur les livres
en langue *Zend*, qu'il a rapportés de l'Inde.
Ce font les livres attribués à Zoroaftre, & qui
contiennent le fyftéme dogmatique & moral de
la religion des anciens Perfes. M. Anquetil a
développé ce fyftème, quant aux dogmes, aux
rites & à la morale.

Cette lecture a été fuivie de celle d'un Mémoire de M. de Groynes fur le *Commerce des
Romains avec les Indiens & les Chinois*. Il a
prouvé la réalité de ce commerce, & eft entré à
ce fujet dans des détails abfolument neufs, tirés pour la plupart des auteurs Chinois. Son but
étoit de prouver par ce Mémoire, qu'il refte
encore bien des découvertes à faire dans la Littérature, & qu'il s'en faut de beaucoup que toutes les fources de l'hiftoire ancienne foient épui-
fées, même par rapport aux Romains, qui font
les peuples anciens que nous connoiffons le
mieux.

M. de Caylus a fini par un Mémoire *fur les
rapports des anciens monumens de l'Egypte avec
les monumens Chinois*, & il a prouvé qu'il y
avoit entre ces monumens une reffemblance

N 6

finguliere, quant aux dimenfions, à la forme, &c. Le but de ce Mémoire eft de fournir de nouvelles preuves à l'opinion de M. de Guines, que les Chinois font une Colonie des Egyptiens. M. de Caylus a fait diftribuer à l'affemblée les deffins de plufieurs de ces monumens qu'il a fait graver.

16 *Novembre* 1763. *Eloge hiftorique de M. le Cardinal Paffionei.* Ce Prélat, mort au mois de Juillet 1761, étoit né en 1682 : c'étoit un favant profond dans les antiquités & dans les difcuffions canoniques ; il a fait une oraifon funebre du Prince *Eugène*, très applaudie dans fon tems. Le refte de cet ouvrage contient beaucoup de recherches & de détails érudits. Il étoit Affocié Etranger de l'Académie des Belles Lettres, & Bibliothécaire du Vatican. On defireroit dans cet Eloge plus de morceaux relatifs à la vie privée de ce Cardinal.

17 *Novembre.* Nous avons entendu lire aujourd'hui une tragédie manufcrite de M. Rochefort : c'eft une nouvelle *Penelope*, traitée dans le goût de l'antique. Il a effayé de remplir les entr'actes d'une mufique analogue au fujet, & il paroît avoir réuffi : du moins il donne matiere à un grand harmonifte de développer toutes les richeffes de fon art. Le drame eft très fimple, dénué de cet amour fecondaire qu'y a introduit M. l'Abbé Genet. L'auteur pénétré de fon Homere en a tiré grand parti, & y a inféré tout ce qu'il a pu extraire de ce grand poëte.

19 *Novembre.* M. de Sauvigny, peu content du fuccès médiocre de fon *Socrate*, a pris le parti de le mettre d'abord en quatre actes, & puis en cinq. Il eft à préfumer que ce drame

en deviendra déteſtable. L'action, déjà très peu chaude, n'en ſera que plus froide, & le rempliſſage qu'il faudra mettre, diminuera abſolument le mérite de la verſification, en général aſſez bien faite, mais déſormais lâche, diffuſe & noyée dans des dialogues trop allongés.

Cet auteur fait actuellement des Apologues Orientaux, qui s'impriment & paroîtront inceſſamment.

20 *Novembre* 1763. On lit dans la 33. Feuille de l'*Année Littéraire*, pag. 177, l'anecdote ſuivante : ,, il y a dans Paris un homme de Lettres qui a pris la peine d'examiner les 70 premieres pages de ce livre ſi vanté (*l'Eſprit des Loix*). . . Il a trouvé dans ces 70 pages ,, un ſi grand nombre de faits & de citations ,, fauſſes, tronquées ou altérées, que la diſcuſſion qu'il en a faite lui a fourni de quoi ,, remplir 2 vol. in-12, qui furent imprimés & ,, dont on tira 500 exemplaires. Le Préſident de ,, Monteſquieu en fut ſi allarmé, qu'il ſe donna ,, de grands mouvemens pour en empêcher la ,, publication. Il y employa le crédit de tous ,, ſes amis, & fut aſſez heureux pour réuſſir. . . . ,, Elle (cette Critique) fut communiquée à ,, pluſieurs perſonnes, qui ſont en état d'en ,, rendre compte ; il s'en eſt même ſauvé quel- ,, ques exemplaires. . . .

C'eſt à l'auteur de l'*Année Littéraire* à juſtifier une imputation auſſi hardie, & à conſtater une anecdote auſſi intéreſſante.

21 *Novembre*. M. le Marquis de Ximenès ayant eſſayé vainement de ſe faire un nom comme auteur, ſe borne à préſent à ſe faire des protégés ; il a une cour de jeunes gens, dont

quelques-uns font déjà connus ; il a pris M. de la Harpe fous fon égide ; il vient de faire imprimer une feuille où il exalte fa piece au deffus des nues : c'eft ainfi, dit-il, qu'ont commencé Racine & Voltaire. . . Les *Freres ennemis* accollés à *l'Oedipe !*

Il paroît une critique en libelle de cette même piece : on l'attribue à M. de la Morliere, auteur connu de toutes ces fatyres clandeftines.

22. Novembre 1765. Les Comédiens François ont remis hier la *Parifienne*, petite piece en un acte & en profe de Dancour. Il paroît qu'elle n'a pas eu un certain fuccès, & qu'on fe bornera à cette feule repréfentation : elle n'en eut que neuf en 1691.

22 Novembre. L'optique ou le Chinois à Memphis, Effais traduits de l'Egyptien, Roman en deux parties de M. de Semperavi. Il eft malheureux pour cet auteur que *Zadig & Candide* aient été faits : il y a une forte de ftyle, & cet ouvrage n'eft pas d'un fot. Mais un roman, après ceux-là, ne peut que décheoir.

23 Novembre. Inftruction paftorale de l'humble Evêque d'Aletopolis à l'occafion de l'Inftruction paftorale de Jean George, humble Evêque du Puy. Tel eft le titre d'un pamphlet attribué à M. de Voltaire, touchant cette Inftruction, qui a 300 pages in-4. avec des Notes, & dans laquelle cet auteur eft attaqué en plufieurs endroits & très maltraité pour fon compte. Celui-ci a voulu s'en venger par des farcafmes, & il a accouplé au Prélat le frere, l'Académicien : cette plaifanterie n'eft pas des meilleures, elle n'empêche pas que l'ouvrage de M. du Puy ne foit très eftimé.

24 *Novembre* 1763. M. le Comte de Lauraguais est de retour en cette capitale. Cette grace, qu'on avoit refusée à sa famille & à sa femme, a été accordée aux sollicitations de Mlle. Arnoux. Cette anecdote trop glorieuse pour les arts mérite d'être conservée. On assure que Mlle. Arnoux a saisi l'instant de la sensation très vive qu'elle a faite à la cour dans l'Opéra de *Dardanus*, dans le rôle de *Cephise* : elle s'est jettée aux pieds du Duc de Choiseuil & a demandé dans cette posture pathétique le rappel de son *Dardanus*. Les entrailles du Ministre galant se sont émues, il s'est prêté de la meilleure grace du monde à ses instances si tendres. M. le Comte de Lauraguais a cru devoir rendre hommage de sa liberté à son auteur, il lui a consacré les premiers jours de son retour. Pour ne point troubler ses plaisirs, Madame de Lauraguais s'est retirée en couvent.

NOTA. M. de Lauraguais n'est point de retour. La demande de Mlle. Arnoux, quoique très séduisante, n'a pas produit un changement si merveilleux ; elle contribuera pourtant beaucoup à ce rappel ; qui ne tient, dit-on, qu'à la condition préalable qu'on exige de la séparation du Comte d'avec son épouse.

25. *Novembre*. Dans une suite du Compte historique qui a été rendu de la conduite de M. Chatelier-Dumesnil en Dauphiné, on lit cette Chanson ; elle fait anecdote & mérite d'être consignée ici :

> Margot la Ravaudeuse
> A dit à Dumesnil,
> Cousin, je suis bien gueuse ;

Viens rebattre mon lit,
Comme ton ayeul Blaife,
Qui jadis l'a battu
Pour un quart d'écu.

On prétend M. Chatelier petit-fils d'un car-
deur de laine.

On lit dans la même relation le détail d'un
placard féditieux, affiché à Grenoble; dont voici
les paroles :

*O France! ô Peuple efclave & fervile! en mé-
prifant les Loix, on t'arrache tes biens pour
t'en former des chaînes. Le fouffriras-tu,
Peuple malheureux?*

25 *Novembre* 1763. M. Marmontel a été élu de
l'Académie Françoife avant-hier. Il avoit effuyé
depuis longtems plufieurs refus. L'extrême licence dont il avoit parlé d'un Grand Seigneur
au fouper d'une Actrice, & la baffeffe avec laquelle il avoit défavoué enfuite cette fatyre,
contre-balançoient fes talens littéraires. Son ennemi a eu la générofité de finir par le méprifer.

26 *Novembre.* Mlle. Mazarelli, cette
fameufe courtifanne connue par fes aventures
& par fon procès, vivoit depuis quelque tems
avec M. de Moncrif. Elle a puifé dans le fein
de cet Académicien un goût pour la belle Littérature; elle s'eft évertuée en conféquence;
elle avoit concouru pour le prix de l'Académie,
& fon difcours paroît imprimé. Il eft, fans
doute, très bon pour une femme de cette efpece; mais fon *Eloge de Sully* eft d'un pinceau
mol & fans vigueur; quoiqu'il y ait apparence

que son Anacréon y ait mis la main, on y retrouve aucun trait mâle qui caractérise le génie nécessaire pour une production de cette espece. Il est vrai que M. de Moncrif, plus délicat que nerveux, n'a jamais que sacrifié aux Graces.

27 *Novembre* 1763. On répand un bon mot du Roi, que S. M. peut avoir dit de très bonne foi, mais qu'a relevé la malignité des courtisans. Lorsqu'il a été question de remplacer M. de Bougainville, le Roi en parloit à quelques Seigneurs & demanda si ce seroit M. Thomas? — *Non, Sire,* [repliqua M. de Bissy qui étoit présent] *il ne s'est pas mis sur les rangs, car il ne m'est pas venu voir.* — *C'est qu'il ne vous croyoit pas de l'Académie,* reprend S. M.; & les courtisans de rire.

29 *Novembre. Le Comte de Warwick* est imprimé, il soutient sa réputation à la lecture. La piece est dédiée au Prince de Condé. On lit à la fin une Lettre à M. de Voltaire, où ce jeune auteur développe son sentiment sur le genre qu'il embrasse; il le fait avec une noblesse que ses ennemis traiteront de hauteur; il tranche, mais poliment, & sans nommer personne; elle est fort bien écrite. Il rend à M. de Voltaire tous les hommages qui sont dûs au Prince du Parnasse.

30 *Novembre.* On a enrégistré le 25 au Parlement des Lettres-patentes qui donnent tout le College de Clermont à l'université, y placent les classes de Lisieux, & y réunissent différens boursiers des colleges qui ne sont pas de plein exercice : le Roi confirme en faveur de l'université toutes les graces accordées à ce college par ses prédécesseurs: S. M. veut qu'il continue

de porter le nom de *Louis le Grand*, & qu'il foit le chef-lieu & la principale école de l'univerfité. On a fait des réglemens pour l'adminiftration de ce college.

1 *Décembre* 1763. Voici ce que nous recueillons concernant M. de la Harpe & fur quoi il paroît qu'on peut fe fonder : M. de la Harpe eft fils d'un porteur d'eau & d'une ravaudeufe, un enfant trouvé enfin , qui , ayant eu occafion d'être connu de M. Affelin, Principal du college d'Harcourt, fut reçu comme penfionnaire, fans payer penfion. M. Affelin, homme de mérite & connu par de très bonnes productions, fe fit un plaifir de cultiver le merite naiffant du jeune de la Harpe. Celui-ci répondit à fes foins, & s'eft diftingué d'une façon fupérieure ; il a remporté presque tous les prix de l'univerfité. La fatyre eft la premiere qualité qui fe développe ordinairement dans un jeune poëte. Celui-ci l'exerça d'une façon indécente envers fes maîtres, & même envers M. Affelin. Il trouva le fecret de faire imprimer une piece en vers où il s'égayoit fur le compte de ces Meffieurs. M. Affelin, moins piqué pour ce qui le concernoit, que jaloux de reprimer une licence qui pouvoit faire tort à fon pupile, obtint du Lieutenant de Police qu'il fût mis au Fort-l'Evêque : ce qui a été exécuté. Il a depuis fait des Héroïdes ; elles ont eu un médiocre fuccès ; on a furtout trouvé très mauvais que, dans une préface, il ait décidé impérieufement du mérite de tous les auteurs anciens & modernes. Il femble s'être corrigé depuis d'une morgue qui ne va point à un auteur naiffant. Il a rabaiffé le ton dans une Lettre à M. de Voltaire, dont on parlera ci-après.

2 *Décembre* 1763. La Littérature vient de perdre M. l'Abbé Prevôt , mort il y a quelques jours fubitement , en allant à une maifon de campagne qu'il avoit près de Chantilly. On doit regretter cet auteur eftimable : fes productions feront longtems les délices des cœurs fenfibles & des belles imaginations.

3 *Décembre. Lettre d'un Quakre à Jean George le Franc de Pompignan , Evêque du Puy en Velay , &c.* fignée *Frere de Simon le Franc de Pompignan.* Au titre feul on doit juger à qui l'on attribue cette Epitre. M. de Voltaire cherche à y être plaifant. Il revient fur l'Inftruction Paftorale qui le bleffe fort, & dont il parleroit moins fi elle ne rempliffoit pas fon objet. Il fait de vains efforts pour la rendre ridicule : elle triomphe de tous fes farcasmes , dont la plupart tombent à faux abfolument. A ce titre de Quakre il fe permet des réflexions philofophiques trop connues pour avoir le mérite de la nouveauté , ainfi que la plupart de fes épigrammes.

4 *Décembre.* Le fuccès de *Warwick* ne fe dément point. On continue à le donner; il eft fort fuivi, il a été joué à la cour. Il a plu généralement , & le Roi lui-même a daigné en témoigner fa fatisfaction à l'auteur ; S. M. lui a dit qu'il méritoit d'être encouragé.

4. *Décembre.* On nous promet le retour de Grandval à la comédie , dont on ne jouira qu'en partie cependant. Il fe confacrera aux rôles à manteau; fon ventre & fon ampleur ne lui permettent pas de jouer les petits-maîtres & & les rôles leftes & déliés.

5 *Décembre.* Le Sr. Moreau , connu par fon *Obfervateur Hollandois* , & qui depuis a fait

bruit par différentes Lettres écrites aux Parlemens au nom du Chancelier, vient d'être gratifié par le Roi d'une charge de Conseiller à la Cour des Aides & Chambre des Comptes d'Aix en Provence. S. M. paye jusqu'aux fraix de réception. Il est en outre depuis plusieurs années Avocat des finances, dont il retire des honoraires considérables.

6 Décembre 1763. On avoit vu jusqu'à présent avec surprise que le célebre Rameau ne fut pas décoré du Cordon de St. Michel, honneur accordé aux gens qui s'illustrent dans les arts. Le plaisir que ses Opéra ont fait à Fontainebleau dans le dernier voyage, a renouvellé l'indignation publique sur un oubli aussi injurieux. L'honneur que lui a fait le Roi de lui témoigner combien il avoit été satisfait de sa musique, a enfin ouvert les yeux : S. M. a ordonné qu'on lui expédiât des lettres de Noblesse, dont elle fera tous les fraix. Il doit être aussi décoré du premier Cordon qui sera vacant.

8 Décembre. L'Anti-financier ou Relevé de quelques-unes des malversations dont se rendent journellement coupables les Fermiers-Généraux, & des vexations qu'ils commettent dans les provinces, &c. précédé d'une longue Epitre au Parlement de France, & d'une estampe ingénieuse, &c. Tel est le titre d'une brochure fort recherchée & contre laquelle on fait les perquisitions les plus vives : ce qui en rend le prix très cher. On y épuise contre la gent financiere tous les traits de la critique la plus amère, & l'on y rapporte assez de faits, quoique très succints, pour justifier ce qu'on en dit. Cet ouvrage, où l'auteur exhale peut-être un peu

trop fa bile , n'eſt point dénué de mérite. La
forme d'y traiter la matiere eſt aſſez dure, mais
le fonds en eſt de la plus grande vérité. Il a des
endroits ſublimes : il paroît que ſon vœu eſt un
impôt unique , il en déduit un intérêt récipro-
que très avantageux au Roi & à l'Etat.

9 *Décembre* 1763. On annonce l'Opéra pour le
5 Janvier 1764. On débutera par *Caſtor &
Pollux* , La ſalle eſt exactement ſemblable à
l'ancienne , à quelques pieds de plus, près ; ce
qui jette de l'aiſance dans toutes les parties,
telles que les corridors & les loges. Tout eſt retenu depuis pluſieurs mois pour quelque tems.
M. le Duc d'Orleans conſerve les trois loges qu'il
avoit , juſqu'à ce que le ſpectacle change de
lieu, & donne pour cela 70000 Livres.

10 *Décembre.* Freron , auteur de l'*Année
Litteraire* , a été arrêté avant-hier après midi,
par ordre de M. le Duc de Choiſeuil & conduit
au Fort-l'Evêque, pour avoir inſéré dans ſon
Journal : N°. 34, il y a quinze jours, une Lettre
à lui adreſſée ſur une famille d'Alſace , en route
pour ſe rendre à Rochefort & paſſer à Cayenne ,
arrêtée dans ſa marche le 17 du mois dernier par
la plus exceſſive miſere , qu'un citoyen généreux a ſoulagée. Cet acte d'humanité rendu public n'a pas été vu du même œil à la cour ; on en
fait un crime politique à l'éditeur. M. le Duc
de Choiſeuil étant à table entend parler de cette
feuille : *ce gueux*, s'écrie-t-il, *s'aviſe de parler
de Cayenne ! Qu'on m'apporte le* N°. 34. On lui
it l'endroit. *Il couchera au Fort-l'Evêque*, s'é-
rie de nouveau le Miniſtre courroucé. On ne
doute pas que M. Thomas n'ait couvert ſa vengeance ſous le voile du bien public.

12 *Décembre* 1763. Il paroît dans le monde un conte manuscrit de M. de Voltaire, qui a pour titre *Ce qui plaît aux Dâmes*. Il est dans le goût de la *Pucelle*, narré avec une naïveté charmante, orné de toutes les graces de son style. Il a environ 500 vers, il a toute la fraîcheur, tout le velouté de sa jeunesse. Ses amis ne dissimulent pas que M. de Voltaire a cet ouvrage depuis plus de 30 ans dans son porte-feuille. Quant aux idées génératives, c'est-à-dire l'imagination, on voit que l'Arioste lui a été d'un grand secours.

14 *Décembre*. On a donné aujourd'hui *Mérope*, dans laquelle a débuté un jeune acteur, qui n'a paru sur aucun théâtre : il promet. C'est le fils du soufleur de la Comédie ; il n'a que seize ans. Ce qui a surtout frappé durant cette représentation, c'est le jeu sublime de Mlle. Dumesnil. Le public l'a interrompue à plusieurs reprises & a temoigné son enthousiasme d'une maniere particuliere.

15 *Décembre*. Fréron a été élargi hier. Il avoit écrit une Lettre à M. de Choiseuil, où il lui représentoit, d'une façon pathétique, combien peu il avoit lieu de s'attendre à un traitement aussi injuste de la part d'un Ministre qui l'avoit honoré de sa protection.

Le Ministre a répondu avec détail, en cherchant à justifier sa conduite, & en donnant à entendre quel crime politique c'étoit de dévoiler ainsi les négligences & l'inattention du Ministere; il a paru même révoquer la vérité du fait conté par Freron. Il a fini par dire qu'il verroit M. de Sartine & qu'il lui procureroit son élargissement. Freron a riposté, &, en récriminant sur les imputations de M. le Duc, il lui a donné à entendre qu'on abuſoit étrangement de ſa crédulité & de ſa confiance. Toute cette correſpondance eſt des plus riſibles, elle eſt auſſi indécente d'une part que de l'autre.

20 Décembre 1763. Vers de M. Dorat, ſur ſa ſeconde rupture avec Mlle. Dubois, de la Comédie Françoiſe.

Chaſſé deux fois, c'eſt trop friponne;
Quoique je m'attende à tes jeux,
Ce nouveau caprice m'étonne,
Je ſuis indigné, furieux,
Et cependant je te pardonne.
Ce ſont les droits de la Beauté;
Du benêt qu'elle a maltraité
Elle obtient encor les hommages:
Nous autres ſots, ſoi-diſant ſages,
Ainſi l'avons-nous arrêté.
Mais ton Argus (*) ! que Dieu confonde,
Qu'on voit ſans ceſſe autour de toi
Tonner, frémir, faire la ronde;
Ce Dragon armé contre moi,
Qu'un rien aigrit, qu'un rien allarme,
Et qui n'eſt promt qu'à ſoupçonner,
Je ne lui connois point de charme
Qui m'invite à lui pardonner.
Permets qu'au moins je m'en amuſe:

(*) M. *de Sarſal*, ſon Entreteneur.

J'ai mon congé, c'est mon excufe;
D'autres iroient fe lamentant,
Te reprochant tes injuftices :
Pour moi de tes jolis caprices
Je me confole en plaifantant.
Dis-moi donc, qu'eft-ce que demande
Ce vieux Boftangi des Amours?
Dois-tu trembler quand il commande
Et lui prodiguer tes beaux jours?
Donne-t-on des chaînes à Flore?
Elle éparpille fous fes pas
Les rofes qui viennent d'éclore :
Un feul ne s'en contente pas.
La jeune & brillante Immortelle,
Dans les champs qu'elle a faits fleurir,
S'envole où le defir l'appelle,
Et court fouvent après Zéphir,
Comme Zéphir court après elle.
Peux-tu recevoir dans tes bras,
Toï, Rofine, toi, fraîche & belle,
Ce décrépit & lourd Midas,
Que tu trouves toujours rebelle
A l'aiguillon dé tes appas;
Qui pour t'occuper te tourmente,
Et fur ta bouche de vingt ans
Imprime un baifer de foixante.
Je crois voir le Cyclope affreux,
Ce forgeron attrabilaire,
Qui de fon antre ténébreux
Tout en boitant vient à Cythere,

Attrifter les ris & les jeux,
De Vénus fâlir la ceinture,
Effaroucher la volupté,
Et fouiller le lit de verdure
Qui fert de trône à la Beauté.

Ah! ramene enfin fur tes traces
Et la folie & l'agrément :
Allons, Rofine, au nom des Graces,
Chaffe nous ce froid furveillant;
Il t'ennuyra pendant fa vie,
S'il t'enrichit après fa mort.
Ah! n'es-tu pas jeune & jolie?
Difpofe feule de ton fort.
Ta voix, ta voix enchantereffe,
Dont les accens victorieux
Au fond des cœurs portent l'ivreffe,
La langueur, le trouble & les feux;
Ta taille élégante & légere,
Ton œil fripon, le don de plaire,
Qu'à la beauté l'Amour préfere,
Mille talens voluptueux,
Quelques grains de libertinage,
Tes foibleffes & nos defirs,
Crois-moi, voilà ton héritage;
Enrichis - toi par les plaifirs.

21 *Décembre* 1763. L'hiftoire arrivée en Angleterre à M. d'Eon de Beaumont donne lieu de
faire des recherches fur fon compte, & voici ce
qui en réfulte. Il paffe pour avoir été employé

dans les négociations de la paix, plutôt par intrigue que par véritable choix du Ministere. Sa premiere million en Ruffie a été celle d'un fpadaffin. Le Grand Duc vouloit un maitre d'armes: on choifit M. d'Eon, qui avoit ce talent, dans la confiance qu'il ménageroit le retour d'un Miniftre de France à St. Pétersbourg. Ce qu'on avoit prévu arriva, il s'infinua dans l'efprit du Grand Duc, fut de fes parties de plaifir; il fit entrevoir que la France enverroit volontiers un Ambaffadeur. Il fut Secrétaire d'Ambaffadeur, & enfin d'Ambaffade. On lui donna un Brevet de Capitaine de Dragons. Dans cet intervalle il donna quelques écrits fur le commerce, dont il fe fit honneur; ils pouvoient en faire à fon auteur, mais il n'étoit que le prête-nom, à ce qu'on prétend. On veut que ces écrits foient de fon oncle & de M. Dupin, qui n'ont pas voulu réclamer. Quoi qu'il en foit, il étoit comblé de graces, avoit 2000 écus de penfion, le titre de Miniftre Plénipotentiaire & la Croix de St. Louis, lorfqu'il a eu une rixe en Angleterre chez le Lord Halifax contre un François, M. de Vergy, à l'occafion de la paix derniere, que ce dernier prétendoit honteufe, & qu'il a foutenue néceffaire. M. de Guerchi, Ambaffadeur, ayant voulu interpofer fon autorité, M. d'Eon n'en a tenu compte; ce qui l'a obligé de porter des plaintes à la cour de France. Depuis il a paffé dans la cité de Londres, &, malgré toutes les réclamations de ce Miniftre, il eft inviolable & le Roi d'Angleterre ne peut point le faire enlever de fon afyle. Il étoit important de conter une anecdote toute politique, mais qui regarde un homme de Lettres.

22 Décembre 1763. M. Marmontel a prononcé aujourd'hui fon difcours de réception à l'Académie Françoife. Malgré fon ton pédantefque & qui exigeoit les applaudiffemens, il n'en a reçu que quelques-uns en certains endroits : il a fait valoir, comme il devoit, la néceffité indifpenfable des hommes de Lettres pour tranfmettre à la poftérité les belles actions. Il a détaillé d'une maniere vraie & naturelle les embarras, les inquiétudes d'un auteur ifolé & qui ne trouve point dans fes amis les reffources dont il auroit befoin pour être éclairé dans la carriere qu'il parcourt. Ces deux morceaux & une très-belle image fur l'Académie des Belles - Lettres, fauveront de l'oubli ce difcours confacré, comme tous les autres, à la fadeur & à l'adulation.

M. Bignon, Directeur, a répondu d'une façon maigre & d'un ton rauque.

Enfuite M. Marmontel a repris la parole, & a lu une Epître en vers de dix fyllabes, *fur la force & la foibleffe de l'efprit humain*. Ce morceau de poéfie, qui n'a rien de neuf que la difficulté vaincue à l'égard de plufieurs fyftèmes de phyfique rendus d'une maniere affez pittorefque, n'eft que d'un très-foible mérite, après les difcours philofophiques de M. de Voltaire.

23 Décembre 1763. M. l'Abbé du Marfais vient de mourir : il avoit été Jéfuite, & s'étoit diftingué alors par plufieurs poéfies d'une élégance & d'un goût exquis ; il étoit forti de cet Ordre d'une façon affez défagréable, & il en couroit de très-mauvais bruits. Il a fait depuis plufieurs autres ouvrages, entr'autres l'*Analyfe de Bayle*, qui a eu les honneurs de la brûlure & toutes les

cenfures cumulées des Facultés de Théologie,
de la Sorbonne, des Evêques, &c.

24 dudit. *Chanfon de Mr. de Voltaire contre*
Pompignan. Sur l'Air : *D'un inconnu.*

Simon le Franc, qui toujours fe rengorge,
Traduit en vers tout le Vieux Teftament ;
   Simon les forge très-durement :
Mais pour la profe, écrite horriblement,
Simon le cede à fon puîné Jean-George.

26 dudit. *Epitre à Sophie, ou Mlle. Arnoux,*
par M. Dorat.

Flore jadis brilloit dans Rome :
Tribuns, Ediles & Quefteurs,
Confuls, Pontifes, Dictateurs,
Tous ces héros que l'on renomme,
Étoient fes humbles ferviteurs :
On briguoit l'honneur de fes chaînes,
A fa voix naiffoient les beaux jours,
A fes pieds les Aigles Romaines
Se jouoient avec les Amours.
En loix érigeant fes caprices,
Elle foumit ces fiers vainqueurs ;
De Rome elle fit les délices,
Rome en fit la Reine des fleurs,
Et lui fonda des facrifices.
Mais enfin Flore, s'il lui plaît,
Va te remettre fa couronne ;
Détruifant ce que Rome a fait,
C'eft tout Paris qui te la donne.
Tous les Zéphirs font avertis
Qu'ils ont une Flore nouvelle,
Qu'ils aient à fe ranger près d'elle,
Sur des bords par elle embellis.
Tel eft l'Arrêt de ta patrie
Vu, rédigé par la Folie,

Et qu'au mois si cher aux amans,
Mois brillant des métamorphoses,
Doit signer de ses doigts de roses
Le Dieu qui préside au printems.
Du sein des plus douces ivresses,
Reçois notre hommage & nos vœux !
C'est la crainte qui fit les Dieux,
Et l'Amour seul fait les Déesses.
Que dis-je ? ce titre orgueilleux
Vaut - il le beau nom de *Sophie ?*
Crois-moi, jeune, folle & jolie,
Laisse l'Olympe radieux
A la céleste bourgeoisie,
Que l'on adore & qui s'ennuye
Tandis que tu fais des heureux.
Le beau temple de l'harmonie
Va bientôt s'ouvrir à nos yeux :
C'est-là que je te déifie,
Voilà ton palais & tes cieux.
Je vois *Psyché*, je crois l'entendre
Parmi la foudre & les éclairs,
Mêler sa voix plaintive & tendre
Au tumulte effrayant des mers.
De l'Amour si tu peins les flâmes,
Si tu fais gémir la douleur,
Ta voix s'échappe de ton cœur
Et va rétentir dans nos ames.
Dis-moi par quels sons inconnus
Peux-tu réunir, ma Sophie,
Le babil piquant de Thalie,
Les sons touchans de Polymnie
Et le silence de Venus ?
Surtout combien je t'idolâtre,
Lorsque rendue à tes amans,
Jamais heureux, toujours contens,
Tu fais par ton humeur folâtre
Surprendre & charmer leurs tourmens ;
Lorsqu'on te voit sans étalage,
Sans aprêt & sans dignité,
Prêtresse de l'Amour volage

Cueillir avec légéreté
Cette fleur du libertinage
Qui reffemble à la volupté.
Jamais chez toi n'ofent paroître
Ces vieux defpotes éclopés,
Toujours cocus, toujours dupés,
Et toujours fi bien faits pour l'être,
Tu profcris les airs impofans,
Les tons burlefques, les caprices,
Des Alteffes de nos couliffes,
Qui traitent en Impératrices,
Et leurs valets & leurs amans.
Chez toi l'on trouve la nature,
Ou l'art féduifant de *Ninon*,
Cet art qui tient à la raifon,
L'art de tromper fans impofture.
Chez toi l'on badine & l'on rit;
La gêne y femble infupportable,
Et l'on y cache fon efprit
Afin d'en être plus aimable.
Il eft un champêtre réduit,
Temple paifible du myftere,
Où l'on s'envole à petit bruit
Loin d'un public trifte & févere,
Dont l'œil perfécuteur nous fuit.
C'eft-là que fur une Ottomane,
Qu'ombragent les feftons légers
D'un voile errant & diaphane,
Volent les jeux & les baifers.
C'eft-là que plus vive & plus belle,
Le feu, la gaîté dans les yeux
Hebé verfe le Nectar aux Dieux
Qui ne s'enivrent point fans elle.
C'eft-là que vers la fin du jour,
La liberté, convive aimable,
Met les deux coudes fur la table
Entre les plaifirs & l'amour.
Quelle volupté, ma Sophie!
Que font les biens & la grandeur?
Vas, ce délire eft le bonheur,

Il eſt le charme de la vie.
Crains de ſerrer de nouveaux nœuds :
-Toujours folle & toujours tranquille,
Laiſſe errer ton cœur & tes vœux ;
Ton amour feroit un heureux,
Ton indifférence en fait mille.

29 Décembre. Vers ſur Jean Jacques Rouſſeau, ci-devant Citoyen de Genève.

Rouſſeau prenant toujours la nature pour maître,
Fut de l'humanité l'apôtre & le martyr ;
Les mortels qu'il vouloit forcer à ſe connoître
S'étoient trop avilis pour ne pas l'en punir.
Pauvre, errant, fugitif & proſcrit ſur la terre,
Sa vie à ſes écrits ſervit de commentaire.
La fiere vérité dans ſes hardis tableaux
Sçut en dépit des grands montrer ce que nous ſommes.
Il devoit de nos jours trouver des échafauds ;
Il aura des autels quand il naîtra des hommes !

30 Décembre 1763. On a donné aujourd'hui *Turcaret.* On remarque cet événement par rapport à la piece de la *Confiance trahie,* ſupprimée avant hier comme injurieuſe aux Financiers.

30 Décembre. M. Dorat ſe retranche aux Epitres, aux Héroïdes. Il vient d'en faire une de *Barneveld, le Marchand de Londres.* On ſent de quel mauvais goût il eſt de mettre en récit une piece de cette eſpece, un des plus beaux Drames du Théâtre Anglois. Il cherche à s'excuſer dans une préface, & il ne fait que montrer ſon tort dans un plus grand jour. Il y a beaucoup de vers dans cet ouvrage : quelques-uns ſont pleins de ſentiment ; il y en a même de génie, mais ce ne ſont que des vers.

31 *Décembre* 1763. Il court un Noël fur différens perfonnages de la cour, qui eft très-pi-
quant, fur l'Air: *Des Bourgeois de Chartres.*

De Jéfus la naiffance
Fit grand bruit à la cour,
Louis en diligence
Fut trouver *Pompadour* :
Allons voir cet Enfant, lui dit-il, ma mignonne.
Eh! non, dit la Marquife au Roi,
Qu'on l'apporte tantôt chez moi,
Je ne vais voir perfonne.

Cependant la nouvelle
Gagnant de tout côté,
Le fils de la Pucelle
De tous fut vifité.
D'arriver des premiers, un chacun fe dépêche :
Le Roi, la Reine, & leurs Enfans,
S'en vont tous chargés de préfens
L'adorer dans la crèche.

Les Chanceliers de France,
Car il s'en trouva deux :
Pour droit de préféance
Eurent difpute entr'eux :
C'eft à moi, dit *Maupeou*, qu'eft la Chancellerie :
Qui pourroit me la difputer ?
On fait que j'ai pour l'acheter
Vendu ma Compagnie.

Doué d'un efprit rare,
Mais mordant comme un chien,
Près des gens à fimare
On apperçut d'*Ayen* ;
Pourquoi donc, Meffeigneurs, (dit-il) entrer en lice?
Grace au Confeil fage & prudent,
Entre vous deux tout incident
Eft fauvé par un *Vice.*

Rempli de fon mérite,
Entrant le nez au vent,
Choifeuil parut enfuite,
Et d'un ton turbulent,
Dit fans aucun égard: changeons cette cabane,
Je veux culbuter tout ici;
Je réforme le bœuf auffi,
Et je conferve l'âne.

En fa fimple maniere
Jofeph dit à *Praslin*,
Défendez ma chaumiere
Contre votre coufin.
Au moins, de fon projet que l'effet fe retarde;
Songez que je fuis étranger,
Et que devant me protéger,
La chofe vous regarde.

Praslin dit: toute affaire
Eft de l'hébreu pour moi;
Ils m'ont au Miniftere
Mis fans favoir pourquoi;
Ainfi je n'y fais rien que porter la parole;
Le Duc & fa fœur regient tout;
Mais d'elle vous viendrez à bout
Avec quelque piftole.

Ne fe fentant pas d'aife,
Bertin dit en entrant,
Qu'on me donne une chaife,
Je veux bercer l'Enfant.
Je fuis Miniftre en pied, mais je n'ai rien à faire,
Et pour occuper mon loifir,
Seigneur, je compte vous offrir
Mon petit Miniftere.

N'ayant de là confiance
Qu'au Poupon nouveau-né,
De Laverdy s'avance
D'un air tout confterné,

Difant, puifque d'un mot vous levez tout obftacle,
Jéfus, je me livre à vos foins,
Pour fubvenir à nos befoins
Il me faut un miracle.

Courtifan fans baffeffe,
Citoyen vertueux,
D'Etrée fendit la preffe,
Et dit au Roi des cieux :
Veillez fur ma Patrie, elle m'eft toujours chere :
Au Confeil, fans ménager rien,
Tous mes avis tendent au bien,
Mais on ne les fuit guere.

Nivernois prit fa place,
Apportant deux bouquets,
De Lauriers du Parnaffe,
D'Olives de la Paix ;
Puis d'un air gracieux à Jéfus il les donne.
L'Enfant dit : je reçois ce don ;
Mais c'eft pour orner votre front
D'une double couronne.

Dans un coin de l'étable
Entendant du débat,
Quelqu'homme charitable
Vint mettre le holà :
C'étoit *le Beaufremont*, venu de fa province,
Preffant un Page à Melchior,
Qui refufoit cent Louis d'or
De cet aimable Prince.

En coudoyant la foule
Le Marquis *de Puyfieux*,
A grand' peine fe coule
Auprès du fils de Dieu ;
Pour regarder l'Enfant ayant mis fes lunettes,
Enfin, dit-il, je vois le cas :
Pourtant la nouvelle n'eft pas
Mife dans ma Gazette.

Richelieu, plein de grace,
Apportoit au Poupon
Des vers dignes d'Horace,
Et du miel de Mahon.
Enchanté de le voir, à l'entendre on s'arrête :
Mais voyant Marie, à l'inftant,
Il laiffe-là fon compliment
Pour lui conter fleurette.

Lugeac, pour toute antienne;
Dit d'un ton impudent :
Faut à la Pruffienne
Elever cet Enfant ;
Il aura, comme moi, le cœur impitoyable.
Jofeph dit, en bouchant fon nez,
Mon beau Seigneur, quand vous parlez,
Vous infectez l'Etable.

Ecumant de colere
Lugeac vit en fortant
L'amour du militaire,
Monteynard & Brehan,
Avec eux *Talaru* fe tenoit à l'entrée :
Approchez-vous, leur dit *Jéfus*,
Vous ferez toujours bien venus,
Ici comme à l'Armée.

Un certain *Surlaville*,
Efpece de Commis,
Se trouvant à la file,
D'un air bas & foumis,
Dit : *Jéfus*, vous voilà dans un pauvre équipage :
Mais je fuis né plus indigent,
J'ai fait fortune fans talent :
Jéfus, prenez courage.

Un homme d'importance,
C'étoit Mons *Dubois*,
Fort bouffi d'importance,
Dit en hauffant la voix :

De ma visite ici, Seigneur, tenez-moi compte;
 Car à ma porte plus d'un Grand
 Vient se morfondre en attendant,
  Sans en rougir de honte.

 Du fond de la masure
 On voit dans le lointain
 Une courte figure,
 C'étoit *Saint Florentin* :
Il me fait, dit Joseph, une peur effroyable;
 Dans ses mains je vois un paquet,
 C'est quelque Lettre de cachet
  Pour sortir de l'Etable.

 Sur son abord sinistre
 On ne se trompoit pas:
 Je viens, dit le Ministre,
 Pour un très-fâcheux cas;
La Cour vous a donné l'Egypte pour retraite:
 Au Roi cet exil a déplu;
 Mais la Marquise l'a voulu,
  Sa volonté soit faite !

Fin du Premier Volume.